红色传承
视阈中的河北文学研究

洪芳 ◎ 著

天津出版传媒集团
天津人民出版社

图书在版编目(CIP)数据

红色传承视阈中的河北文学研究 / 洪芳著. -- 天津:天津人民出版社, 2023.5
 ISBN 978-7-201-19343-4

Ⅰ.①红… Ⅱ.①洪… Ⅲ.①地方文学史—现代文学—文学史研究—河北 Ⅳ.①I209.922

中国国家版本馆CIP数据核字(2023)第073646号

红色传承视阈中的河北文学研究
HONGSE CHUANCHENG SHIYU ZHONG DE HEBEI WENXUE YANJIU

出　　版	天津人民出版社
出 版 人	刘　庆
地　　址	天津市和平区西康路35号康岳大厦
邮政编码	300051
邮购电话	(022)23332469
电子信箱	reader@tjrmcbs.com

策划编辑　杨　轶
责任编辑　李佩俊
封面设计　卢炀炀

印　　刷	天津中图印刷科技有限公司
经　　销	新华书店
开　　本	880毫米×1230毫米　1/32
印　　张	8
插　　页	2
字　　数	155千字
版次印次	2023年5月第1版　2023年5月第1次印刷
定　　价	88.00元

版权所有　侵权必究
图书如出现印装质量问题,请致电联系调换 (022-23332469)

前 言

自"五四"时期开始,河北文学就与中国共产党结下了不解之缘。1889年出生于直隶乐亭(今属河北)的李大钊先生,是中国共产主义运动的先驱、伟大的马克思主义者、杰出的无产阶级革命家和中国共产党的主要创始人之一。李大钊先生既是五四新文化运动的精神领袖,也是河北新文学的奠基人,他对马克思主义的宣传及为现实和大众的文艺主张的倡导,为河北文学的发展铺垫了红色基础。

20世纪30年代左翼文学运动风起云涌,河北的作家们积极投身其中,1930年底,在中国共产党保定特委领导下,北方"左联"保定小组成立。1937年全国性抗战爆发后,中国共产党在河北大地上建立了晋察冀和晋冀鲁豫两大抗日民主根据地,大批文艺工作者汇集于此,河北文学出现了空前繁盛的局面。新中国成立后,河北文学呈现了浓重的时代主旋律色彩,中国共产党领导河北人民所进行的革命和建设历史都成为河北文学重要的创作源泉,并由此诞生了一大批优秀的作品。例如,《红旗谱》(梁斌著)、《野火春风斗古城》(李英儒著)、《烈火金刚》(刘流著)、《敌后武工队》(冯志著)、《小兵张嘎》(徐光耀著)、《笨花》(铁凝著)、《寻找平山团》(程雪莉著)等作品讲述了河北大地之上荡气回肠的革命历史故事;李春雷的《钢铁是这样炼成的》以邯钢作为书写对象,全面展示其从诞生至壮大的激动人心的辉煌历程;王立新的《多瑙河的春天——"一带一路"上的钢铁交响曲》在"一带一路"背景下讲述了河钢集团成功收购塞尔维亚斯梅代雷沃钢厂并扭亏为盈的故事;关仁山的《太行沃土》全景式地展示了河北省阜平县在脱贫攻坚战中所走过的艰难而荣耀的道路;等等。在革命和建设的伟大历程中,燕赵大地之上涌现了许许多多优秀的共产党人,他们可歌可泣的英雄故事和崇高的精神在河北文学中得到了传扬,无畏无惧的抗战精神、"赴京赶考"的西柏坡精神、艰苦创业的塞罕坝精神、敢于创新的改革开放精神等,这些闪耀于燕赵大地之上的中国共产党的伟大精神在河北文学中得以生动记录和形象再现。因此从某种意义而言,河北新文学的历史也是一部形象化的中国共产党领导河北人民开创伟大事业的征程史和精神记录史。

中国共产党在成立之初,就为中国新文学引入了马克思主义文艺理论,并以理论倡导、政策推进和写作实践实现了马克思主义文艺理论与中国文艺实践、中国传统文化的有效结合,从而生成一种全新的、富有生命力的文学形态——中国共产党文学。中国共产党文学为中国新文学注入了浓烈的马克思主义、社会主义和共产主义色彩,其写作原则、写作风格等随着时

前　言

间的积淀渐渐演变为中国新文学某种常识或者某种审美思维方式,并在现实的文学生活中起到一定规范性的作用,进而形成了中国共产党文学传统。中国共产党文学传统倡导人民是文艺的主体,主张民族精神和民族艺术形式的弘扬,中国共产党文学传统注重文学的革命性、现实性和动员性,提升了新文学的社会功能和影响力。河北文学与中国共产党文学传统具有天然的亲缘关系,从20世纪20年代的"左翼"文学、三四十年代的根据地文学、"十七年"的红色经典文学,直至新时代以来反映乡村振兴、脱贫攻坚、"一带一路"等时代重大主题的现实主义写作,河北文学中一直蕴含着浓郁的中国共产党文学传统因子,或者可以说在中国共产党文学传统的绵延传承中,河北文学已经成为其重要的支流之一。

总之,从"五四"时期至今,河北文学与中国共产党的历史、精神和艺术主张之间构成了一种奇妙的呼应,本书旨在借助社会历史批评方法梳理这种呼应性的具体表现。本书共包括四章:第一章从理论范畴探究中国共产党文学传统的三个显著特征、发展过程、独特的历史贡献,以及河北文学与中国共产党文学传统的亲缘性;第二章从纵深的历史角度,梳理了不同时期河北文学如何呼应中国共产党伟大的时代使命;第三章从不同的精神层面,梳理了河北文学是如何形象地演绎了燕赵大地之上辉煌的中国共产党精神;第四章从个案角度,以河北文坛三位代表作家孙犁、贾大山和铁凝的小说为研究对象,探究河北文学如何在传承中践行中国共产党的艺术主张。

目 录

第一章 中国共产党文学传统的界定及其他 …………1
 第一节 中国共产党文学传统的三个特征 …………2
 第二节 中国共产党文学传统的发展历程 …………11
 第三节 中国共产党文学传统的历史担当 …………19
 第四节 河北文学与中国共产党文学传统的亲缘性
  ……………………………………………………26

第二章 革命与建设：中国共产党时代使命的文本回响 ……38
 第一节 风云激荡的左翼文学 …………39
 第二节 蓬勃繁荣的根据地文学 …………46
 第三节 社会主义语境中的"十七年"文学 …………62
 第四节 新时期初始的反思文学 …………73
 第五节 波澜壮阔的改革书写 …………84

第三章 信仰与崇高:中国共产党精神的形象演绎 ………**104**
　　第一节 "为有牺牲多壮志"的斗争精神 ……………105
　　第二节 "咬定青山不放松"的创业精神 ……………140
　　第三节 "敢为天下先"的改革开放精神 ……………162

第四章 民族与人民:中国共产党艺术主张的践行 ………**183**
　　第一节 孙犁:民族战争的写意者 ……………185
　　第二节 贾大山:百姓冷暖的守望者 ……………206
　　第三节 铁凝:日常生活的掘金者 ……………228

参考文献 ……………**246**
后　记 ……………**249**

第一章　中国共产党文学传统的界定及其他

在百年中国新文学的发展中有一种影响因素是不应该被忽视的,即中国共产党因素。从中国新文学的起步伊始,中国共产党便以独特的方式影响了中国新文学的发展道路和呈现形式,中国共产党为中国新文学引入了马克思主义文艺理论,并以理论倡导、政策推进和写作实践实现了马克思主义文艺理论与中国文艺实践、中国传统文化的有效结合,为中国新文学生成一种全新的、富有生命力的文学形态——中国共产党文学。中国共产党文学的内涵与外延是宽泛的,它的创作主体、表现对象、写作内容等并非局限于中国共产党内部,它是中国共产党的先进性在文学上的辐射,它是由中国共产党所倡导和推动的,是实现中国共产党文艺理论主张的一种文学类型。中国共产党是为民族和大众的,中国共产党文学也是为民族和大众的。中国共产党文学为中国新文学注入了浓郁的马克思主义、社会主义和共产主义色彩,其写作原则、写作风格等随着时间的积淀渐渐演变为中国新文学某种常识和普遍性的审美思维方式,并在现实的文学生活中起到某种规范性的作用,中国共产党文学传统由此形成。中国共产党文学传统具有鲜明的人民性特点,"人民是文艺的主体"是其一以贯之的核心思想;中国共产党文学传统具有显著的民族性特点,民族精神和民族艺术形式是其力量生发的根基所在;中国共产党文学传统具有与时俱进的实践特点,应时而导、向势而思是其在历史中不断发展前行的保障。河北文学与中国共产党、中国共产党文学传统之间具有天然的亲缘性,之所以产生这种亲缘性的原因有二:一是河北这片英雄的土地始终与党的奋斗历程和伟大事业紧密联系在一起;二是在现代转型过程中,燕赵文化与中国共产党的精神气质、"燕赵风骨"与中国共产党文学传统的美学特征达成了高度契合。

第一节　中国共产党文学传统的三个特征

　　1917年俄国十月革命的成功为在黑暗中摸索的中国"送来了马克思列宁主义"[1],"中国人找到了马克思列宁主义这个放之四海而皆准的普遍真理"[2],中国的革命面目也开始出现了变

---

[1]《论人民民主专政》,载《毛泽东选集》第四卷,人民出版社,2006年,第1471页。
[2]《论人民民主专政》,载《毛泽东选集》第四卷,人民出版社,2006年,第1470页。

第一章 中国共产党文学传统的界定及其他

化,但是作为普遍真理的马克思主义必须"和中国革命的具体实践完全地恰当地统一起来,就是说,和民族的特点相结合,经过一定的民族形式,才有用处"①,同样,作为马克思主义一个重要的有机组成部分——马克思主义文艺理论也必须与中国具体的文艺实践、文化资源进行有效的结合才能催生成熟的文学形态。中国共产党文学传统的形成就是马克思主义文艺理论中国化在创作上的有效实践,实现了马克思主义文艺理论与本土文化资源的有机融合,实现了马克思主义文艺理论与不同时期中国具体国情的紧密结合。中国共产党文学传统兼具国际性和民族性的双重特点,拥有其他文学传统所不具备的独特性质:与时俱进的人民艺术观、根深蒂固的民族意识,以及双向互动的生产方式。

与时俱进的人民艺术观是中国共产党文学传统的核心因子。在马克思主义的唯物史观看来,"直接的物质的生活资料的生产,从而一个民族或一个时代的一定的经济发展阶段,便构成基础,人们的国家设施、法的观点、艺术以至宗教观念,就是从这个基础上发展起来的"②,文学创作的根源在于社会生活,社会生活的主体是"现实的人",由此文学是人学。

在马克思主义文艺理论坚实的人学基础之上,1942年毛泽

---

① 《新民主主义论》,载《毛泽东选集》第二卷,人民出版社,2006年,第707页。
② [德]恩格斯:《在马克思墓前的讲话》,载中共中央马克思恩格斯列宁斯大林著作编译局编译:《马克思恩格斯选集》第三卷,人民出版社,2012年,第1002页。

东明确地将中国共产党文学的根本宗旨定性为人民文艺：人民生活"是一切文学艺术的取之不尽、用之不竭的唯一的源泉"[①]；人民是文艺服务的对象，文学创作不能只为少数人的偏爱，应该要为大多数人而作，"任何一种东西，必须能使人民群众得到真实的利益，才是好的东西"[②]，当然，在"民族—国家"解放的时代背景下毛泽东灵活运用阶级分析法，将"人民"的范畴定为以"工农兵"为主导的"四类人"。人民艺术观的建立使得中国共产党文学拓宽了以往文学的航道，"一切群众，一切生动的生活形式和斗争形式，一切文学和艺术的原始材料"[③]都开始进入文学的创作过程，中国新文学由此出现了诸如《小二黑结婚》《李有才板话》《太阳照在桑干河上》《红旗谱》《创业史》《铁道游击队》《青春之歌》《红岩》《雷锋之歌》等再现人民生活、反映人民思想和情感、讲述人民英雄故事的一系列优秀作品。"文化大革命"期间，极"左"的阶级论造成了"人民"内部的严重撕裂，中国共产党文学的人民文艺观也受到了严重的戕害。

进入新时期，邓小平坚持倡导毛泽东的艺术人民性思想，同时又对其与时代脱节的局部理论进行了纠偏，中国共产党文学也开始修复自身的历史裂痕，与其他形态文学一起汇入新时

[①]《在延安文艺座谈会上的讲话》，载《毛泽东选集》第三卷，人民出版社，2006年，第860页。

[②]《在延安文艺座谈会上的讲话》，载《毛泽东选集》第三卷，人民出版社，2006年，第864—865页。

[③]《在延安文艺座谈会上的讲话》，载《毛泽东选集》第三卷，人民出版社，2006年，第861页。

第一章 中国共产党文学传统的界定及其他

代文学大潮。从20世纪80年代的伤痕文学、反思文学、改革文学至90年代的"现实主义冲击波"、主旋律文学等,中国共产党文学以或隐或显的存在形态言说了历史、现实中的人民故事,以艺术的形式讲述人民的利益、价值观、愿望,"人民的诉求"是这些作品共同的核心主题表达,也是中国共产党文学在众声喧嚣的新时期文学中得以确认身份的重要标识。

2014年习近平明确提出"社会主义文艺,从本质上讲,就是人民的文艺","人民"既是"体现历史必然性的大写的人",也是"一个一个具体的人,有血有肉,有情感,有爱恨,有梦想,也有内心的冲突和挣扎",同时中国的人民与世界人民是相通的,"中国梦是中国人民追求幸福的梦,也同各国人民的美好梦想息息相通",[①]"从而赋予'人民'范畴兼具'民族文学'底色和'世界文学品格'的人类普遍性内涵"[②],习近平关于"人民"内涵的新时代定性对中国共产党文学的人民性写作实践无疑提出了更深化、更开放的要求,随之诞生的一些优秀作品也以各自不同的方式对这一要求进行呼应,例如梁晓声的《人世间》以周家三代人的生活轨迹为线索,讲述了中国普通百姓五十年的生活故事,以"史诗"形式再现了中国的巨大变迁和百姓的跌宕人生,是一部新中国人民的生活史,也是一部人类共通的日常生活情感史。

[①]《习近平在伦敦金融城发表重要演讲》,共产党员网,2015年10月22日,https://news.12371.cn。

[②] 杨杰、段超:《新时期以来马克思主义文艺理论中国化的进程与建构》,《山东社会科学》2020年第7期。

根深蒂固的民族意识是中国共产党文学传统的力量源泉。1938年在谈及马克思主义和中国文化关系时,毛泽东要求把国际主义的内容和中国特性结合起来,即"新鲜活泼的、为中国老百姓所喜闻乐见的中国作风和中国气派"①。实际上,中国特殊的历史道路使得这种结合一开始就走向了水乳交融的自然状态,正如美国学者安德森所言,"第二次世界大战后发生的每一次成功的革命,如中华人民共和国、越南社会主义共和国等,都是用民族来自我界定"②。马克思主义在中国的传递似乎犯了一个邮政错误,"唤起人们觉悟的信息是针对阶级",但是"却使它传到了国家手里"。③马克思主义文艺理论在中国的传递也是如此,二三十年代马克思主义文艺理论与"阶级话语"相结合,四五十年代转向与"民族国家话语"结合,"文化大革命"期间重回"阶级话语",新时期之后再次回到"民族国家话语"(21世纪第二个十年出现"世界话语"的萌芽)。由此可见,"阶级话语"与马克思主义文艺理论的结合在中国只是短暂的间歇,"民族话语"与马克思主义文艺理论的结合则是更为持久的存在。

中国共产党文学传统中的"中国作风""中国气派"主要表现为民族精神的弘扬和民族艺术形式的传承。民族精神是指

---

① 《中国共产党在民族战争中的地位》,载《毛泽东选集》第二卷,人民出版社,2006年,第534页。

② [美]本尼迪克特·安德森:《想象的共同体——民族主义的起源和散布(增订版)》,吴叡人译,上海人民出版社,2016年,第1页。

③ [英]厄内斯特·盖尔纳:《民族与民族主义》,韩红译,中央编译出版社,2002年,第170页。

第一章　中国共产党文学传统的界定及其他

中华民族几千年发展中凝聚一代又一代人的精神纽带,是中华民族一脉相承的精神品质和精神特质,其中包括"仁义礼智信"的伦理价值、"修身治国平天下"的理想信念、"达则兼济天下,穷则独善其身"的人生哲学,以及自强不息、扶正扬善、见义勇为等美好品德,民族精神在中国共产党文学传统中成为重要的书写对象和赞颂对象,例如《红旗谱》中朱老忠身上所呈现的令人津津乐道的慷慨侠义、顽强坚韧、智勇双全的传统美德。民族艺术形式在中国共产党文学传统中也是重要的组成部分,例如毛泽东通过旧体诗词的形式来表现革命中国的山水景观和革命者的崇高境界,《林海雪原》"借鉴中国古典小说如'水浒''三国''说岳'等结构和叙事方式"[1]。对民族精神和民族艺术形式的传承与弘扬使中国共产党文学传统将马克思主义文艺理论与传统文化(文学)中的生命元素、思想精神、审美习惯和思维方式等进行了紧密融合,建构了钩沉民族文化记忆和文化逻辑的审美想象空间,在与民族精神血脉的续接上获得了源源不断的力量,从而实现了马克思主义文艺理论的中国化。

当然中国共产党文学传统也并不是故步自封、盲目排外的,而是一直遵循着"继承一切优秀的文学艺术遗产,批判地吸收其中一切有益的东西"[2],"古为今用、洋为中用""实现中华文

---

[1] 洪子诚:《中国当代文学史(修订版)》,北京大学出版社,2007年,第116页。
[2] 《在延安文艺座谈会上的讲话》,载《毛泽东选集》第三卷,人民出版社,2006年,第860页。

化的创造性转化和创新性发展"[1]的开放性原则。例如《红日》《保卫延安》《创业史》《历史的天空》《笨花》等长篇小说往往具有"史诗"性质,这种"史诗"写作的艺术追求和经验主要是来源于19世纪俄、法等国的现实主义小说和20世纪苏联的革命运动、战争题材小说。

生成环境与审美话语的双向互动是中国共产党文学传统的生产方式。马克思主义文艺美学的一个基本观点是——文学是一种"特殊的"精神生产,"宗教、家庭、国家、法、道德、科学、艺术等等,都不过是生产的一些特殊的方式,并且受生产的普遍规律的支配"[2],文学既有一般生产的普遍性,也有精神生产的特殊性。在马克思看来,文学一般生产的普遍性主要表现在文学的生产受制于时代和社会语境(包括政治、经济、文化体制和意识形态,等等);文学精神生产的特殊性主要表现在审美语言具有创造性,"语言是一种实践的、既为别人存在因而也为我自身而存在的、现实的意识"[3],在文学生产的过程中审美的主客体是交互作用、双向生成的,"生产不仅为主体生产对象,

---

[1] 习近平:《在文艺工作座谈会上的讲话》,《人民日报》2015年10月15日。

[2] [德]马克思:《1844年经济学哲学手稿》,载中共中央马克思恩格斯列宁斯大林著作编译局编译:《马克思恩格斯全集》第42卷,人民出版社,1979年,第121页。

[3] [德]马克思、恩格斯:《德意志意识形态》,载中共中央马克思恩格斯列宁斯大林著作编译局编译:《马克思恩格斯文集》第一卷,人民出版社,2009年,第533页。

第一章　中国共产党文学传统的界定及其他

而且也为对象生产主体"[1],简而言之,文学的生产过程是一个双向生成的过程,即时代和社会语境制约着文学的生成,但是文学反过来也会以特有的审美形式介入社会生活经验,从而生成新的社会实践。

马克思主义的文学生产方式理论为中国共产党文学的发展提供了重要的启示。中国共产党人在中国共产党文学起步伊始就为其创造了重要的生成环境:1920年8月15日上海的中国共产党早期组织创办并领导了第一份刊物——《劳动界》,"《劳动界》周刊设有演讲、国内劳动界、国外劳动界、诗歌、小说、读者投稿等专栏"[2];"1921年中国共产党在上海创办了第一个出版机关——人民出版社"[3];1930年中国共产党在上海成立由其领导的第一个大规模文化艺术团体——中国左翼作家联盟;1937年11月在延安成立了第一个以文学团体为骨干的抗日文化组织——"陕甘宁边区文化界抗日救亡协会"[4];1938年10月铅印的《文艺突击》在延安出版,其被《新中华报》赞誉为"延安文艺的拓荒者"[5]……直至新中国成立后中国共产党文

---

[1] [德]马克思:《〈政治经济学批判〉导言》,载中共中央马克思恩格斯列宁斯大林著作编译局编译:《马克思恩格斯选集》第二卷,人民出版社,2012年,第692页。

[2][3] 常勤毅:《中国新文学与中国共产党》,浙江人民出版社,2011年,第20页。

[4] 常勤毅:《中国新文学与中国共产党》,浙江人民出版社,2011年,第107页。

[5] 曹桂芳:《延安时期的文艺团体和文艺刊物简介(四)延安时期的文艺刊物》,《河北师范大学学报(哲学社会科学版)》1987年第1期。

学在各种生产机制（诸如制度处境、政治意识形态、文学机构、作家身份、学术建制等）的合力作用下拥有更为充裕的生成条件和更为阔大的生成空间。如果说遵循文学生产的普遍性规律为中国共产党文学提供了从现实生活到艺术审美转换的条件，那么期待艺术作品对现实生活的介入则是中国共产党对文学赋予的厚望，换而言之，中国共产党文学传统重视审美话语对现实意识形态发生、发展的介入作用，进而在文学和社会实践之间建立起非同寻常的张力关系。例如，20世纪30年代"左翼的内涵是十分明确的，那就是以民族独立和人民幸福为使命，以平等、正义为目标，以变革、革命为手段，以文学艺术为辅翼"[1]，文学需要介入轰轰烈烈的时代运动；1942年毛泽东明确指出，"党的文艺工作，在党的整个革命工作中的位置，是确定了的，摆好了的；是服从党在一定革命时期内所规定的革命任务的"[2]；新时代习近平号召"广大文艺工作者要把握时代脉搏，承担时代使命，聆听时代声音，勇于回答时代课题"[3]，"回答时代命题"即要求文学顺应、描写和推动中国现代化的历史进程，这是中国共产党对当代文艺家们提出的时代要求，也是中国共产党文学介入现实的写作传统在新时代的惯性延续。

---

[1] 陈漱渝：《80年了，我们为什么还要纪念左联——在"左联成立80周年论坛会上的讲话"》，《鲁迅研究月刊》2010年第4期。

[2] 《在延安文艺座谈会上的讲话》，载《毛泽东选集》第三卷，人民出版社，2006年，第866页。

[3] 习近平《在文联十大、中国作协九大开幕式上的讲话》，《人民日报》2016年12月1日。

第一章 中国共产党文学传统的界定及其他

第二节 中国共产党文学传统的发展历程

中国共产党文学传统的生成与发展主要经历6个不同的阶段：1921年前夕的酝酿期、二三十年代的开拓期、40年代的发展期、"十七年"的错位期、新时期的再出发期及90年代以来的焕发期。

在中国共产党诞生之前，马克思主义理论便已经被介绍到中国，并以星星之火蔓延、传播。自1899年2月上海广学会出版的122号《万国公报》上所刊登的李提摩太（英国传教士）、蔡尔康（中国传教士）合译的《大同学》中第一次提及马克思的名字开始，马克思主义学说逐渐开始系统地被介绍到中国：1902年4月，上海广智书局出版井知至（日本）著、罗大维译的《社会主义》；1903年10月，中国达识社翻译幸德秋水（日本）的《社会主义精髓》；1908年3月，刘师培（署名申叔）在《天义报》发表《〈共产党宣言〉序》；1919年5月，李大钊主编的《新青年》的第六卷第五号被具名为"马克思研究专号"，全面地介绍了马克思主义和十月革命；1920年8月，上海"社会主义研究社"出版陈望道翻译的《共产党宣言》中文首译本。与此同时，马克思主义的文艺理论和美学原理经瞿秋白引介到了国内，正如他在《饿乡纪程》中所言："我的责任是在于：研究共产主义——此社会组织在人类文化上的价值,研究俄罗斯文化——人类文化之一部分,自旧文化进于新文化的出发点。"①马克思主义理论、马克思主义文艺理论和美学原理在中国的传播,使得中国新文学诞生伊始便具有了模糊的共产主义主张。例如创刊于1919年7月的《湘江评论》,在以饱含激情的散文笔触写下的创刊宣言中,毛泽东疾呼:"世界什么问题最大?吃饭问题最大。什么力量最大?民众联合的力量最大。什么不要怕?天不要怕、鬼不要怕、死人不要怕、官僚不要怕、军阀不要怕、资本家不要怕。"②"民生""人民""革命"等重要词汇由此开始进入中国新文学的话语体系。

1921年7月,中国共产党在上海成立。与社会领域中的革命相呼应,20年代一批共产党作家、理论家和先进的知识分子提出了"革命文学"的主张,他们呼唤着一种全新的文学样式——无产阶级革命文学,"它是以无产阶级的阶级意识,产生出来一种斗争的文学",是"为完成他主体阶级的历史使命"而服务的。③为绝大多数被压迫的无产者代言成为"革命文学"根本的写作立场,正如蒋光慈所言,"我不过是一个粗暴的歌者,

---

① 《饿乡纪程》,载《瞿秋白诗文选》编辑小组选编:《瞿秋白诗文选》,人民文学出版社,1982年,第79页。

② 《〈湘江评论〉创刊宣言》,载中共中央文献研究室、中共湖南省《毛泽东早期文稿》编辑组编:《毛泽东早期文稿(一九一二年六月——一九二〇年十一月)》,湖南人民出版社,2008年,第304页。

③ 李初梨:《怎样地建设革命文学》,《文化批判》第2号,1928年2月15日。

第一章　中国共产党文学传统的界定及其他

而不是在象牙塔中慢吟低唱……我只是一个粗暴的抱不平的歌者,但我愿立在十字街头呼号以终生"[1]。1930年3月中国左翼作家联盟在上海成立,左翼文学延续了"革命文学"的写作立场,"我们不能不站在无产阶级的解放斗争战线上,攻破一切反动的、保守的要素,而发展被压迫的进步的要素,这是当然的结论"[2]。与此同时,"左翼文学"拓宽了"革命文学"关于文学主体性以及文学艺术形式等的想象空间,"只有通过大众化的路线,即实现了运动与组织的大众化,作品、批评及其他一切的大众化,才能完成我们当前的反帝反国民党的苏维埃革命的任务,才能创造出真正的中国无产阶级革命文学"[3]。总之,20世纪二三十年代中国共产党以马克思主义文艺理论为指导,在中国新文学的版图上筚路蓝缕地艰难开拓,"革命文学"和"左翼文学"关于文学的时代使命、文学与政治、文学的大众化等命题的探索使中国新文学版图上出现了具有明显马克思主义标识的文学形态,然而在这种文学形态中,马克思主义文艺理论尚没有与中国国情形成完全的真正融合,"马克思主义中国化"在文学上也是一个有待完成的命题。

"马克思主义中国化"的说法,应该最先出现在1938年毛

---

[1]《〈鸭绿江上〉自序诗》,载蒋光慈:《鸭绿江上》,上海亚东图书馆,1927年。

[2]《中国左翼作家联盟的理论纲领》(1930年3月2日成立大会通过),《纪念与研究》1980年第二辑。

[3]《中国无产阶级革命文学的新任务——一九三一年十一月中国左翼作家联盟执行委员会的决议》,《纪念与研究》1980年第二辑。

泽东的《论新阶段》中。[1]毛泽东认为"马克思主义的中国化，使之在每一表现中带着中国的特性，即是说，按照中国的特点去适用它"[2]，对于文学而言也是如此，马克思主义文艺理论只有化于中华民族这片土壤之中才能具有持续发展的长久生命力。1942年毛泽东《在延安文艺座谈会上的讲话》的发表，为马克思主义文艺理论中国化奠定了坚实的基础，也推动了中国共产党文学走向更为成熟的发展阶段。《在延安文艺座谈会上的讲话》在中国新文学历史上第一次明确提出了人民文艺的主张，"占全人口百分之九十以上的人民，是工人、农民、兵士和城市小资产阶级"[3]，这四类人是中国"最广大的人民大众"，"我们的文学艺术都是为人民大众的，首先是为工农兵的，为工农兵而创作，为工农兵所利用的"。[4]基于人民文艺的立场，毛泽东对文艺与生活、普及与提高、内容与形式、文艺的统一战线、歌颂与暴露、继承与创作等一系列文艺的基本问题进行了深刻阐释。《在延安文艺座谈会上的讲话》以卓有成效的理论倡导规范了解放区文学的创作方向，使得解放区文学以充满活力的崭新气象融入中国革命，并成为推动革命实践

---

[1] 参见朱立元：《马克思主义文艺理论中国化研究》，《中山大学学报（社会科学版）》2006年第3期。

[2] 毛泽东：《论新阶段》，《解放》，1938年第57期。

[3] 《在延安文艺座谈会上的讲话》，载《毛泽东选集》第三卷，人民出版社，2006年，第855页。

[4] 《在延安文艺座谈会上的讲话》，载《毛泽东选集》第三卷，人民出版社，2006年，第863页。

第一章　中国共产党文学传统的界定及其他

的重要力量,同时它也对新中国成立后的社会主义文学产生了极为深远的影响。从某种意义上而言,解放区文学铺就了中国共产党文学传统的基本底色:思想性、人民性和民族性。当然《在延安文艺座谈会上的讲话》是诞生于特殊时代的智慧结晶,"经"与"权"会形成微妙的历史关系,例如"文艺从属于政治"就具有特定时代的局限性,在日后的历史发展中,这种局限性需要因时因地进行修正才能保证文学的健康发展,新中国成立后的文学实践就证明了中国共产党文学在历史中错位与偏航的可能性。

随着中华人民共和国的成立,成为执政党的中国共产党对新中国文学的未来发展产生了决定性的影响力。1949年7月召开的中华全国文学艺术工作者代表大会(简称第一次文代会)继承了毛泽东《在延安文艺座谈会上的讲话》的思想体系,并将之确定为新中国文学发展的方向,"解放区文艺工作者自觉地坚决地实践了这个方向,并以自己的全部经验证明了这个方向的完全正确,深信除此之外再没有第二个方向,如果有,那就是错误的方向"[①]。1953年召开的第二次文代会提出社会主义现实主义创作方法,同时强化延续了第一次文代会的思想,"十七年"期间的主流文学从性质上而言都属于中国共产党文学,它们继承了20世纪20年代"革命文学"、30年代"左翼文学"

---

① 周扬:《新的人民的文艺》,载中华全国文学艺术工作者代表大会宣传处编辑:《中华全国文学艺术工作者代表大会纪念文集》,新华书店,1950年,第70页。

及40年代解放区文学的创作思维,并将这一思维纯化,它们以显而易见的国家政治视角介入国家/世界、个人/群体、民族/阶级等想象范畴,在史诗性的美学追求中担当起对现代民族国家的认同。然而不能否认的是,"十七年"主流文学在承续传统的同时也因袭了历史的局限性,"十七年"主流文学是阶级性与文学性高度结合的文学形态,也是中国共产党文学发展历程中极为特殊的阶段,其书写内容与艺术追求渐趋保守,尽管新中国成立初期中国共产党文学出现了繁盛的局面,也诞生了许多优秀的作品(例如红色经典小说),但是随后的一系列错误政治运动将中国共产党文学拖入泥淖之中不再前行,这也是需要后来者永远引以为戒的。

"文化大革命"的结束标志着中国社会发展进入崭新的新时期,也标志着中国共产党文学进入了再出发时期。1979年10月30日至11月16日,中国文学艺术工作者第四次全国代表大会召开,邓小平提出在文艺上"要坚持辩证唯物主义的思想路线,从三十年来文艺发展的历史中,分析正反两方面的经验,摆脱各种条条框框的束缚,根据我国历史新时期的特点,研究新情况,解决新问题"[1],提出全新的"文艺属于人民"的口号,推出"百花齐放""推陈出新""古为今用,洋为中用"的方针,强调党在领导文艺的同时要重视和遵循文艺规律。

以第四次文代会为出发点,新时期文学逐步呈现了空前

---

[1] 邓小平:《在中国文学艺术工作者第四次代表大会上的祝词》,载《邓小平文选》第二卷,人民出版社,1994年,第213页。

第一章 中国共产党文学传统的界定及其他

的繁荣之势,在波澜壮阔的新时期文学大潮中,中国共产党文学以别样形态承担起固有的责任与使命。从文学的多样化角度来看,新时期文学无疑是丰富而斑驳的,其中既有寻根文学向民族文化领域的深层挖掘,也有先锋文学对朦胧多义主题的开拓;既有传统现实主义的深化发展,也有现代主义技巧的探索实践。新时期伊始,中国共产党文学并不像其他文学思潮那般醒目凸显,也没有形成历史中曾经的引领效应,相反更多时候是以潜隐状态参与现实主义文学的修复与深化,中国共产党文学传统的某些因子在这个阶段呈现了与时俱进的嬗变或者合乎时宜的隐匿,例如"革命"被"改革"置换、"阶级性"的退场等。与此同时,另外一些核心因子,例如现实感、责任感和使命感、人民性、思想性等,在众声喧嚣的新时代里被激活并拥有了更为鲜活而旺盛的生命力,例如被冠名为伤痕文学的《大墙下的红玉兰》、反思文学的《犯人李铜钟的故事》、改革文学的《乔厂长上任记》等作品就具有浓厚的中国共产党文学色彩,这种隐于其他文学思潮中的存在状态昭示了中国共产党文学是以与其他文学碰撞交融的潜隐形式开启了再出发的历史航程。

20世纪90年代至今,随着主旋律文学的倡导,中国共产党文学渐渐拥有了更为清晰可辨的存在形态。"主旋律"文学的概念源于"主旋律"精神,"主旋律"精神是指"大力倡导一切有利于发扬爱国主义、集体主义、社会主义的思想和精神,大力倡导一切有利于改革开放和现代化建设的思想和精神,大力倡导一切有利于民族团结、社会进步、人民幸福的思想和精神,大力倡导一切用诚实劳动争取美好生活的思想和精神"[1]。2014年习近平明确指出我国的作家、艺术家应该"书写和记录人民的伟大实践、时代的进步要求,彰显信仰之美、崇高之美,弘扬中国精神、凝聚中国力量,鼓舞全国各族人民朝气蓬勃迈向未来"[2],而这也正是主旋律文学的写作指向。简而言之,主旋律文学是伴随党中央的提倡及一系列评奖机制迅速形成的一种令人瞩目的文学潮流,体现了中国共产党的大政方针,承担了主流意识形态和核心价值观的弘扬任务,是中国共产党文学在新时代的具象呈现。以"五个一工程"为核心,大批优秀的主旋律文学作品应运而生,例如《车间主任》(张宏森)、《人间正道》(周梅森)、《大雪无痕》(陆天明)、《走出硝烟的女神》(姜安)、《历史的天空》(徐贵祥)、《抉择》(张平)、《笨花》(铁凝),等等。这些主旋律作品因为负载着强烈的时代使命感并且与影视进行联姻而迅速引起了社会的广泛关注,在某种意义上而言,它们甚至以"明星效应"带动、影响了20世纪90年代以来文学思想和艺术的整体走向。在主旋律文学中反腐题材小说和军旅题材小说尤为引人瞩目,尤其是军旅题材小说是新世纪文学的一个亮点,新世纪军旅小说可以说是从

---

[1] 江泽民:《在全国宣传思想工作会议上的讲话》,《人民日报》1994年1月24日。

[2] 习近平:《在文艺工作座谈会上的讲话》,《人民日报》2015年10月15日。

第一章　中国共产党文学传统的界定及其他

红色经典小说演化而来,但是相对于红色经典小说,其更具有故事性和情节性,更注重人性表现,"十七年"红色经典小说经过时间淘洗发展至更开放、更具有经典性的新世纪军旅小说,无疑说明了中国共产党文学拥有自我调适的能力和延续发展的历史空间。

第三节　中国共产党文学传统的历史担当

中国共产党文学传统对中国的社会实践和美学发展都做出了突出的贡献。从社会实践的角度而言,中国共产党文学自诞生之日起就与中国共产党的命运、中华民族的现代化历程紧密地联结在一起。中国共产党领导中国人民所经历的新民主主义革命、社会主义革命、改革开放、民族复兴等现代化历程,在中国共产党文学中都产生了谐振共鸣,其以形象演绎的方式记录了中华民族重要的历史发展节点,以表征未来的方式启迪了民众认知历史道路的规律性,借助多样的媒介形态传播文化能量。中国共产党的成长、中华民族的现代化进程和中国共产党文学传统三者之间形成了彼此构建的动态历史过程。从美学的角度而言,中国共产党文学的叙事(或抒情)自始至终都带有激情理想主义色彩,为中国新文学增添了别样的精神品质,此外中国共产党文学传统对中国民间、古典形式的传承和有效的现代转换为中国新文学增添了浓郁的民族气息。

对现实的热切关怀和对历史规律的探索是中国共产党文学传统积极介入民族现代化进程的表现之一。中国共产党文学始终与中国的社会发展保持着近距离状态,既是"为人生的文学",也是为民族和民众的文学,用再现的方式去记录中华民族的苦难和悲哀、奋进和沉思等。大革命期间,中国共产党文学记录了"被压迫的大多数"的悲惨境况和愤懑反抗,例如殷夫的《血字》用悲愤的诗句记载了五卅惨案的史实,"血液写成的大字/斜斜地躺在南京路/这个难忘的日子——/润饰着一年一度……"[①];抗日战争时期,中国共产党文学描述了中华民族被外敌蹂躏的屈辱和中华儿女的抗争,例如周立波的《晋察冀边区印象记》《战地日记》,记录了晋察冀边区人民奋起抗击日军的艰难岁月;解放战争期间,中国共产党文学再现了革命边区生活、生产的新气象及轰轰烈烈的人民战争,前者如丁玲的《太阳照在桑干河上》,吴强的《红日》;社会主义建设初期,中国共产党文学试图以"史诗性"写作追踪和展现新中国所出现的重大社会变化,如柳青的《创业史》讲述了前所未有的"合作化"运动;新时期中国共产党文学描绘了改革开放过程中的社会阵痛、艰难蜕变及国家现代化治理过程中的诸多经验、思索,前者如改革题材小说,后者如反腐题材小说,等等。

---

① 殷夫:《血字》,《拓荒者》1930年5月1日第1卷第4、5期合刊。

第一章　中国共产党文学传统的界定及其他

如果说直面现实是中国共产党文学对文学"再现"功能的践行,那么"再现"之后中国共产党文学更注重"表征未来"。所谓表征未来是指文学能够揭示生活的本质、规律和历史的必然性,能够把读者引向对"未来"的想象和现实行为的选择。"表征未来"的能力在中国共产党文学传统中无疑是凸显而延续的,它是中国共产党文学传统对不同时代重大命题所做出的一种应答。例如,在追求建立人民当家作主的国家的历史进程中,中国共产党文学一直试图通过作品传达出这样的历史规律:人民是历史的真正创造者,只有集合起人民的力量才能推翻不公平的社会制度、抵御外敌入侵,并且人民中的英雄会汇集成为中国共产党这个先进群体,中国共产党将会带领中国人民最终实现民族复兴目标。正如郭沫若在《新儿女英雄传》序言中所言:"这里面进步的人物都是平凡的儿女,但也都是集体的英雄。是他们的平凡品质使我们感觉亲热,是他们的英雄气概使我们感觉崇敬。这无形之间教育了读者,使读者认识到共产党员的最真率的面目。"[①]再如,在共和国进行现代化治理的过程中,中国共产党文学通过具体的文学作品演绎了国家现代化治理的种种规律,例如权力的制约与平衡、经济与精神的并重发展等。

借助各种媒介形态传播文学所蕴含的意识形态,是中国共产党文学传统积极介入民族现代化进程的表现之二。文学活

[①] 郭沫若:《新儿女英雄传·序》,载袁静、孔厥:《新儿女英雄传》,花山文艺出版社,1994年,第1页。

动是由主体到受体的传播过程,文学只有借助一定的传播媒介将作品所蕴含的信息传达到受众那里,文学的价值才会得以体现,由此可见传播媒介是文学传播过程中非常重要的组成因素,通过多元立体的传播媒介网络可以将文学作品的影响力扩展到更为广阔的范畴。

中国共产党文学在发挥其介入现实的功能时,无疑充分考量了媒介传播的重要性和可能性,在不同历史阶段中国共产党借助一切可能的媒介手段将文学传播的效益实现最大化,进而使文学成为民族现代化历程中显著的意识形态推动力量。例如,解放战争时期中国共产党文学传播的媒介形态就是丰富多样的,其中既有传统的报纸、期刊的书面媒介,也有现场感十足、口语传播的朗诵形式;既有打破创作主体和传播主体边界的街头(墙头)形式,也有随部队的征程而传播的枪杆形式等。中国共产党文学还积极探索与民众喜闻乐见的民间艺术形式的结合,从而推动文学与大众实现真正的水乳交融,秧歌剧就是其中的佼佼者。秧歌是陕北地区具有悠久历史的传统民间艺术形式,但是"对中国共产党人来说,戏剧已远远超出了娱乐的范畴,也不仅是一种唤醒社会觉悟的宣传工具,戏剧本身已经成为革命事业不可分割的一个组成部分"[①]。秧歌剧从原始的歌舞形式转向为广受欢迎的、承载着浓厚意识形态的中国共产党文学形式,在近似于全民狂欢的秧歌氛围中,文学的传播

---

① [美]海伦·斯诺:《卓有成效的延安舞台》,安危译,《陕西戏剧》1984年第4期。

第一章　中国共产党文学传统的界定及其他

者、接受者和社会现状之间构成了默契的合力,一起推动历史的车轮向前滚动。随着中华人民共和国的成立,中国共产党文学的传播媒介形态也越来越丰富多样,歌剧、舞剧、影视剧等都是常见的传播方式。以小说《红岩》为例,自1961年问世以来先后被改编为话剧、歌剧、连环画、电影、电视连续剧,及至21世纪的动漫。无论是20世纪五六十年代的戏剧、电影,还是20世纪90年代以后的电视剧等形式,《红岩》都拥有巨大的受众群,原有的文本价值在历时性的各种媒介形态中不断被重新发掘和扩大,从而成为持续影响社会意识形态的文化能量。

在宏大叙事(抒情)中传达激情理想主义是中国共产党文学传统在中国新文学版图中所独有的精神特征。"共产主义远大理想和中国特色社会主义共同理想,是中国共产党人的精神支柱和政治灵魂"[①],也是中国共产党区别于其他党派最重要的政治信仰,这种政治信仰辐射到文学创作中就会被演绎为充满理想主义的宏大叙事(抒情)。所谓宏大叙事(抒情)是一种整体性的叙事(抒情),其往往具有鲜明的民族、国家、人类立场,具有浓厚的社会历史意识和强烈的责任担当感,具有紧密追踪时代、关注民生疾苦和人生境遇的写作特点,具有寻求超越的理想主义情怀。

中国共产党文学从根本上而言属于宏大叙事(抒情),"理想"是中国共产党文学创作中的重要因素,在理想的光辉中中

---

① 本书编写组编著:《党的十九大报告辅导读本》,人民出版社,2017年,第62页。

国共产党文学引领着人们穿越现实的沼泽走上更为光明的民族复兴之路。与此同时,中国共产党与生俱来的政治激情又会辐射到文学,这就为中国共产党文学的理想主义叙事(抒情)增添了浓重的激情成分。激情理想主义在中国共产党文学传统中具体表现为,历史主体以百折不挠的革命(变革)的激情和勇气去改变社会现状从而创造美好未来的坚定行为,其往往伴随着对力量的赞美和对崇高理想的追求,例如20世纪20年代钱杏邨在《力的文艺》中明确要求文学要表现出"争斗、元气、力,高扬的现象",要表现出"无产阶级的活力",要求作家必须"具有狂风暴雨的革命精神""在技巧方面表现出伟大的力量"。[1]因此在中国共产党文学中会出现许多具有大义无畏、无私正直、英勇奋进等崇高品格的典型英雄形象。同时中国共产党文学传统的激情理想主义叙事(抒情)往往会以"敢教日月换新天"(毛泽东语)的浪漫弥合现实的沟壑,从而在群体的信仰和期盼中构建关于共产主义世界的想象。

中国共产党文学传统独有的叙事(抒情)为近代灾难深重的中华民族提供了有效的精神补偿和意志鼓舞,并且在今天依然有其存在的重要意义,因为"缺乏理想的现实主义是毫无意义的"(罗曼·罗兰语)。当然,如何在浪漫的激情、彼岸的理想和鲜活的现实之间寻找到最佳的平衡点,从而使文学免于陷入单一向度的窠臼,是中国共产党文学在百年书写中一直面对的

---

[1] 钱杏邨:《力的文艺》,泰东图书局,1929年,第32—52页。

第一章　中国共产党文学传统的界定及其他

重要课题,其间的历史既留下了值得骄傲的经典,也留下了可供反思的经验。

中国共产党文学传统对中国民间、古典形式的传承和有效的现代转换为中国新文学版图增添了浓郁的民族气息。与五四新文学不同,中国共产党文学传统的艺术实践并非是在新与旧、西方与中国、现代与传统的二元对立关系(即"革命性的断裂")中展开的,而是力图在包容旧形式的基础上构造新的中国民族形式。正如周扬在1939—1942年文艺界民族形式论争中所总结的那般,"以发展新形式为主","新形式从旧形式吸收营养"。[1]

中国共产党文学传统关于民族形式的构想并不仅是技术性的问题,而且是新的民族—国家理论的构建问题,通过激活、重塑旧形式中的文化共同记忆和文化逻辑,中国共产党文学传统能够将革命实践的主体——人民纳入主权国家的想象。周扬所言,或者中国共产党文学传统所关注的"旧形式",主要是指"与五四新文学运动所创造的新形式相对","传统中国已经成型且流传广泛的文艺形态",[2]其主要包括两种具体的形式——民间形式、古典形式。民间形式是指"存在于中国民间社会、仍旧被大众所分享的'活的'的文艺形态"[3],古典形式是

---

[1] 周扬:《对旧形式利用在文学上的一个看法》,《中国文化·创刊号》1940年2月15日。

[2][3] 贺桂梅:《书写"中国气派"——当代文学与民族形式建构》,北京大学出版社,2020年,第27页。

与民间形式相对的,往往同义于"主流形式"或"正统形式"。无论是民间形式还是古典形式,在中国共产党文学传统中都被有意引入、重新构造,进而完成有效的现代性转换。在民间形式方面,赵树理的小说可以说是将民间形式化于文学创作中的成功典范,民间的语言、民间的审美情趣、民间的戏曲(曲艺)等艺术文化元素在赵树理的小说中都得到了淋漓尽致的展现,与此同时,赵树理的小说又将"个人解放""土地改革""社会主义改造"等重大的社会命题杂糅其间,使得小说在拥有浓郁的民族气息的同时又拥有了时代内涵。在古典形式方面,古典的文学资源、历史掌故、文艺样态等都成为中国共产党文学创作的重要资源,例如20世纪50年代末60年代初出现的"历史剧"创作热潮,古典人物、事件、故事和理念在这些"历史剧"中被重新激活并赋予了当代意义;再如采用旧体形式、内容却极具现代感的毛泽东诗词,其在古与今、传统与现代的混融中创造了一个极其独特的艺术世界,这在中国新文学的百年历史中都是令人瞩目的存在。

第四节 河北文学与中国共产党文学传统的亲缘性

河北文学与中国共产党、中国共产党文学传统之间具有天然的亲缘性。中国共产党文学传统的诸多特征在河北文学中

第一章 中国共产党文学传统的界定及其他

都得以呈现,例如河北文学对中国共产党带领河北人民进行革命和建设的历史进行追踪与记录,对燕赵大地之上涌现出的中国共产党的崇高精神品质进行书写与描绘,对中国共产党所倡导的人民艺术观念进行践行,对时代命题进行积极思索与应答,对民族艺术形式的青睐与传承,等等。河北文学之所以与中国共产党文学传统之间建立起如此紧密的亲缘关系,主要有两个方面的原因:一是河北这片英雄的土地始终与党的奋斗历程和伟大事业紧密联系在一起。例如,河北省是中国共产党较早建立党组织的地区,土地革命时期河北是北方革命的中心,抗日战争时期河北是华北抗战的主战场,解放战争时期河北是华北解放战争的重要战场和夺取全国革命胜利的战略基地,等等。中国共产党带领河北人民所进行的波澜壮阔的革命和建设历史也必然会成为河北文学重要的书写对象。二是现代转型过程中燕赵文化与中国共产党的精神气质、"燕赵风骨"与中国共产党文学传统的美学特征达成了高度契合。河北有着深厚的文化底蕴和悠久的文学传统。"勇武任侠,慷慨悲歌"的燕赵文化作为一种集体无意识已经沉淀在燕赵人的心理深层,燕赵文化在新的时代与中国共产党人的精神追求走向了和谐统一。燕赵文化见诸文学艺术,造就了悲怆高亢、独树一帜的"燕赵风骨",燕赵风骨所蕴含的高亢激越、雄强豪放、侠义壮烈、慷慨悲歌、刚柔相济的美学品格与中国共产党文学传统的激情理想主义的美学特征达成了一致。

河北新文学自诞生之日起就被烙上了深深的"红色"印痕。

红色传承视阈中的河北文学研究

近代以来,天津和保定先后作为直隶首府,聚集了大量的知识分子和文化精英,由此也成为河北乃至北方地区的政治、经济和文化中心。五四运动爆发后,天津大中学校学生为响应北京学生的爱国行动,于1919年5月14日正式成立天津学生联合会。直隶第一女子师范学校学生郭隆真、邓颖超、刘清扬等倡议并于5月25日成立天津女界爱国同志会。天津和北京相呼应,造成了"五四"的燎原之势,在这样的大势之中,河北也涌现了一批先行者和启蒙者,他们将马克思主义思想注入河北新文学的肌理,其中的代表者是伟大的革命家、思想家李大钊,李大钊的革命思想和文学思想对于河北新文学乃至中国新文学都具有不可替代的意义。

李大钊(1889—1927),字守常,直隶乐亭(今属河北)人。在中国早期马克思主义者队伍中,李大钊是先驱者和擎旗人,他率先在中国研究和介绍、宣传马克思主义,他认为只有马克思主义才能救中国,把马克思主义称为"世界改造原动的学说"。1918年11月,李大钊在《新青年》第5卷第5号发表《庶民的胜利》《布尔什维主义的胜利》二文,这是中国最早的马列主义文献之一;1919年他在《新青年》第6卷第5、6号上发表了著名的《我的马克思主义观》;1920年1月4日他在《星期日周刊》"社会问题号"中刊发《什么是新文学》一文,阐明了新文学的实质,等等。在这些重要的文章中,李大钊或以理性的思辨,或以昂扬的激情,宣传马克思主义思想及立志图新的救世之愿,他为20世纪初沉疴积弊的中国把诊问脉,同时也为中国新文学

第一章　中国共产党文学传统的界定及其他

的发展指引方向。1918年,李大钊在《俄罗斯文学与革命》中,集中阐释了他的文学革命思想,他认为俄国文学"为自由之警钟,为革命之先声",俄罗斯文学引领着俄国的革命,意在指引中国文学走向俄罗斯文学的方向。在《什么是新文学》一文中李大钊明确地将这种写作追求概括为"为社会写实的文学",其应该具有"宏深的思想、学理,坚信的主义,优美的文艺,博爱的精神"。[1]"坚信的主义"即坚定的马克思主义信仰。他认为文学必须深入群众,同劳工阶级结合,"要想把现代的新文明从根底输入到社会里面,非要把知识阶级和劳工阶级打成一气不可"[2],他鼓励参加新文化运动的知识分子"投身到山林里村落里去,在那绿野烟雨中,一锄一犁的作那些辛苦劳农的伴侣"[3]。李大钊所倡导的为现实和大众而作的文艺主张推动了中国新文学发展,也"无疑为河北新文学的发展奠定了现实主义总基调"[4]和"人民艺术观"的最初认知。与此同时,李大钊对马克思主义的理想信念积极践行、矢志不渝。1921年中国共产党成立之后,李大钊一直负责领导党在北方地区的全面工作。1927年4月6日李大钊在北京被奉系军阀张作霖逮捕,同月28日从容

---

[1] 李大钊:《什么是新文学》,载王长华、崔志远主编:《河北新文学大系·文学理论评论卷》,河北教育出版社,2013年,第1页。

[2] 李大钊:《青年和农村》,载朱志敏编撰:《李大钊》,人民日报出版社,1999年,第115页。

[3] 李大钊:《"少年中国"的"少年运动"》,《少年中国》1919年第3期第1卷。

[4] 赵振杰:《传承红色革命基因 坚守现实主义底蕴——回眸百年河北文学发展历程》,《文艺报》2021年6月23日。

就义。1933年鲁迅在《〈守常全集〉题记》中曾对李大钊的文章做了如此评价:"他的遗文却将永住,因为这是先驱者的遗产,革命史上的丰碑。"①李大钊的文章、思想和精神是中国现代历史的光辉存在,也为河北新文学开创了一个辉煌的起点。

1930年3月2日,由中国共产党所领导的中国左翼作家联盟在上海成立,标志着中国左翼文学开始成为国际共产主义文学阵营中的重要一员。"左联"在上海成立后不久,北平的一些作家开始酝酿、讨论成立北方"左联",1930年9月8日北方"左联"正式成立,随后"左联"天津支部和"左联"保定小组相继成立。河北的很多作家投身左翼文学的潮流并创作了大量的优秀作品(本书第二章第一节对此进行详细论述),与此同时他们也通过各种各样的传播形式对中国共产党的抗日主张和普罗文学进行宣扬,例如,"左联"保定小组曾先后建立"鳌尔读书会""文学研究会""星光文艺社"等进步社团,培养了一批人才;创办了《曙前》(臧平伯、卢勤编辑)、《在前线》(刘光宗编辑)、《朝晖》(保定二师与六中合编)等先进刊物;1932年五一国际劳动节前夕,保定二师、农学院、育德中学的"左联"盟员和爱国学生在保定举行爱国抗日游行示威。总之,20世纪30年代河北的左翼运动为河北文学注入了更为浓烈的革命气息,也为20世纪40年代的晋察冀文学奠定了一定基础。

晋察冀抗日根据地是中国共产党建立的第一个敌后抗日

---

① 《〈守常全集〉题记》,载鲁迅:《南腔北调集》,江西教育出版社,2019年,第92页。

第一章 中国共产党文学传统的界定及其他

根据地,为了激发人民群众参军参战最终取得抗战的胜利,中国共产党在根据地进行了广泛的文化动员,例如,成立了以"文救""文协"为代表的各类文化组织,创建工人教育、农民教育、干部教育和妇女教育等各类学校,创办了《新华日报》《抗敌报》《子弟兵》《冀中党报》《前线报》等影响广泛的报纸刊物。广泛的文化动员一方面激发了人民参加抗战的积极性,调动了一切可能的力量;另一方面提高了广大民众的文化素质,促进了根据地文艺活动的发展。与此同时,中国共产党选派了不少文化干部和青年知识分子到晋察冀,其中的代表者有邓拓、成仿吾、邵子南、沙可夫、魏巍等。"1945年8月,抗日战争胜利之后,张家口成为晋察冀根据地的首府,许多文艺工作团队和文艺工作者也随着党政机关入城,周扬、丁玲、艾青、萧三、萧军、贺敬之等一大批著名的文学艺术家从延安来到了张家口"[①],这些党的艺术工作者们一方面通过各种各样的方式推动了晋察冀文学的繁荣发展,另一方面也将《在延安文艺座谈会上的讲话》的文艺精神带到了晋察冀根据地。总之,20世纪三四十年代的河北文学与中国共产党的革命事业紧紧地黏合在一起,这一时期的河北文学在河北新文学发展史上具有非同寻常的意义,它以文艺的形式见证、参与了伟大的抗日战争和解放战争,同时也为日后河北文学注入了浓烈的红色基因。

新中国成立之后,根据地的一些作家们纷纷离开河北,奔

---

① 王长华主编:《河北文学通史》第3卷(下),科学出版社,2010年,第3页。

赴北京、天津，或者解放军部队，河北的作家人数虽然锐减，但是中国共产党文学传统却在这片土地上完整地保留了下来。无论是"十七年"期间还是新时期以来，现实主义写作和时代主旋律情结已经成为一种巨大的惯性潜隐于几代河北作家的血脉之中。对中国共产党领导下的河北革命和建设历史进行追踪与记录，对时代变革中的人民情感与心声进行表达，对文学历史使命和社会责任感的践行与担当，成为新中国成立之后河北文学的显著特征。

"十七年"期间河北文学关于革命历史题材和农村生活题材的书写都走在全国的前列。革命历史题材领域涌现出一批享誉全国的优秀作品，例如《红旗谱》（梁斌著）、《烈火金刚》（刘流著）、《小兵张嘎》（徐光耀著）、《敌后武工队》（冯志著）、《狼牙山五壮士》（邢也等著）、《儿女风尘记》（张孟良著）、《战斗的青春》（雪克著）、《平原枪声》（李晓明、韩安庆著）、《长长的流水》（刘真著）等，这些作品将革命激情与文学才情融为一体，再现了中国革命的伟大历程，它们形成了河北"红色经典"的创作高潮，也为中国当代文坛积累了一笔珍贵的精神财富。与此同时，"十七年"期间河北文学对于新的时代所出现的新气象、新风尚也进行了密切地追踪和记录，出现了一批反映农村新貌的优秀作品，例如孙犁的《铁木前传》、李满天的《水向东流》、谷峪的《新事新办》、张峻的《尾台戏》、潮清的《合婚台》、申跃中的《社长的头发》、张朴的《水上姻缘》、张庆田的《"老坚决"外传》等（第二章第三节将对此进行专门论述）。

第一章　中国共产党文学传统的界定及其他

进入新时期,"河北文学并没有出现现代潮流,仍然沿着贴近生活、表现现实的现实主义方向前行"[1],河北文坛出现了一大批有筋骨、有道德、有温度的现实题材文学作品。例如,贾大山所创作的数量众多的反映人民喜怒哀乐的短篇小说;铁凝的《哦,香雪》《没有纽扣的红衬衫》等小说书写了改革开放时期人们从封闭、落后走向开放、文明的心理变化;20世纪90年代中期,谈歌的"国企改革系列"、何申的"乡镇改革系列",以及关仁山的"雪莲湾系列"全景式地书写了20世纪90年代以来改革过程中的矛盾与冲突,谈歌、何申、关仁山组成的"三驾马车"为当时沉闷的文坛注入了强劲的现实主义之风,增强了文学干预现实的能力。

进入新世纪,"胡学文的'坝上乡村系列'、刘建东的'工厂师傅系列'、李浩的'父亲形象系列'及张楚的'小镇青年系列'自觉秉承河北优秀的现实主义文学传统,以先锋的姿态直面当下现实生活,在创作技法上兼容并蓄,融中化西,使得河北现实题材创作在思想性、艺术性上得到同步提升"[2]。

总之,"五四"时期至今河北文学的写作内容和美学追求都与中国共产党的时代使命和艺术主张紧密黏合在一起,中国共产党领导河北人民所走过的革命、建设和改革开放的历程在河

---

[1] 崔志远:《燕赵风骨的交响变奏——河北当代文学的地缘文化特征》,作家出版社,2001年,第54页。
[2] 赵振杰:《传承红色革命基因 坚守现实主义底蕴——回眸百年河北文学发展历程》,《文艺报》2021年6月23日。

北文学中都产生了文本呼应,中国共产党所倡导的艺术主张在河北作家那里变成一种根深蒂固的认知,正如铁凝所言,"我一直认为中国共产党的奋斗目标和我的个人理想是相吻合的,一致的。无论我写什么,真善美都是底色"[①]。

如果说河北这片土地始终与党的奋斗历程和伟大事业紧密联系在一起,是河北文学与中国共产党文学传统产生亲缘性的外在原因,那么燕赵文化在现代转型过程中与中国共产党精神气质所达成的高度契合,则是河北文学与中国共产党文学传统产生亲缘性的深层次内在原因。战国末期河北大地活跃着燕国和赵国,跻身"战国七雄"的燕和赵在变革图强和激烈竞争中渐渐形成了刚柔并济、以刚为主的雄浑的文化性格。燕赵人追求进步,具有不怕牺牲的反抗精神、不欺其志的侠义性格和不媚流俗的豪爽情怀,"燕赵古称多感慨悲歌之士"(韩愈语)可以说是对燕赵人独特的文化性格的集中概括。燕赵文化折射于文学创作之中,就形成了高亢激越、雄强豪放、侠义壮烈、慷慨悲歌、刚柔相济的美学品格。

进入现代,已经成为集体无意识的燕赵文化被赋予了新的时代内涵,即面对着民族灾难、民族建设及民族复兴的种种时代命题,燕赵人在整体上呈现了勇往直前、不怕牺牲、永不言败的精神风貌,而这与中国共产党人"坚持真理、坚守理想,践行

[①] 梁若冰:《真善美是我的作品底色——记党的十六大代表、女作家铁凝》,载吴义勤主编、房伟、胡健玲编选:《铁凝研究资料》,山东文艺出版社,2009年,第18页。

第一章　中国共产党文学传统的界定及其他

初心、担当使命,不怕牺牲、英勇斗争,对党忠诚、不负人民的伟大建党精神"①达成了高度的契合。因此,河北文学对革命和建设历程中所涌现出的英雄人物和英雄精神,尤其是对带领中国人民走向民族独立和富强道路的中国共产党人崇高的精神世界必然给予特别的关注与书写,以豪放激越、慷慨悲壮见长的燕赵文学在现代化历程中也顺理成章地与中国共产党文学传统的激情理想主义美学追求合流为一体。

河北文学中所出现的诸多英雄人物身上往往也会呈现复合性的文化感觉,一方面燕赵文化造就了他们的性格底色,另一方面中国共产党人的精神追求提升了他们的思想境界,而这两种文化成分在他们的身上又会融合为和谐的统一体。例如,梁斌在《我怎样创作了〈红旗谱〉》一文中写道:"过去有句老话:'燕赵多慷慨悲歌之士。'真的,从我的少年时代开始,就从故乡人民的精神面貌中窥见这种伟大的性格。于是我把这种伟大的人民性格,尽量赋予我所敬爱的人们,形成他们之间的共性。"②以朱老巩、朱老忠、严江涛、严运涛、春兰等为代表的三代农民英雄们就是梁斌所言的"敬爱的人们",在他们身上鲜明地呈现了燕赵文化熏陶的"伟大性格",他们侠肝义胆、疾恶如仇,不惜生死、无畏凛然,重友情、讲情义。与此同时,在反割头税斗争、保定二师学潮、高蠡暴动、建立抗日武装等事件中,第二

---

① 习近平:《在庆祝中国共产党成立100周年大会上的讲话》,《求是》2001年第14期。
② 梁斌:《我怎样创作了〈红旗谱〉》,《文艺月报》1958年第5期。

代、第三代农民英雄在中国共产党领导下又被激发了群体的战斗激情与智慧,朴素的反抗精神和有组织的斗争行动、个人的侠义和远大的革命理想就这样在他们身上达成了和谐的统一。再如,徐光耀笔下所出现的各种英雄人物形象,无论是战士还是嘎小子,他们在"救亡图存"的旗帜之下,怀着崇高的责任感和使命感共同抗敌御侮,强烈的爱国主义情感和无畏的英雄主义精神是他们身上最为显著的精神特征。在这个英雄的群体中站在最前沿的往往是中国共产党人,他们以强大的号召力和凝聚力团结了周边有血性的中国人,"党员"的身份在燕赵儿女眼中成为"光荣"的代名词。正如《平原烈火》中的周铁汉所言:"共产党没有什么好处,吃苦在头里享福在后头……可是有一样,他就是光荣!""人人都稀罕,人人都尊敬,又说不上来的尊贵。光荣还有一种力量……""燕赵风骨"就这样在新的时代与中国共产党的精神气质达成了契合,燕赵文学的"慷慨悲歌"之气在新的时代与中国共产党文学传统中的激情理想主义气质融贯为一体。

总之,"现代文学作为一种新传统已经无孔不入,无处不在,渗透到社会的各个方面,正在影响和制约着我们的思维方式"[①],因此对现代文学传统的清理和研究是一项十分必要的工作。现代文学传统是丰富、立体、多层次的存在,目前学术界对

---

① 温儒敏、陈晓明等:《现代文学新传统及其当代阐释》,北京大学出版社,2010年,第3页。

第一章 中国共产党文学传统的界定及其他

现代文学传统的清理和研究多集中于"五四"文学传统且成果颇丰。如果说现代文学遗产主要体现在三个话语层面——启蒙话语、人性话语和民族国家话语,那么"五四"文学传统的研究则主要集中于对前两个话语层面的开掘,民族国家话语范畴中的现代文学传统研究尚处于未成体系的疏散状态,中国共产党文学传统概念的引入也许将会为这个问题提供一种解决途径。由于政治历史和地缘文化等原因,河北文学与中国共产党、中国共产党文学传统具有天然的亲缘性,因此中国共产党领导下河北人民所走过的革命和建设的伟大历程、中国共产党所呈现的辉煌精神、中国共产党的艺术主张等,都会在河北文学中得以充分地展现、演绎和践行。

第二章 革命与建设:中国共产党时代使命的文本回响

　　1921年中国共产党的成立深刻地改变了中国人民和中华民族的前途和命运。"一百年来,中国共产党团结带领中国人民,以'为有牺牲多壮志,敢教日月换新天'的大无畏气概,书写了中华民族几千年历史上最恢宏的史诗。"[①]在一百年的历史征程中,中国共产党主要完成了三件大事:第一件是带领人民经过艰苦卓绝的革命斗争取得了新民主主义革命的胜利,实现了民族独立和人民解放,成立了中华人民共和国;第二件是经过社会主义革命确立了社会主义基本制度,为当代中国的发展进步奠定了根本政治前提和制度基础,实现了中华民族由不断衰弱走向持续繁荣富强的历史性转折;第三件是目前仍在进行中的社会主义改革开放,改革开放极大地激发了人民群众的积极性和创造性,极大地解放和发展了社会生产力,改革开放使中国社会主义现代化程度和社会文明程度取得了显著进步。党在百年历史中所完成的三件大事是和民族的诉求、愿望紧密相

---

①　习近平:《在庆祝中国共产党成立100周年大会上的讲话》,《求是》2021年第14期。

第二章 革命与建设:中国共产党时代使命的文本回响

连的,即争取民族独立、人民解放和实现国家富强、人民幸福,这种诉求和愿望的达成是通过中国共产党所领导的民族革命、社会主义革命和社会主义建设来完成,"革命"和"建设"可以说是对中国共产党百年历史使命的集中概括。具有浓烈红色基因的河北文学必然会以现实主义的写作方式对中国共产党领导河北人民进行革命和建设的历史进行书写和记录,作为社会意识形态体系的一部分,河北文学也以特殊的形式深度参与了河北的革命和社会发展历程,成为中国共产党领导的伟大事业的组成部分。

第一节 风云激荡的左翼文学

十月革命之后,苏俄成为国际无产阶级文学的运动中心,其所提倡的一系列革命文学理论辐射到了许多欧美资本主义国家和亚非拉殖民地、半殖民地国家。1930年3月2日由中国共产党所领导的中国左翼作家联盟在上海成立,标志着中国左翼文学开始成为国际共产主义文学阵营中的重要一员。1930年9月8日北方"左联"在北平成立,1930年12月北方"左联"天津支部成立。尽管彼时的河北笼罩在国民党的恐怖统治之下,但是依然有许多河北作家积极参与北方"左联"和天津支部的各项活动,1930年底在中国共产党保定特委领导下北方"左联"保定小组成立。据统计,30年代投身左翼文学运动的河北作家主要包括冀中的路一、梁斌、张秀中、张秀岩、张寒晖、谷万川，冀南的王林、方纪、公木、王亚平、袁勃、曼晴，保定的远千里、周幼年、杨春周、刘秉彦等。①这些作家大都是文学青年，他们以满腔的热忱投身到左翼文学的潮流之中，他们以不同的文学创作形式传达了要求民族解放、国家独立、人民自由幸福的社会变革愿望。

在诗歌领域，河北左翼诗歌阵营中的代表诗人有王亚平、袁勃、安娥等。王亚平（1905—1983）是"左联"外围组织中国诗歌会河北分会的创建者，20世纪30年代王亚平出版了诗集《都市的冬》，组织创办了河北分会的会刊《新诗歌》。在这个阶段的诗歌作品中他以愤懑的情感去描绘民不聊生、风雨飘摇的国势危难，以嘶鸣的呐喊发出战斗的动员，以如火的激情去呼唤民族精神的重振。在《火雾》一诗中，王亚平曾经如此明确地表达了自己的艺术追求："我不愿做一位骑士，/跨着白马，挟着剑/向旷野追求浪漫的情感。//我不愿做一颗甲虫，/把自己可爱的身体/拘限在狭小的天地。"舍弃狭隘的自我，王亚平眼中所触及的是大众的哀伤和民族的苦难。例如在《南北楼》一诗中，王亚平描绘了繁荣工业背后不公平的阶级压迫，"那一次爆炸了二号汽管，/炸碎了老黄的脑壳，/炸烂了老李的双眼。/又一次新来的一个弟兄，/不小心滚进了刀绞，/飞轮把他碾成肉条，/更搭上他妻一条命，吊死在工人室门前"。他呼唤着工人弟兄们

---

① 参见王长华主编：《河北文学通史》第3卷（上），科学出版社，2010年，第144页。

第二章 革命与建设：中国共产党时代使命的文本回响

能够团结起来,砸碎这个不公平的阶级社会,去获取人人平等的美好生活,"再不信那欺骗政策！/南楼呀！北楼！/是资本家榨取我们的囚狱。/纯碱呀纯碱！/是弟兄们的生命换来！/便那新式的生产机器/也成资本家的剥削工具！","怕什么？怕什么？人多力量大,/去吧！冲破铁门夺取更好的生活"。在《沽河的悲哀》《新摇篮歌》《儿啊,娘给你报仇》等诗作中,王亚平为中华民族所遭受的蹂躏和耻辱而沉痛低吟,"八国的战舰打碎了我的庄严,/异色旌旗下翻不起往日的波澜","关外的腥风卷过大海,/战尘模糊了两岸的垂柳";为可爱的生命被虐杀而悲痛,"此时,你永远地倒下了！/小姑娘,你死了！/你的血染红路轨,/染红了秋草,/你的脑浆迸流了","你不懂得敌人的无耻,/你不懂得敌人的残暴,/你更不晓得敌人/也会把你当作轰炸的目标"。当然王亚平诗歌情感的总基调是趋向慷慨激昂的反抗和对光明未来的坚信:他赞颂抗日将士的无畏无惧的英勇,"王阿泥第一个抛出手榴弹,/弹药爆出了血花,/敌人无声地倒下。/战士们雄踞山口,为了胜利而战斗,/为了胜利而欢呼！"(《血的斗笠》);他讴歌在炮火和屈辱中觉醒的中国人民,"僻乡的屋檐下,/孩子们唱抗敌救亡的歌;/年老人腰里的烟袋,/变成一柄短刀;/青年人的眼睛,/透视过烟火的烟瘴,/望着曙光欲来的祖国","中华儿女的血肉,/筑起真理的堡垒,/为捍卫人类的幸福,/高扬抗争的旗帜"(《五月的中国》);他祈盼必将到来的胜利,"让魔鬼的魂灵,/在我们面前发抖;/侵略者的泥足,/在广大土地上沉没。/呵！五月的中国,/向世界骄傲地笑着"(《五月的中国》)。

袁勃(1911—1967)是河北左翼诗歌阵营中的"多面手",他一方面创作了大量优秀的诗作,另一方面以敏锐的感知对左翼文学的理论主张进行阐释和宣传,对诗歌现象和诗歌作品进行透视与评说。袁勃于1935年发表了代表性论文《诗歌的机运》,1936年出版了诗集《真理的船》。左翼文学时期袁勃的诗作中既饱蕴着低沉的忧患,同时也充满了青年人对自由美好未来的激情向往和热切期盼。他会为中华民族的满目疮痍而痛心不已,"大江中异族的旗帜日日招展,/异族的铁马也将步步踏到黄河北岸。/啊!中华,你完美的灵魂早被剥蚀,/饥饿、灾害、死亡的毒菌,/也弥漫了你美好的身躯"(《中华!我不忍再歌颂你》);更将反抗与希望融贯诗行之间,催生了使人前行的力量,"我们并不算疯狂,/拼着血肉追取伟大的理想","田野中,工厂中,学校中,兵营中,/一齐咆哮起来了,/一齐怒吼起来了,/'我们要走上斗争的前哨'"(《走上斗争的前哨》)。袁勃这一时期理论文章的焦点主要集中在对新兴诗歌的倡导与评价。所谓新兴诗歌是指中国诗歌会所倡导的现实主义诗歌,袁勃认为新兴诗歌贴合现实生活、注重诗和歌的融合,是诗歌创作的伟大变革,然而新兴诗歌也具有浅薄凡俗等缺点,无论内容还是形式都需要更为深刻和精细。袁勃关于新兴诗歌的评价应该是客观而中肯的。

安娥(1905—1976)是左翼文学时期颇有成就的作词家、诗人。20世纪30年代安娥出版了诗集《燕赵儿女》,在这部诗集

第二章 革命与建设:中国共产党时代使命的文本回响

中安娥以独特的性别视角介入社会革命这一话题。安娥认为女性革命和社会革命具有同一性,同时也更具有负重感,"这四千年来,/永远脱不掉的痛苦疮痂!/假如说:男人们是被压迫的弟兄们,/我们更是,/奴隶压迫下的牛马!/我们要抛弃这羞辱的生活!/我们要反抗这可咒的生涯!/我们要说服被压迫的弟兄们,/共同打碎这沉重的枷锁!"(《母亲的宣布》)。安娥的诗歌慷慨激昂、独树一帜,显示了革命时代中国女性非凡的反抗勇气和斗争精神,兼具性别革命和社会革命的双重意义。

在小说领域,河北左翼小说阵营中的主要代表作家有韩麟符、谷万川、梁斌等。韩麟符(1900—1934)在20世纪20年代与周恩来、于方舟等一起参加学生活动,加入社会主义青年团。1928年左右韩麟符开始从事文学创作,数量颇丰,包括小说、诗歌、杂文等,1930年1月开始发表于《大公报》副刊《小公园》的连载长篇小说《断户》可以说是其小说创作的代表作品。断户也称绝户,在中国传统文化观念中绝门断户是最为恶毒的诅咒,而在《断户》中一位朴实的老农民却用黄泥把自己一家封堵在草房里,以求全家人一起死去。老农的选择是源于无奈的世道,在军阀混战和自然灾害的双重摧残之下,中国北方农村满目都是妻离子散、家破人亡的人间惨剧。《断户》连载至2月5日,被天津当局勒令停止,《断户》也由此留下了永远的历史遗憾,尽管如此,未完结的《断户》依然以其强烈的控诉性和逼真的写实感成为30年代河北左翼文学的重要代表作品。

谷万川(1905—1970)1925年考入北京师范大学附属中学,

在求学期间开始接触、接受马克思主义理论。20年代后期至30年代初是谷万川创作的鼎盛期。与其他左翼作家现实主义的写作风格不同,谷万川擅长采用童话幻想的方式来隐喻现实的革命生活与斗争,例如发表于1928年《太阳月刊》第6期的《黄莺与秋蝉底传说》,就颇为引人瞩目,蒋光慈曾在这期的编后记中赞誉:"谷万川创作的童话《黄莺和秋蝉底传说》开中国文坛童话界的新纪元。在现在我们这革命文学活动当中,有了这种创作,我们觉得很庆幸。"[1]《黄莺与秋蝉底传说》讲述的是一对革命恋人烈火和红焰的浪漫故事,烈火和红焰做了一个相同的梦,梦醒后各自得到了半面鲜红的旗帜,后来因为不同的任务两人分离,分离后的红焰因为思念恋人最终孤独地死去并化成一只秋蝉;烈火帮助穷人获得解放,但最终被富人杀害,死后化成了一只黄莺。《黄莺和秋蝉底传说》中所呈现的奇幻的故事情节和浓烈的激情为河北左翼文学增添了一份瑰丽的色彩。

梁斌(1914—1996)的文学创作始于20世纪30年代,1934年梁斌在北平"左联"刊物《伶仃》上发表了以河北"高蠡暴动"为题材的短篇小说《夜之交流》,这篇小说为后来《红旗谱》中的"高蠡暴动"事件描写铺垫了一定的写作基础。

在戏剧领域,河北左翼戏剧阵营的主要剧作家有宋之的、张寒晖等。宋之的(1914—1956)于1932年经于伶介绍加入左翼戏剧家联盟北平分盟,主编机关刊物《戏剧新闻》。宋之的是

---

[1] 转引自王长华主编:《河北文学通史》第3卷(上),科学出版社,2010年,第108页。

第二章 革命与建设:中国共产党时代使命的文本回响

中国现代话剧史上的优秀剧作家,其在短暂的一生中创作了大量优秀的话剧剧本。左翼文学期间宋之的的话剧作品具有鲜明的社会批判意识和浓厚的人道情怀,例如其话剧处女作《谁之罪》(1935年创作于太原,演出时更名为《罪犯》),以袁北里一家悲惨的生存遭遇为主线,讲述了30年代底层民众濒临绝境的生存境地,袁北里善良、懦弱,拥有大学学历却养活不了自己的妻子和孩子,不幸的是怀孕的妻子又病倒在床无钱救治,生活的无情摧残使袁北里几近疯狂,最后用家里仅有的一床破被做抵押当来一角钱,买砒霜毒死了自己的妻子。在《谁之罪》中与袁北里一家境况相似的还有煤矿工人刘建飞、纺织工人赵大妈,等等,他们勤勤恳恳地做工,从不偷懒懈怠,他们忠厚善良,苦难来临的时候相互救助,但是生活依然陷入了绝望的深渊。这样窘迫不堪的社会局面到底是谁之罪?高傲冷漠的上层社会、没有任何保障的社会务工、视底层如草芥的社会氛围等,都是造成袁北里们悲剧的原因,作品在悲痛的演绎中将观众导向了对不公平的阶级现象和腐朽社会制度的深度思考。

张寒晖(1902—1946)于1922年考入北平国立艺专戏剧系,1930年到定县民众教育馆工作。左翼文学期间张寒晖创作了《黄绸衫》《不识字的母亲》等一系列现实主义话剧,这些作品语言通俗上口、对封建制度的批判犀利,受到了观众的热烈欢迎。在创作话剧的同时,张寒晖还谱写了许多脍炙人口的歌曲,例如《松花江上》《军民大生产》《抗日军民进行曲》《老百姓抗日歌》等。《松花江上》在20世纪三四十年代被誉为"流亡三部曲之一",张寒晖撷取了传统妇女哭坟的悲切音调和现实生活中呼唤嗟叹的声音糅合成令人震撼的旋律,加以悲怆低回、闻之动容的歌词,使得《松花江上》成为一代又一代人传唱的经典之作。

第二节 蓬勃繁荣的根据地文学

1937年7月7日七七事变爆发,全面抗战由此开始。1937年10月,八路军在河北省保定市阜平县开辟晋察冀抗日根据地;1937年10月,八路军一二九师在刘伯承、张浩的率领下进入太岳山区和太行山区,创立晋冀豫抗日根据地。……1941年7月正式成立晋冀鲁豫边区政府,晋冀豫和冀鲁豫两个抗日根据地合并。大批文艺工作者响应中国共产党的号召,投身两大抗日民主根据地的文学建设,许多外来作家(丁玲、周扬、艾青、贺敬之、萧军、萧三等)和河北作家相互影响、相互交融,筹办出版社、创办文艺刊物,河北文学出现了空前繁荣的局面。在这一阶段,河北文学有效地践行了毛泽东《在延安文艺座谈会上的讲话》的精神,以救亡图存为核心,文学注重直接表现现实斗争,文学的战斗性得到了空前的强调与发挥;在这一阶段,在河北文坛活跃的主要作家、诗人、剧作家有孙犁、康濯、周而复、邵子南、孔厥、袁静、田间、陈辉、张志民、丁玲、周立波、沙汀、何其芳、崔嵬等,其中既包括外来作家也包括日益成熟的本土作家,

第二章 革命与建设:中国共产党时代使命的文本回响

然而无论是外来者还是本土者,他们都将自己的关注点聚焦于边区政府所发起的轰轰烈烈的革命斗争以及边区军民英勇奋进的精神风貌,他们以不同的文学形式见证、参与了中国共产党所领导的伟大的时代革命。

"在河北敌后抗日根据地,诗歌是文艺工作者最先使用的一种战斗武器,也是各个艺术门类中收获最早并取得巨大成绩的一个文艺品种"[1],这个阶段河北诗歌的创作规模和创作质量都远远超过了20世纪30年代左翼文学时期。据统计,根据地出版的纯诗歌刊物就有《边区诗歌》《诗战线》《诗建设》等10余种,在根据地创办的《红星》《动员周报》《海燕》《抗敌报》文艺副刊等重要刊物,自创刊伊始就经常发表诗歌作品,1938年7月3日《抗敌报》的《战地文艺》还刊发了诗歌专刊。根据地的诗歌社团也达到了前所未有的鼎盛状态,出现了大量的诗歌社团,其中影响最大的是战地社、铁流社和燕赵诗社。战地社以田间、邵子南、曼晴、方冰为代表,晋察冀边区第一个诗刊《诗建设》是其创作的主阵地。铁流社以钱丹辉、魏巍为代表,《诗战线》是其创作的主阵地。"战地社""铁流社"这两个社团,虽然诗人们的创作风格不同,但是他们都选择共同的抗日创作主题,因此学术界通常将这两个诗歌社团及其周围所团结的诗人并称为"晋察冀诗派","晋察冀诗派"的代表诗人有田间、邵子南、曼晴、方冰、钱丹辉、魏巍、陈辉、张志民、萧三、史轮、戈焰、雷烨、蔡其矫、姚远方、章长

---

[1] 王长华主编:《河北文学通史》第3卷(下),科学出版社,2010年,第10页。

石、徐明、邢野、流笳、鲁藜、林采等。1943年1月1日,晋察冀边区第一届参议会召开,其间,由邓拓、张苏、于力倡议,成立燕赵诗社,社长为聂荣臻司令员,主要成员包括成仿吾、宋劭文、刘奠基、吕正操、张林晓、田间、曲风章、沙可夫等,燕赵诗社的成员包括了根据地党政军的主要领导人,以及不同党派、阶层、宗教信仰人士,在边区拥有很大的影响力。这个阶段河北的根据地诗歌按照主题的不同可以分为两类:一类是抗战题材,其主要集中于30年代末至40年代初;另一类是根据地生产、生活题材,其主要集中于40年代中后期。

以如火的战斗激情为抗日战争和解放战争呐喊是河北的根据地诗歌第一个显著特点。面临着中华民族亡族亡种的威胁,河北的诗人们站在时代的最前沿,他们以文字作为刀枪、匕首,在振臂高呼中去唤起民众的抗战热情,去鼓舞和坚定人民的战斗意志。

他们用痛苦、愤懑的描述揭露日本帝国主义在中国犯下的滔天罪行,例如田间在《给战斗者·序诗》中用两句简短的诗行概括了无辜者的惨境,"日本强盗/来了,/从我们底/手里,/从我们底/怀抱里,/把无罪的伙伴,/关进强暴的栅栏";例如方冰的《过平阳镇》《写在断墙上》这两首诗控诉了日军荒井大队在根据地制造的平阳河大屠杀,许许多多的普通家庭在屠杀中被毁灭,曾经勤劳的丈夫、贤惠的妻子、慈祥的老人和活泼的孩子因为敌人的残暴行径都变成了一缕缕冤魂,"血呵! 浸透了泥土和砂子;/血呵! 染红了平阳河";再如丹辉的《敌人与黑夜》描

第二章 革命与建设：中国共产党时代使命的文本回响

写了一个日本兵在黑夜肆无忌惮地闯入农家蹂躏姑娘的悲惨景象，"又有一个姑娘含着耻辱，/含着比石头还沉重的痛苦，/无声地死去了"。

他们用激昂的呐喊去激发民众抗日的勇气，"假如我们不去打仗/敌人用刺刀/杀死了我们/还要用手指着我们的骨头说/看，这就是奴隶！"(田间《假如我们不去打仗》)。

他们抒发为祖国解放而甘心抛头颅、洒热血的豪情壮志，"祖国呵，/在敌人的屠刀下，/我不会滴一滴眼泪，/我高兴，因为呵，我——/你的大手大脚的儿子，/你的守卫者，/他的生命，/给你留下了一首无比崇高的'赞美词'。/我高歌，/祖国呵，/在埋着我的骨骼的黄土堆上，/也将有爱情的花儿生长"(陈辉《为祖国而歌》)。

他们热情赞颂为人民带来希望的晋察冀根据地，"人民有了晋察冀，/心眼里开了花！//花，又鲜明又大！//花——/长生不老/要开出新中华"(邵子南《花》)，"健康的笑，/健康的歌，/从田野里播送出来了。/熟透的麦粒，/像顽皮的孩子一样，/在战士的手里/跳跃呵！"(丹辉《夏收》)。

他们用动情的笔触去讲述军民英勇抗敌的故事，例如方冰的《歌唱二小放牛郎》，在舒缓悲怆的叙述中再现了冀西13岁放牛郎王二小的英雄事迹，表达了人民对少年英雄的怀念与哀思；再如曼晴的《巧袭》叙述了定县民兵英雄郝庆山的传奇故事，郝庆山智勇双全、胆大心细，乔装成日本宪兵队并在敌人的眼皮底下夺取炮楼，全诗简洁清晰的叙述与郝庆山镇定自若的英雄行为形成了微妙的呼应。

　　1945年8月15日中国历时十四年之久艰难的抗日战争取得了最终的胜利,与此同时中国也面临着未来道路的选择,河北根据地的诗人们用自己的诗歌去回答时代的命题,他们在诗歌中讴歌根据地所出现的翻天覆地的新气象,描绘中国共产党领导人民获得的翻身解放的新生活。例如柯岗的叙事诗《小顺他娘》讲述了在根据地轰轰烈烈的大生产运动中劳动英雄小顺娘的故事,小顺娘是一个寡妇,丈夫因病去世,家境贫寒,上有老下有小,家庭的重负全部压在她一个人身上,八路军的到来给她带来了好日子,"一路上两手甩的像车轮样,说不出有多高兴"。再如刘艺亭的叙事长诗《苦尽甜来》,以对比的形式讲述了贫苦农民四牛的生活变化,在土改之前四牛遭受地主安红仁的残酷剥削,生活充满了苦难和辛酸,土改之后翻身做了主人,日子里全是喜悦和欢欣。在根据地,人民不仅在经济上获得解放,在政治上也获得了民主参政的权利,真正当家作主人,例如马紫笙的《献给晋察鲁豫二届参议会》一诗,就热情赞颂了边区的民主制度,在根据地人民真正实现了民主参政,人民的代表"尽情地发扬民意""认真地行使四权"。

　　诗歌创作形式的多样性和传播的广泛性是河北的根据地诗歌第二个显著特点。这个阶段河北诗歌的创作形式丰富多样,既有灵活应时的"街头诗""枪杆诗"等,也有史诗性的长篇叙事诗;既有自由无拘的现代体诗,也有严格遵循格律的旧体诗;既有采用民歌曲式创作的新诗,也有短小精悍的童谣儿歌。

第二章 革命与建设:中国共产党时代使命的文本回响

街头诗又称传单诗、墙头诗、岩头诗等,具有通俗性、简易性、鼓动性和号召力等特点,是一种能够紧密配合斗争、发挥宣传教育作用的诗的战斗形式。"街头诗运动"1938年8月兴起于延安,两个月后延安抗战文艺工作团来到晋察冀根据地,街头诗也随之成为早期河北的根据地诗歌重要而独特的表现样式。抗战时期,河北根据地村落的院墙屋壁,道路两旁的石壁、土崖、大树上,到处书写着鼓舞人心的抗战诗篇,这些诗歌多数是没有署名的即兴创作,成为激励根据地军民抗击日本侵略者的战斗号角。据统计,这个阶段河北出现了10余部街头诗诗集,其中包括《街头诗》《粮食》《力量》《给自卫军》《晋察冀》《冀中街头诗选》等,可以说"在全国各抗日民主根据地普遍开展的街头诗创作中,唯有河北敌后根据地的'街头诗运动'开展得持久而深入,并且取得了无比丰硕的成果"[①]。

史诗性长篇叙事诗在这一阶段也呈现了井喷之态,涌现了大批优秀作品,例如被誉为"开辟了纪念碑式的大叙事诗的方向"(胡风语)的田间的《亲爱的土地》和《铁的纪念碑》,邵子南的《会场上的诗章》《在新的年代的第一个早晨》,魏巍的《晋察冀的大山》《黎明风景》《钢板上的梦》《清明寄》,孙犁的《儿童团长》《梨花湾的故事》《白洋淀之曲》,陈辉的《红高粱》,等等。大量优秀的长篇叙事诗的出现是河北的根据地诗歌创作走向成熟的重要标志。

---

① 王长华主编:《河北文学通史》第3卷(下),科学出版社,2010年,第13页。

大力提倡旧体诗创作的燕赵诗社在这个阶段也创作了大量优秀的诗作，例如邓拓的《晋察冀军区成立志感》《狼牙山五壮士》，丁力的《野场行》，陈大远的《出塞五首》《悼顾宁同志》等。这些旧体诗一方面抒写了激昂的抗敌斗志，另一方面通过根据地旧文人们所熟悉的文学形式激发了他们爱国参政的热情。

民歌体新诗的出现是这阶段河北诗歌的一个创新亮点，阮章竞是民歌体新诗写作的杰出代表者。阮章竞（1914—2000）是一位戏剧工作者，在30年代就参加了上海的抗日救亡歌咏活动，1937年底赴太行山敌后抗日根据地，1947年来到河北涉县，在太行文联担任戏剧部部长，同时担任中共太行区党委文委委员。在涉县阮章竞创作了许多民歌体诗作，主要的代表作品有《漳河水》《送别》等。《漳河水》不仅是阮章竞的代表作品，也是解放区文学的经典作品，诗人在太行山民歌形式基础之上，博采众多的民间小曲而创作完成的这首极具民族风格的叙事长诗，它彰显了民歌体新诗创作在20世纪40年代已经走向了艺术上的成熟。在中华民族悠久的诗歌传统中，民间歌谣一直是老百姓喜闻乐见的艺术形式，他们往往通过脱口而出的歌谣来说唱民间的故事、表达民间的情感。同样，在20世纪三四十年代河北的根据地，普通军民也会运用自己熟悉的艺术形式——歌谣来讲述战争年代中的悲欢离合和喜怒哀乐，他们借用民歌"五更调"的形式以孤儿寡母的口吻来控诉日本侵略者的血腥与残暴（《难民哭五更》）；他们用简洁酣畅的描述来赞美

第二章 革命与建设：中国共产党时代使命的文本回响

游击队员的神出鬼没，"青纱帐，似海洋，游击队，里面藏，说来，就来，说走，就走，回回不空手"（《青纱帐》）；他们通过日常的生活场景歌唱根据地人民拥军支前的爱国热情，"摇箩箩，磨面面，一斗麦，三转转，白的送军队，黑的饱自家，剩下麸子喂骡马，马儿喂得壮壮的，要和鬼子打仗去"（《摇箩箩》）；他们套用摇篮曲的曲调来表达根据地贫苦农民翻身得解放的欢快心情，"宝宝好好睡，妈妈去开会，开会干什么？斗争大恶霸！讲讲理，出出气，要回咱那宅子地，翻翻身，抬抬头，给你爸爸报报仇！"（《报报仇》）。总之，河北的根据地诗歌通过各种各样的创作形式将时代精神辐射到社会的各个阶层之中，在民族存亡的关键时刻发挥了重要的战斗作用。

与河北的根据地诗歌一开始就出现繁盛景象不同，河北的根据地小说发展是沿着慢热的轨迹前行的。以1942年毛泽东的《在延安文艺座谈会上的讲话》和文艺整风为分界线，根据地小说分为两个比较明显的阶段：在前一阶段，河北的根据地小说创作处于起步和发展状态，这个阶段的小说创作以短篇小说为主，形式相对单一，尽管也出现了一些优秀并产生较大社会影响的作品，例如《棉油不卖了》《邢兰》《丈夫》《平静的初春》等，但是就写作数量和整体质量而言尚未达到鼎盛；在后一阶段，作家们通过学习《在延安文艺座谈会上的讲话》，深入农村基层生活，切身体悟农民的精神世界，积累了丰富的创作素材，加之前期写作经验的积累，河北的根据地小说创作开始走向丰收状态。这一时期涌现了大量优秀的中长篇小说，例如《新儿

红色传承视阈中的河北文学研究

女英雄传》《滹沱河流域》《白求恩大夫》《红石山》《村长和他的兵》等;与此同时,一批经典的短篇小说也纷纷问世,例如《荷花淀》《芦花荡》《我的两家房东》《雨来没有死》《李勇大摆地雷阵》《十八匹战马》等。

  从创作风格上而言,河北的根据地小说具有鲜明的现实主义特色。抗日战争和解放战争期间,根据地这块革命热土之上所发生的历史事件在河北小说中均可觅其踪影,例如武装斗争、参军支前、统一战线、减租减息、生产建设等,均成为小说的写作题材;在这片热土之上所发生的感人故事、所出现的无畏英雄成为小说的原型,被作家艺术地演绎为一个个惊心动魄的情节、一个个光彩夺目的形象。河北的根据地小说丰富了中国现代文学的创作,也为那段惊心动魄的河北现代历史、中国革命史留下了珍贵而全面的资料。

  河北的根据地小说创作者可以分为两个比较明显的群落,一是"延安作家群",二是本土作家群。河北的根据地文学与延安文学血脉相连,一些延安作家们响应党的号召来到河北,在撒播延安精神火种的同时投身轰轰烈烈的根据地革命战斗和生产建设,他们用自己熟悉的小说形式来书写对这片土地的感受,他们为河北的根据地小说创作注入了强劲的外来之力。"延安作家群"的主要代表作家有孔厥、袁静、邵子南、周而复、曾克、丁玲等,主要代表作品包括《新儿女英雄传》《太阳照在桑干河上》《李勇大摆地雷阵》《白求恩大夫》《女射击手》《掩护》等。在外来作家云集的同时,河北本土作家也迅速成长起来,他们

第二章 革命与建设:中国共产党时代使命的文本回响

以深挚而浓烈的情感、真切而生动的描绘记录了家乡正在发生的艰苦卓绝的抗日战争,其主要代表作家有孙犁、王林、康濯、管桦、俞林等,主要代表作品包括《荷花淀》《芦花荡》《十八匹战马》《还乡河之夜》《雨来没有死》《我的两家房东》等。这批迅速成长起来的本土作家不仅在河北现代文学史,甚至在中国现代文学史上,都占据着重要的地位,而且他们也将成为日后河北"十七年"文学持续发展的重要生力军。

对根据地革命历史进行全景史诗性的呈现是河北的根据地小说第一个显著特点。这个阶段河北的根据地小说呈现长篇、中短篇小说全面繁盛的局面,涌现了大量优秀的作品。容量大、情节复杂、结构恢宏的长篇小说通过对广阔的社会生活场景和人物成长历程的描绘,全面勾画出根据地时期的重要事件和历史面貌;中短篇小说则选取和描绘根据地生活中具有典型意义的横截面,通过富有浓度、饱含张力的方式书写了河北的根据地革命斗争片段史,而这些数量众多的长篇和中短篇小说汇集在一起就成为一部波澜壮阔、生动丰富的根据地革命史。在长篇小说领域,《新儿女英雄传》《太阳照在桑干河上》《腹地》等是代表作品;在中短篇小说领域,《李勇大摆地雷阵》《十八匹战马》《我的两家房东》等是代表作品。

1947年从延安撤离的作家孔厥、袁静来到河北白洋淀参与土改斗争,其间他们了解到许多白洋淀人民英勇抗日的故事,以此为素材创作了长篇小说《新儿女英雄传》并于1949年出版。《新儿女英雄传》描绘了冀中人民在中国共产党的领导下与日本侵略者进行的艰苦卓绝的斗争,被称为"冀中抗战的百科全书"。从时间跨度上看,小说囊括了抗战不同时期的历史景象:例如抗战初期国民党军队一溃千里、土匪武装蜂起,中国共产党领导老百姓建立起自己的抗日队伍;"五一大扫荡"期间日军对根据地军民残酷地镇压、杀戮;战略反攻阶段敌我双方力量的对比,及至最后取得了胜利。从内容上来看,《新儿女英雄传》几乎涵盖了根据地抗日斗争的方方面面,例如令日军闻风丧胆的白洋淀雁翎队的斗争、根据地人民踊跃参与的拥军支前运动、根据地建立人民民主政权、边区政府实行减租减息政策等。

被认为是"一幅伟大的民族苦难图和民族苦战图"(孙犁语)的《腹地》(王林著)创作于1942年冬至1943年夏,小说以日军1942年对冀中"五一大扫荡"的前后为背景,采用三条线索并存的讲述方式展示了冀中根据地错综复杂的斗争形势,其间所涉及的复杂的党内斗争描写在同时期小说中是比较少见的,当然小说最成功最精彩的部分集中于冀中根据地人民在坚定正直的共产党人领导下展开的艰苦卓绝的反"扫荡"斗争,这也为后世了解那段苦难史和苦战史留下了珍贵的文学资料。

1946年丁玲参加了中共晋察冀中央局组织的土改工作队,1948年根据自己的切身体验创作了具有史诗意义的长篇小说《太阳照在桑干河上》。《太阳照在桑干河上》全景式地反映了土改期间的农村社会风貌,描绘了大量的日常场景和不同阶层人物的生活,在波澜壮阔的讲述中昭示了历史的潮流和土改运动

第二章 革命与建设:中国共产党时代使命的文本回响

胜利的必然性。

邵子南的短篇小说《李勇大摆地雷阵》,是以晋察冀根据地著名的爆炸英雄李勇和他所领导的民兵爆炸组的战斗事迹为原型创作而成的,小说生动形象地塑造了李勇的形象,活灵活现地讲述了地雷战的各种战法和巨大威力。

王林的短篇小说《十八匹战马》讲述了一个悲剧故事:面对着日军的"扫荡",八路军骑兵团即将转移,临行前留在黄家村的十八匹战马难以隐藏,杀还是不杀成为横在地方干部"我"与村长、村民、骑兵团战士之间的难题。最后主张杀马的"我"拗不过村长、村民和骑兵团战士只好离开,但是不久十八匹战马却全部被敌人掳走了。这篇小说选材极为独特,从戏剧化的场景冲突中敏锐捕捉到战争环境中人们所面临的情与理的艰难选择。

康濯的短篇小说《我的两家房东》被认为"达到了完善地步",是"惊人之作"(郭沫若语)。它通过房东女儿们的婚姻故事描绘了"解放后农村男女新生活的愉快光景"(周扬语),从侧面折射了边区民主改革所取得的巨大成功。

对根据地军民精神世界的书写和赞颂是河北的根据地小说第二个显著特点。燕赵多慷慨悲歌之士,在民族存亡的历史关键时刻,河北根据地的军民们无畏无惧,他们以炽热燃烧的爱国情感和不屈不挠的战斗意志谱写了可歌可泣的英雄篇章。河北的根据地小说以现实主义的写作方式对这片土地之上的英雄精神进行追踪、记录和赞颂,为中国现代文学增添了一组栩栩如生、光彩夺目的河北抗战英雄群像。河北的根据地小说所描绘的英雄们丰富多彩,这里不仅有高级将领,也有普通战士和百姓;不仅有血气方刚的青壮年,也有妇孺和老者,反映了万众一心、众志成城的民族风貌。

尤其值得一提的是,在河北的根据地小说中出现了大量英勇抗敌的妇女、儿童和老者们,他们用柔弱的身躯承担起民族的重任,他们以坚韧顽强的精神激励着一代又一代的中国人,他们成为中国现代文学中不朽的经典形象。例如,孙犁广为人知的名篇《荷花淀》中讲述了以水生嫂为代表的一群年轻妇女们的故事,在她们身上体现了冀中抗敌妇女们无私高尚、坚贞勇敢的精神。1948年管桦的中篇儿童小说《雨来没有死》(新中国成立后改名为《小英雄雨来》),讲述了还乡河边12岁抗日小英雄雨来的故事,机智调皮、活泼勇敢、生性好玩又水性极好的小雨来的形象,自诞生之日起就深受读者,尤其是少年读者们的喜爱。周而复以"晋察冀童话"为副题的一组小说描绘了根据地少年们机智勇敢的群像,其中有利用进城看望奶奶的机会对伪军进行成功策反的小栓栓(《在一条小胡同》);在日军的眼皮底下以"认亲"的方式救下区干部的二虎子(《围村》);不幸被日军抓住后乘机逃脱,并带着两匹战马投奔八路军的牛儿(《遛马的孩子》);等等。管桦的《还乡河》讲述了一位抗日老人的悲壮故事,还乡河边67岁的朱荣久老人每天晚上都撑船为八路军宣传部运输物资和宣传品,后来不幸被日军捉住,敌人用尽一切酷刑都没有办法使他吐露八路军宣传部的位置,最后残暴

第二章 革命与建设：中国共产党时代使命的文本回响

的日军把他装进麻袋投进了还乡河。"夜，死一般寂静"，风儿吹动芦苇沙沙作响，水鸟擦着芦苇梢头低叫飞过，静默、低沉的万物似乎都在用独特的方式悼念这位勇敢的花甲老者。如果说勇敢坚强、无畏无惧是根据地人民精神世界的底色，那么根据地作家们在这个底色之上又捕捉到了日常人生的温情、不舍，甚至是瞬间的摇摆、犹豫等，塑造了真实可信、可亲可敬的凡间英雄形象，从而避免了某种神化。例如孙犁《荷花淀》中经典的水生嫂吮吸手指的细节，暴露了水生嫂内心瞬间的慌乱，也将根据地人民面对"小家"与"大家"的选择时瞬间的不舍，淋漓尽致地展现于读者面前。再如《李勇大摆地雷阵》中的李勇最初也有很多骄傲自满的情绪，后来经过党的引导和教育，逐步克服性格中的缺陷成为更为完美的英雄人格。

戏剧是晋察冀根据地人民十分喜爱的艺术形式。例如，河北梆子、京剧演员小红宝（原名王洪宝）在冀中一带有"勇猛武生"之称，在老百姓中曾流行"宁肯三年不洗澡，也要去看小红宝"[①]的赞语。戏剧已经成为晋察冀根据地人民精神生活中的主要组成部分，因此相对于其他的民众动员形式，戏剧更具天然的优势性。在晋察冀根据地活跃着很多剧社，例如战线剧社、七月剧社、冲锋剧社、前锋剧社、前进剧社、火线剧社及挺进剧社、尖兵剧社等。1939年7月，抗敌剧社、战斗剧社、抗大文工团等在灵寿县组织建立了中华全国戏剧界抗敌协会晋察冀

[①] 文化部党史资料征集工作领导小组、延安平剧活动史料征集组编：《延安平剧活动史料集》第1集，1985年编者自刊，第331页。

边区分会,提出了戏剧运动"战斗化、现实化、大众化"的口号,从而使这个阶段河北戏剧也很快融入了抗日战争和解放战争的大潮,并且以自己独特的优势和活跃的姿态在文化教育和宣传方面起到显著的推动作用。

改造传统剧目并积极创作现代戏剧、改善丰富剧种的类型是河北的根据地戏剧创作的显著特征。在根据地有很多传统的流行剧目,但是其中的很多内容已不适应抗日战争的形势和需要,于是剧作家们对一些优秀的传统剧目进行改造,例如《逼上梁山》《三打祝家庄》《群英会》等,保留剧中精华的同时,从人物到情节、从台词到唱腔都加强了思想性和艺术性。在改造传统戏剧的同时,根据地也出现了大量的现代戏剧,这些剧目往往会紧密配合时代主题,与根据地人民的切身经历产生强烈的共鸣,从而具有广泛的影响力。例如根据真人真事编写的《枪毙杨小脚》曾在张家口连演数十场不衰,杨小脚曾是张家口的一个女流氓,投靠伪军势力欺压老百姓,并且威逼利诱良家妇女充当伪军的泄欲工具,后来被民主政府处决。针对传统剧种不足的现状,根据地的剧作家们又将话剧、歌剧、活报剧引植进来,将传统的秧歌剧发展成新秧歌剧。根据地涌现出来的优秀话剧包括《自取》《丰收》《张大嫂巧计救干部》《活路》《军人招待所》等;根据地的优秀歌剧《王秀鸾》当时和《白毛女》《刘胡兰》《赤叶河》被称为解放区的"四大名剧";活报剧是戏剧中一种轻骑式的短小杂剧,内容包括唱歌、对白、舞蹈、演说,并且配合音乐,也是当时根据地人民易于接受的一种表演形式,其代表作

第二章 革命与建设：中国共产党时代使命的文本回响

是《抗战三阶段》。总之，河北的根据地剧作家们通过各种形式最大限度地动员和教育民众，传递革命精神，使根据地戏剧在抗日战争和社会变革中焕发了蓬勃的生命力。

河北的根据地散文也呈现了迅速兴起的蓬勃之势。在这个阶段的散文创作领域，报告文学的成就最为突出。河北这片抗敌的热土之上每天都会上演血与火的悲壮故事，报告文学及时、真实、形象的写作特点与这种激昂多变的战斗生活产生了高度的契合，于是很多作家、新闻记者和基层群众不约而同地选择用报告文学的形式来准确生动地记录这个伟大时代中的人物和故事。河北的根据地报告文学最显著的特征是涉猎题材的广泛性和写作风格的多样性。根据地的军事、政治、经济、文化等内容均成为报告文学的写作范畴，战场上奋勇杀敌的八路军将士、敌后支援前线的人民群众、根据地的新气象新人物等都成为报告文学的写作对象，诸多的报告文学汇合在一起即成为一座真实记录根据地军民抗战历史的巨大浮雕。例如周立波的报告文学集《晋察冀边区印象记》，真实生动地展示了抗战初期军民万众一心、奋勇杀敌的战斗风貌和根据地的日常生活状态，宣传了中国共产党的抗战方针、政策，在国内外产生了重要的影响力。周而复的长篇报告文学《诺尔曼·白求恩断片》，通过典型化的情节、生动的语言和饱含情感的叙述真实再现了白求恩大夫在晋察冀根据地舍身忘我、救死扶伤的感人事迹，为后来者追忆这位可敬可爱的国际共产主义战士留下了珍贵的文字记录。仓夷的长篇报告文学《纪念连》，以丰富翔实的资料记录了反"扫荡"英雄连队"纪念连"在残酷的环境中,依靠人民群众顽强战斗的英雄事迹,这篇报告文学既具有浓烈的艺术感染力同时又真实再现了平原游击战争的全部内容——地雷战、道沟战、地道战、村落战、铁壁合围中的突围等,成为一幅生动真实的反"扫荡"历史全景图。

河北的根据地报告文学创作者来自不同的群体,有的是具有成熟写作经验的作家、诗人,有的是紧密追踪战斗实况的新闻记者,还有的是亲身参加斗争、参与根据地新生活的基层群众。不同的写作群体造就了河北的根据地报告文学写作风格的多样性:出自作家、诗人之手的作品风格老辣成熟,兼具真实性和艺术性,往往会产生脍炙人口的经典之作;出自新闻记者之手的报告文学能够迅速及时地反映现实,有力地配合革命斗争,其具有无法比拟的现场震撼力;出自基层群众之手的报告文学再现了写作者的亲身经历,以及所见、所闻、所感,虽然有些粗糙但是具有鲜活的血肉感。

第三节 社会主义语境中的"十七年"文学

1948年9月8日至13日在河北省平山县西柏坡中共中央召开了撤离延安之后的第一次政治局会议,这次会议的核心任务是总结检查过去时期党的工作,规定今后时期党的任务和奋

第二章 革命与建设：中国共产党时代使命的文本回响

斗目标，关于未来新中国的建设问题也成为会议的重要议题。1949年3月5日中国共产党在西柏坡召开了七届二中全会，在这次会议上毛泽东自信地宣告："我们不但善于破坏一个旧世界，我们还将善于建设一个新世界。"[①]从历史发展的进程而言，中共七届二中全会的召开意味着一个时代转折的开始：中国即将开启由革命走向建设的历史进程。共和国成立初期，中国共产党开始在全国范围内组织对农业、手工业和资本主义工商业领域进行社会主义改造，社会主义改造实现了把生产资料私有制转变为社会主义公有制的任务，中国共产党由此开启了带领全国人民建设社会主义新中国的历史征程。在河北，"十七年"期间作家（诗人、剧作家）们承接根据地文学的现实主义写作传统，对现实生活各个领域所发生的轰轰烈烈的巨变进行追踪和记录，对社会主义建设过程中所涌现的新人物和新现象进行歌唱与赞颂。当然社会主义建设之路是波澜壮阔的，但同时也伴随着艰难的探索和曲折的迂回，因此河北"十七年"文学关于这段历史的书写与歌唱，在昂扬激越的底色之上也会留下令读者感叹的想象空间。河北"十七年"文学关于社会主义生活、生产建设的追踪、记录主要集中在小说、诗歌和戏剧之中，其中书写社会主义农村建设的小说数量最多，成就也最大。

河北"十七年"农村题材小说主要有两个书写内容：一是描绘社会主义开创时期农村的新气象、新风貌，二是记录正在发生

---

① 《在中国共产党第七届中央委员会第二次全体会议上的报告》，载《毛泽东选集》第四卷，人民出版社，2006年，第1439页。

的轰轰烈烈的农村合作化运动。河北"十七年"农村题材小说出现了长篇和中短篇小说都相对繁盛的局面。短篇小说的代表作品有刘绍棠的《青枝绿叶》《大青骡子》、康濯的《春种秋收》、韩映山的《水乡散记》等,其中刘绍棠的《青枝绿叶》被叶圣陶先生编入1952年的高中语文课本。中长篇的代表作品有李满天的《水向东流》、张庆田的《沧石路畔》、孙犁的《铁木前传》等。

河北"十七年"农村题材小说的很多写作者都出自同一个文学派别——荷花淀派,因此这个阶段的河北农村题材小说从整体上而言出现群体风格趋近的写作现象。荷花淀派的领军者是孙犁,自1945年的成名作《荷花淀》之后,孙犁又接连发表了《芦花荡》《嘱咐》《山地回忆》《铁木前传》《风云初记》等一系列优秀作品,奠定了清新俊逸的写作风格,其风格也吸引和影响着一批文学青年。河北"十七年"文坛的新起之秀,诸如刘绍棠、从维熙、韩映山等,他们的审美追求和艺术风格大体一致,其作品往往呈现了孙犁式的清新灵动、诗情画意的美学效果。

通过对人情、人性的挖掘和日常生活场景的捕捉去映显时代精神是河北"十七年"农村题材小说的第一个显著特征。对于文学与政治的关系孙犁有自己独特的理解,"政治作为一个概念的时候,你不能做艺术上的表现,等它渗入群众的生活,再根据生活写出作品。当然作家的思想立场,也反映在作品里,这个就是它的政治倾向"[①],由此可见,在对日常生活的描绘和

---

① 《文学和生活的路》,载《孙犁文集》(四),百花文艺出版社,1992年,第388页。

第二章 革命与建设:中国共产党时代使命的文本回响

情感的体悟中去折射政治是孙犁的独特艺术观念。

新中国成立后,轰轰烈烈的农业合作化运动是社会主义农村建设的一个重大举措,也是十分重要的时代政治命题。面对这个政治命题,孙犁依然采用侧面折射的方式来讲述,他不像柳青那样直接正面地书写合作化运动中诸多阶层复杂的斗争故事,他将政治事件推至幕后或者侧面,将具有浓郁的乡土气息的日常生活置于写作的中心,在家务事、儿女情、兄弟情等人间故事和人生情感中去映显农业合作化时期农村的斑驳图景和历史的风云变幻。

1949年10月孙犁发表了中篇小说《村哥》,这部小说是他在参加冀中平原张岗村的土改和合作化运动的经历基础上写作而成的,小说主要讲述了一个多才多艺、活泼开朗、爽直倔强、能干好强的农村女青年双眉的故事。双眉曾经因为性格外向开朗、参加过剧团、爱打扮、说话刻薄等被一些传统观念重的人视为"流氓"不被接纳,后来在区长的帮助下组成互助组,逐步成长为有觉悟、有耐性、有智慧的美好女性,孙犁通过双眉的人生故事展示了新时代、新生活对人的精神世界所产生的美好的激励作用。

1956年孙犁在《人民文学》发表了中篇小说《铁木前传》,小说讲述了木匠黎老东和铁匠傅老刚两个好朋友从亲密无间走向情感破裂的故事。在早年的艰苦岁月中,黎老东和傅老刚相互扶持、相互帮助,建立了亲密无间、患难与共的手足情谊。抗日战争胜利后,傅老刚带着女儿九儿回故乡探望,多年后再归来已物是人非,财大气粗的黎老东在贫穷的老友面前摆起了东家的架子,也不再提及曾经约定的儿女婚事,最后傅老刚和女儿九儿一起加入了合作社。《铁木前传》的情节单纯明净,在充满乡土气息的诗情画卷中展示了人物丰富的内心世界。九儿是小说塑造的精彩人物形象,在她的身上既有青年女性的柔情,也有新时代年轻人的担当。当她明白曾经青梅竹马的六儿与自己已经不再是一路人时,她并没有在情感中迷失,而是投身合作化的事业,在集体的怀抱中"她的心情也明快平静下来,她觉得她现在的心境,无愧于这冬夜的晴空,也无愧于当头的明月"。《铁木前传》可以说是"十七年"合作化运动题材小说中最有诗情画意的一篇,其在日常故事的隽永叙述中"由内而外"地折射了时代发展的趋势与走向。

在孙犁的影响、带动甚至是辛勤培植之下,刘绍棠、韩映山、从维熙等青年作家也采用这种"由内而外"的方式去映显时代生活的内涵和精神风貌。例如,刘绍棠的《大青骡子》讲述的是饲养员桑贵一家围绕大青骡子所产生的故事,桑贵的亲家母打发桑贵的女儿回娘家借用大青骡子来雨天耕作,大青骡子是互助合作社所养的牲畜,桑贵宁可得罪亲家母也不违背良心去占合作社的便宜。《大青骡子》在看似家务事的讲述中反映了社会主义开创时期农村互助组的风尚。再如韩映山的《鸭子》讲述了农村放鸭小伙中秋的故事,中秋有一只视若珍宝的小船,这只小船是他父亲亲自制造的,以前家里受穷的时候全仗着这只小船度日,父亲临终前将小船交到中秋的手里,中秋谨

第二章 革命与建设：中国共产党时代使命的文本回响

记父亲的遗言将这只小船看作"传家宝",后来在一场突如其来的暴雨中为了保护集体的庄稼,中秋将小船填满土堵住了河堤的决口。《鸭子》通过中秋对"传家宝"的珍爱与舍弃这两种不同情感的细腻描绘,映显了社会主义农村热爱集体、无私为公的新气象和新风貌。

当然在河北"十七年"农村题材小说中也有正面直接描写合作化生活和斗争的作品,典型的作品是李满天的长篇小说三部曲《水向东流》《水流千转》《水归大海》。《水向东流》三部曲以河北平原上的一个村庄——大杨庄为背景,讲述了大杨庄农业生产合作社从一个十来户的小社发展成有百余户人家参加的大社的复杂过程,展现了新中国成立初期农业合作化道路的艰难曲折,以及农业合作化运动如同滚滚东流水一样不可阻挡的历史必然性。《水向东流》三部曲也是一部新中国成立初期河北农村波澜壮阔的社会生活史,农业生产、科学种田、牲畜饲养、实验风动水车及家庭生活、男女爱情、民情风俗等方方面面的内容都有所涉及,"是了解当时北方农村社会经济、政治形态、风俗文化等方面状况及历史变革很宝贵的形象资料,有不可替代的价值"[①]。

以炽热的情感对农村的风景、风俗、风情和淳朴人性进行诗意描绘,营造出诗情画意的美好意境是河北"十七年"农村题材小说的第二个显著特征。孙犁是"美的极致"的追求者和赞

---

① 王长华主编:《河北文学通史》第4卷(上),科学出版社,2010年,第114页。

颂者,抗日战争期间人民英勇无畏的极致之美深深感动了孙犁,他曾言"我的文学创作,就是从这个时候开始的,我的作品表现了这种善良和美好的东西"①。刘绍棠和韩映山曾经表示孙犁作品中"这种善良和美好的东西"对他们的影响深刻,"孙犁同志的作品唤醒了我对生活强烈的美感,打开了我的美学眼界,提高了我的审美观点,觉得文学里的美很重要。孙犁同志的作品就是美:文字美,人物美,读孙犁同志的作品,给人以高度的美的享受。我从孙犁同志的作品中汲取了丰富的文学营养"②,"50年代开始写作时,由于受作家孙犁同志的影响和指导,知道文学是要写生活、写人的。……美是应该追求的,但美不是孤立的,它是和时代环境相关联的"③。

"十七年"期间面对着农村正在进行的如火如荼、轰轰烈烈的合作化运动,孙犁和他的追随者们也将"美的原则"浸润于写作之中,他们以深情的目光去打量农村泛着芳香的泥土、翠绿的一草一木和勤劳朴实的人民,他们用自己的笔去书写蕴含于其间的善和美,他们为共和国初期社会主义农村的建设留下了一幅别样的历史画卷,在这幅画卷之中少见尖锐激烈的冲突,更多的是隽永的诗意。隽永的诗意主要蕴含于河北"十七年"农村题材小说的两方面内容之中:一是纯美的风景,二是淳朴

---

① 孙犁:《文学和生活的路》,《文艺报》1980年第6、7期。
② 《开始了第二个青年时代》,载刘绍棠:《一个农家子弟的创作道路》,四川人民出版社,1985年,第160页。
③ 韩映山:《绿荷集·后记》,河北人民出版社,1981年,第236页。

第二章 革命与建设:中国共产党时代使命的文本回响

的人性。关于农村景象的诗意描述在河北"十七年"农村题材小说中俯首可拾,例如韩映山《瓜园》中令人陶醉的那片庄稼地,"一块块的高粱、棒子地里发着油亮油亮的光;肥嫩的叶子上,像是汪着一层水。棉花正结着桃子,一串串压着弯枝;开着白花的芝麻,水灵灵挺着枝干"。刘绍棠在《青枝绿叶》中用形象生动、清新灵动的语句去描述丰收的棉花地,"六月六,看谷秀。满屯家河边的棉花,好像一丛丛树棵子,四外伸展枝桠,一朵朵淡粉色的花,夜里开得遍地都是"。

再如孙犁的《铁木前传》中描绘了农村平原之上迷人的工业化生产图景,"青年钻井队的高高的滑车,在平原上接二连三地竖立起来了。它们给漠漠的平原,添上了一种新的使人向往并能诱发幻想的景象。它们使人想起飘扬的旗帜,使人想起外国故事里的风车"。如果说纯美风景的刻画为小说增添了诗意的氛围,那么活跃于其间淳朴善良的人们则是小说诗意的灵魂。河北"十七年"农村题材小说塑造了一批具有勤劳、善良、正直、淳朴等美好品质的人物形象,他们身上呈现了人性之美的光环,他们与纯美的农村风景相互呼应,构成了一幅和谐的理想图景。例如《铁木前传》中的善良、上进的九儿,韩映山《瓜园》中舍己为公的秋高老人,《鸭子》中热爱集体的中秋,刘绍棠《青枝绿叶》中富有朝气、勤劳能干的春果和宝贵,《摆渡口》中大公无私、急人所难的俞春林等。

面对新中国成立后燕赵大地之上所发生的巨大变化,河北"十七年"的诗人们也利用自己的诗行来进行记录与歌唱。与河北"十七年"小说新老作家齐头并进不同的是,河北"十七年"诗坛中起主要支撑作用的是一批在新社会土壤中成长起来的青年诗人,他们集中出现于20世纪50年代末60年代前期,主要的代表诗人有刘章、尧山壁、浪波、王洪涛、何理、叶蓬、戴砚田、申身、田歌等。之所以会产生这样的现象是因为以田间、曼晴为代表的晋察冀诗人在进入新时代之后出现了艰难的转型境况。晋察冀诗歌诞生于战火硝烟之中,其诗歌的语言、情感、节奏等往往和战争动员的需求紧密相连,进入共和国的和平建设时期,诗歌的题材、主题、艺术形式等必然会随之产生重大改变,而在因袭的思维习惯和艺术历史惰性的影响之下,晋察冀诗人的作品在很大程度上与读者的阅读期待产生了距离。以田间为例,新中国成立初期田间诗作的数量并不少但是反响平平,茅盾曾经对此做过精到的点评:"就田间而言,我以为他近年来经历着一种创作上的'危机';没有找到(或者是正在苦心求索)得心应手的表现方式,因而常若格格不能畅吐,有时又有点像是指着脖子拼命叫。"[1]再如,曼晴在新中国成立之后涉猎了不同的题材领域,诗作的内容丰富多彩,其中有歌颂农村干部的《老支书的算盘》、揭露地主罪恶的《恶狗坟》、赞颂子弟兵母亲的《不老松》、怀念志愿军烈士的《悼志愿军烈士》等,但是从整体而言曼晴这个阶段的诗歌成就远远逊于晋察冀时期。

与跨时代诗人不同,河北"十七年"的青年诗人们没有艺

---

[1] 转引自苗雨时:《河北当代诗歌史》,中国戏剧出版社,2003年,第48页。

第二章 革命与建设:中国共产党时代使命的文本回响

术经验的惯性羁绊,他们在各自所熟悉的题材领域书写对时代的感受,他们在亲身经历的生活中捕捉到时代的诗意,他们用自然质朴的语言歌唱祖国的社会主义建设。例如,叶蓬的《歌唱我的家》一诗描绘了在社会主义农村建设中家乡充满蓬勃朝气的景象,"滏河滚滚裹金沙,/向阳岸上是我家。/轻轻杨柳随风舞,/平房高楼矮篱笆。/墙里种豆,/墙外种瓜,/瓜也开花,/豆也开花",杨柳、瓜香和欢快的人家构成一幅和谐美好的生活图景。田歌的《串着道儿望家乡》用清新俊逸的语言抒写了农民参加合作化劳动的欢快心情,"日落收工不回家,/串着道儿望庄稼,/银锄肩上扛,/清风拂白发,/望谷、望豆、望棉花,/望山,望水,望云霞",明亮的意象、朗朗上口的节奏和纯净的境界带来了耳目一新的阅读感受。刘章的《燕山谣》写出了新时代燕山人家的新气象,"燕山山峰高又高,/层层梯田入云霄,/种子撒在云彩里,/银河两岸收金稻",虚实结合,瑰丽壮观地呈现了新中国成立后农业大生产的奇迹。刘章的另一首诗《雨中》通过惟妙惟肖的速写刻画了生产队长一心为公的精神风貌,"三月春雨落纷纷,/队长取种赶回村,/两道眉梢水珠滚。//胸膛跳动火热心,/草帽盖着一片春,/掌上良种欲生根",取回稻种的生产队长顾不上擦拭眉梢的汗水,急匆匆往村里赶,只盼着稻种早点生根发芽。长正的《拉开生产大战线》用激昂的语言描写了工人阶级从事生产建设的豪迈气概,"生产队伍上前线,/北山阵地做作战——/当啷啷……/铁锤击石火花飞,/噗噜噜……/风钻钻山冒白烟!……抗美援朝突击周",

简洁生动的描绘与饱含力度的拟声词构成了奇妙的组合,勾勒出豪气冲天的建设画面。

总之,河北这批成长起来的本土青年诗人以自己独特的感受和体悟为基础,创作了一批清新昂扬的优秀作品,为河北"十七年"建设生产的劳动生活留下了生动的剪影,但是就整体而言,河北"十七年"青年诗人们的写作基本上没有脱离当时所流行的"战歌加颂歌"的模式,在诗作中也时见当时的浮夸、空泛之风,并且由于历史原因,他们当中许多人的创作之路尚未完全展开就遭遇到政治风暴,为此中断甚至终结了诗歌创作之路,这不得不说是一种巨大的遗憾。

新中国成立之后,原来云集晋察冀根据地的演出社团和剧作家们大多离开河北。虽然河北戏剧创作队伍的规模锐减,但是晋察冀时期的优秀戏剧传统依然保留了下来,一些地方的专业戏剧团体开始成长起来,话剧和歌剧的文工团逐渐走上专业化和正规化的道路,河北省话剧团、河北省承德话剧团、河北省歌舞剧院等专业剧团先后组建,这为河北"十七年"戏剧的发展提供了保证。

河北"十七年"戏剧的发展呈现了全面开花的状态,话剧、歌剧、传统剧种、现代京剧等剧种产生了许多优秀的作品,这阶段戏剧的题材也丰富多样,其中革命历史题材和民间故事题材占据了很多分量。反映社会主义生产建设的作品并不算多,主要的代表作品有魏连珍的《不是蝉》、张仲朋的《青松岭》、胡可以河北戎冠秀事迹为原型创作的《槐树庄》等。其中,魏连珍的

第二章　革命与建设:中国共产党时代使命的文本回响

《不是蝉》创作于1949年11月,这部作品既是河北"十七年"话剧的开山之作,也是新中国第一部反映工人生活的话剧。石家庄铁路工人是具有优秀革命传统的光荣集体,为了加快抢修被战争破坏的铁路迎接新中国的成立,他们在1949年5月开展了轰轰烈烈的五月生产竞赛运动,时值铁路工人的魏连珍以此为背景创作了《不是蝉》。《不是蝉》塑造了两个典型的人物:老铁路工人、老共产党员白庆田师傅和好吃懒做的"麻知了"马顺保,剧情主要围绕开展竞赛活动以及成功帮助马顺保改变思想展开,构思精巧别致,对白极富生活气息、幽默生动,最先在检车段工人内部演出就受到了热烈欢迎,后又受邀到北京、上海等地演出。《人民日报》曾经发表了《不是蝉》的座谈摘要,丁玲盛赞该剧开创了话剧反映工人生活的先河,《人民画报》创刊号刊发了《不是蝉》的剧照,中央人民广播电台播送了《不是蝉》的全剧录音,由此可见《不是蝉》在全国的影响之大。相对于《不是蝉》的浓郁生活气息,《槐树庄》《青松岭》则具有比较明显的意念化创作痕迹,留下了"左"倾的时代烙印。

第四节　新时期初始的反思文学

1976年10月"四人帮"被粉碎,长达10年之久的"文化大革命"终于结束。1978年12月召开的中共十一届三中全会冲破长期"左"的错误和严重束缚,彻底否定"两个凡是"的错误方针,高度评价关于实践是检验真理的唯一标准问题的讨论,重新确立了党的实事求是的思想路线。同时,十一届三中全会停止使用"以阶级斗争为纲"的口号,决定将全党的工作重点和全国人民的注意力转移到社会主义现代化建设上,提出了改革开放的伟大历史任务。

"拨乱反正"是十一届三中全会的关键词之一,十一届三中全会实现了思想路线、政治路线、组织路线的拨乱反正。与政治上的"拨乱反正"相对应的是文学上出现了令人瞩目的"反思"写作现象,伴随着十一届三中全会思想解放运动的深入人心,作家们开始以冷静、严肃、实事求是的态度去审视历史,他们以艺术的形式对曾经错误的路线、政策和事件进行反省、回顾和再思考,"反右"扩大化、"大跃进""文化大革命"等历史的真实不断在文学中得到展示并成为反思文学的主要题材。

同时期的河北文学也加入了这场轰轰烈烈的"反思"浪潮,主要的代表作家(诗人)有贾大山、刘真、孙犁、徐光耀、潮清、申跃中、汤吉夫、曼晴、刘艺亭、叶蓬、田歌等,他们以不同的文学形式去追问历史、警示现在、启迪未来,在他们的写作中既有具体指向的政治反思也有富含哲学意味的文化反思,他们以强烈的历史责任感和真实的写作开启了河北新时期文学的征程。在河北新时期初始的反思文学中小说的成就最为突出,主要的代表作品有贾大山的《取经》《正气歌》《三识宋默林》《菊香嫂》《弯路》《劳姐》,刘真的《黑旗》,潮清的《大院琐闻》,申跃中的《挂红灯》,张峻的《睡屋》,等等。其中贾大山的作品从数量和

第二章 革命与建设:中国共产党时代使命的文本回响

质量上来说都是最为突出的。

以悲悯眼光去回顾极"左"路线给河北大地之上的人民造成的沉重伤害是河北新时期反思小说的第一个显著特征。河北反思小说写作者们的生活和工作经历几乎都是和普通老百姓紧密相连,因此他们与百姓同根同源,自然会感同身受地去体会百姓的焦虑和痛苦,关注百姓的遭遇和需要,在字里行间倾注对百姓的无限同情和理解。

扎根民间的作家们以真实的素材和满腔的悲悯为那段历史留下了令后来者感叹的文字资料。例如,贾大山一生的生活和工作始终与普通百姓紧密相连。出生于1942年的贾大山插过队、当过知青,亲历过"文化大革命",在插队的7年时间里贾大山和社员们打成一片,共同生活、共同劳动,积极参加当地的文化艺术活动,深受社员们的喜爱。贾大山曾担任河北正定县文化局局长,他曾言"当文化局局长不是为做官,而是为家乡干点儿事,有大量的工作要做"。例如,贾大山的《喜丧》讲述了一个令人唏嘘的故事,贫农老桥在深冬的寒夜里到村史教育展览室偷回自家被展览的破破烂烂、分辨不清属于哪个时代的紫花棉袍,在"我"逼问下老桥道出实情,原来这是他唯一御寒的衣服,他只是晚上偷来穿,等鸡叫的时候再悄悄放回来。"阶级性"的被展览和民生的苦不堪言在这里形成了强烈、刺眼的反讽。"民者,国之根也,诚宜重其食,爱其命",当阶级性压倒了民生的基本要求,社会走向了何等荒谬的境地。在极"左"横行的年代里普通人基本的生存尊严也荡然无存了——"四类分子"们被干部老路痛下杀手惩治,老路用坚硬的大头皮鞋踢他们的胯下,让他们背上三个坯站两个小时,让他们互相扇耳光,让他们跪在墙上不能动弹,但是老路对社里的老牛却万分疼爱、呵护有加,已经为社里干了20年活儿的老牛将被屠宰,老路甚至抱着牛流下了伤心的眼泪,"人不如牛"的荒谬遭遇在《老路》(贾大山著)中被演绎得如此悲戚惨烈。

普通人基本的情感需求在那个年代也成为奢侈的存在,《杏花》(贾大山著)和《坏分子》(贾大山著)讲述的就是这样的故事:杏花到了该嫁的年龄,她的母亲为她选择了没有任何感情基础的二淘,理由只是因为这样可以换取几袋胡萝卜,母亲劝慰杏花的话语刺痛了杏花的心,也刺痛了读者的心,"好闺女,别哭了,就这么定了吧!这年头,肚子要紧呀,一晃就是一辈子";坏分子"小蝴蝶"是一个和自己丈夫没有什么共同话语的农村青年妇女,喜欢另一个年轻人,后来被人举告揭发,工作队的老吴在处理这个"花案"的时候很快活,他一遍遍追问,让"小蝴蝶"一遍遍痛苦回忆和供述细节,身材小巧、衣服单薄、哭得泪人似的娇羞少女"小蝴蝶"在偷窥式的审讯中隐私权利也就荡然无存了。

刘真的《黑旗》讲述了"大跃进"时期的浮夸风给人民带来的伤害与灾难,小说中的"我"从省妇联下放到农村公社担任公社副书记,目睹了浮夸风盛行下农村的种种荒诞景象,"在县委召开的一次电话会议上,喇叭筒里传来一个外号叫刘大炮的公社书记的声音:'二十年赶上英国!就是么难吗?不,我一年

第二章 革命与建设：中国共产党时代使命的文本回响

半就要赶上！'一个细声高嗓的女干部说：'一年半？不行，我保证，俺公社三年内实现共产主义社会。'"在这种闹剧般的浮夸中，"我"所在的公社干部坚持实事求是，不肯放"卫星"虚报产量，结果被颁发了一面黑旗，正直的公社书记被逼疯，"我"也被迫离开公社。

努力探究历史悲剧背后的深层次原因是河北新时期反思小说的第二个显著特征。如果说社会历史环境是造成人物生活悲剧的外在因素，那么河北反思小说的写作者也注重考察特定历史环境中人物的精神世界，探究人物的内在精神世界与外在社会环境是如何在碰撞交汇中加剧悲剧的发生。

首先，河北反思小说捕捉到政治意识形态在特殊历史时代对普通人的深刻影响，它规范、制约着人们的行为方式和思维走向。例如《孔爷》（贾大山著）中的孔爷是一位令人敬重的老革命，但终日板着脸孔，因为在孔爷看来，他是贫协主席，代表着贫下中农，贫下中农是不能嬉皮笑脸的，他又是治保主任，管着"四类分子"呢，对"四类分子"也是不能笑的。这种政治意识形态逐步渗入日常，甚至在某些时候会产生强大的反作用力，将人性推向扭曲的方向，例如《亡友印象》（贾大山著）中的路根生是一个偏袒妇女的民兵排长，他最爱帮人家娶亲、送亲，也喜欢跟妇女们开一些过分的玩笑，路根生在酒醉之后会道出内中缘由，"这些年，总是批呀斗呀，天天像打仗！"，"假如没有妇女们，我们的生活就更他妈的干枝燎叶"。

其次，河北反思小说挖掘传统文化无意识对普通百姓日常生活的深刻影响。文化无意识会塑造一个民族的文化性格,会影响人们的日常生活、思维方式和行为习惯,而某些层面的文化劣根性又会导致民族性格和民众行为方式的滞后、偏激。例如《枪声》(贾大山著)中的"我"教农村孩子小林识字、学文化,最初老乡们还很敬重"我",但是当"我"告诉小林人是从猿猴变来的这一科学常识后,老乡们却不再让小林和"我"接触,因为在梦庄人看来,"猿猴进化论"无异于冒犯了老祖宗,再后来识字的小林看到了江湖郎中的一个帖子,萌发了被压抑的野性试图强奸一位女知青,结果被处以死刑,小林的死使"我"在梦庄成为被唾弃的人,梦庄人认为如果"我"没有教会小林认字,小林就不会认得帖子,认不得帖子就不会去犯罪,传统落后的文化认知使得梦庄人将罪恶归咎于文明,拒绝文明的开智,其结果是梦庄逐渐成为一个滋生贫困、愚昧的土壤。再如《花生》(贾大山著)中队长早夭的女儿被亲人们认为是短命鬼,因此在下葬的时候满脸被抹满了锅灰,这样就不会再转生到这里了,如果说被父亲失手打死是生命的意外,那么死后被亲人们刻意抹上锅灰则是彻骨悲凉的生命之殇。

最后,河北反思小说探究人性的弱点在非正常年代中也会催生罪恶的行为选择。例如《大院琐闻》(潮清著)中的李芳鸾是一个爱慕虚荣、贪图享乐的女子,是非颠倒的年代为她的爱慕虚荣和贪图享乐提供了罪恶的土壤,为此她不择手段地诬陷同事、毒害丈夫、改嫁他人、谋取权力等,历史之谬和人性之恶交织融汇在一起构成了不堪回首的图景。

第二章　革命与建设:中国共产党时代使命的文本回响

于苦难之中找寻光明的力量是河北新时期反思小说的第三个显著特征。河北反思小说中具有浓重的历史感伤性,但是又不止于感伤,用现实主义精神和浪漫主义情怀观照现实生活,用光明驱散黑暗,用美善战胜丑恶,让人们看到美好、看到希望、看到梦想就在前方是河北作家们的追求。当然这些美好图景并非是一种廉价的乐观,它是作家在对苦涩历史进行艰难咀嚼、对当下情势进行审度之后的感知。例如《劳姐》(贾大山著)中的劳姐是一位普通的农村大娘,信任、拥护党的领导,但是极"左"年代党的领导干部老杜却让劳姐伤了心,尽管如此,"文化大革命"期间劳姐依然暗中保护了老杜,新时期老杜官复原职探望劳姐但遭到劳姐的冷眼相对。一波三折的干群故事让读者不胜唏嘘,贾大山在作品中设置了一个饶有意味的结尾:老杜在沉默之后理解了劳姐的感受,也更为透彻地体悟到鱼水情深的和谐干群关系应该如何营建,往者已逝、来者犹可追,老杜坚定地迈向前方的脚步预示着未来干群关系将会在波折中抵达和谐的状态。再如《大院琐闻》(潮清著)中的音乐家王钰是一位美丽善良的女子,作曲家丈夫肖平在"反右"运动中不幸被打成右派,"文化大革命"中几乎失去联系,但是坚强的王钰没有放弃生活的希望,也没有做出与丈夫离婚切割联系的政治选择,而是用柔弱的肩膀扛起家庭的重任,坚守自己的音乐梦想,怀着坚定的信念等待丈夫的归来。"文化大革命"结束后,王钰重新歌唱肖平所谱写的《淙淙的流水长又长》,激越、欢快的曲调久久回旋在演出大厅上空,这是对过去荒诞历史的告别,也是对未来美好生活的昭示。

总之,河北作家们既不会将以往的历史悲剧作为反思小说纯粹的控诉对象,也不会将反思小说作为历史悲剧的最后避难所,而是力图在文学和历史之间达成一种理解、共建的状态,文学在展示历史真实的同时,也会找寻生生不息的推动历史不断前行的力量,从而慰藉现世人生,温暖未来的道路。

新时期初始河北散文领域对逝去的历史进行追忆和反思的主要作家有孙犁和徐光耀。新时期孙犁写了一系列文章怀念曾经一起共事过的战友、朋友、同事等,主要的代表作品有《回忆何其芳同志》《谈赵树理》《悼念李季同志》《回忆沙可夫同志》《大星陨落——悼念茅盾同志等》。在这些怀人散文中孙犁以真挚的情感、平实的语言回顾了他与这些人的相识、相知,真实展示了斑驳历史中故人们的故事。例如,在《回忆何其芳同志》一文中,孙犁细数了他与何其芳所交往的点点滴滴,双方相识于晋察冀根据地军营之中,初次见面双方都很拘谨,交谈不深,后来去了延安后加深了解,才知何其芳是一位健谈、风趣、热情的四川人,再至新中国成立后的相忘于江湖,娓娓道来,读之令人唏嘘。再如《谈赵树理》,孙犁对赵树理的创作经历进行了细致梳理,对他们之间的交往过程进行了细细品味,在知人论文中给读者呈现了一个真实、全面的赵树理。

对于历史的过往和故友的人生进行客观公允的评价是孙犁怀人散文的特征之一。在这些散文中孙犁对曾经不堪回首的历史没有进行怒发冲冠的控诉或明哲保身的回避,而是以克

第二章 革命与建设：中国共产党时代使命的文本回响

制、理性的态度对历史进行评价和总结，例如在《伙伴的回忆》之《忆侯金镜》中孙犁哀悼"文化大革命"中因言获罪而去世的老友侯金镜，又由老友所在的湖北干校想到洞庭湖上抒发先忧后乐感怀的范仲淹先生，在古往今来的苦涩畅想中，孙犁感叹心怀天下的理想信念也许会遭遇严酷的现实，甚至会使提倡者本身头破血流，"然而人民仍然会觉醒、历史仍在前进，炎炎的大言，仍在不断发光，指引先驱者的征途"。再如《谈赵树理》中面对赵树理的人生悲剧，孙犁对文艺与政治的关系发出了这样的感慨："经济、政治、文艺，自古以来，就形成了一种非常固定、非常自然的关系，任何改动其位置或变乱其关系的企图，对文艺的自然生成都是一种灾难。"这种观点无疑是客观理性、持平公允的。

对故友饱含深情、对人生体悟透彻是孙犁怀人散文的特征之二。孙犁对故友的追念往往并不赋之以洋洋洒洒的长篇，但是在由细节所构成的精短描绘中足以看出孙犁的用情至深，《悼念田间》一文尤其如此。在《悼念田间》一文中孙犁再现了田间的音容笑貌，每个生动的细节都饱蕴着孙犁对于这位老友的深情厚谊，他回忆起在晋察冀的山里田间去结婚时所穿的补着大补丁的棉裤，新中国成立后出差田间拉着"我"在北京大街上吃东西，"文化大革命"中田间披着油垢不堪的大棉袄，以及原是厨房小屋的逼仄住所，等等。及至文末孙犁凌晨四点钟起来"写这篇凌乱颠倒的文章，饱含泪水"，不能不令读者动容。经历过动荡历史和起起伏伏境遇的孙犁对于人生也有着透彻的感受,例如在《夜思》中孙犁这样来定性朋友的相处之道,"使生者死,死者复生,大家相见,能无愧于心,能不脸红就好了"。朋友之交应该重在于心而非拘泥于形,孙犁叮嘱自己的子女如果自己将来的追悼会有老朋友不能参加不要责备,因为那可能有不得已的原因。

"文化大革命"结束23年后,老作家徐光耀对那段历史也进行了重新回顾与审视,于2001年2月写出长达6万字的散文《昨夜西风凋碧树》。在这篇散文中徐光耀以亲历者的身份讲述了"文化大革命"期间鲜为人知的文坛往事,以豁达、宽容的心态审视那段"头朝下脚朝上的历史"中人性的错综复杂,《昨夜西风凋碧树》为后来者重温那段历史提供了一个别样的视角。

新时期初始,河北诗坛上也涌现了一批"归来者"诗人,如曼晴、刘艺亭、叶蓬、王洪涛、村野等。"文化大革命"结束后他们重新续接被中断的诗歌写作之路,过去所亲历的和所见证的种种都化成了他们诗歌中难以磨灭的情感底色,他们的诗歌中涌动着悲愤的控诉、犀利的批判、辩证的思索和苦涩中升起的希望。

他们控诉那个年代所制造的人间悲剧,"人民流的血泪够多的了""祖国付出的代价够惨重的了"(刘艺亭《关于董秀芝的诗》);他们缅怀"文化大革命"中追求真理、不畏威权的英雄张志新,"你生如海燕,/永远战斗在暴风雨的海洋,/你死若陨星/也要把长空划出一道亮光。//你的鲜血,/红得像火一样的玫

第二章 革命与建设:中国共产党时代使命的文本回响

瑰,/你的眼睛,亮得像灿烂的晨星一样"(曼晴《真正的人》);他们为从"文化大革命"走过来的贫困乡亲们痛心,"在我的诗里,/曾唱过汗的力量。/说它——/能漂起山头/能染绿坡梁。/来到这里,/我感到迷惘:/老乡的汗,/流得还少吗?/为什么——/还有这么多/秃头的山,/光屁股的梁?"(王洪涛《汗》);不堪的历史虽然已经逝去,但是他们依然以强烈的忧患意识对世人发出警醒,"不必遮掩呵,何必躲避,让伤疤将耻辱和教训铭记"(王洪涛《面对烈士的血痕》)。面对着灾难后的中国,他们试图去探究民族悲剧背后的原因,他们将目光投向了五千年的中华文明,他们去剖析民族文化所给予我们的滋养与牵绊,"它是飘在祖国胸前的绶带,/却也值得我们自负、夸耀;/它是挂在祖国胸前的项链,/外国朋友也为之赞叹、倾倒。/但是,我们不能使它变成绳索,/让它紧紧捆住祖国的双脚……"(村野《长城》);在对历史进行反思的同时,他们也对祖国的未来充满了期望,他们坚信历经磨难后的祖国将会走向繁荣昌盛,他们坚信所有的一切都会趋向美好,"走在故乡路上,/呼吸着春天的风。/母亲的呼吸一般温煦的春风呵,/又一次抚育我归来的灵魂。/看你历尽忧患又现繁荣,/我心头怎能平静!//久为理想驱策,/曾被焦急灼痛,/舒展吧,在春风里,/一切窝憋着的美好的心灵!"(戴砚田《呼吸着春天的风》)。

总之,在时代的变革之际,河北"归来者"诗人们以强烈的历史责任感担负起承前启后的使命,面对历史他们以公允的立场去正视和反思,面对未来他们勾勒出蓬勃向上的图景,因此他们的诗歌既具有抚慰现世人心的功能,同时又给予了人们未来前行的力量。

第五节 波澜壮阔的改革书写

1978年12月召开的中共十一届三中全会做出了把全党工作重点转移到社会主义现代化建设上来,实行改革开放的战略决策,改革开放是中国特色社会主义现代化建设的一项根本方针,是强国之路,是党和国家发展进步的活力源泉。从1979年起,中国开始步入对内改革、对外开放的发展阶段。改革,即对内改革,是指在坚持社会主义制度的前提下,从根本上变革束缚生产力发展的经济体制,建立和完善社会主义市场经济体制,与此相适应,进行政治体制改革和其他领域的体制改革,促进生产力的发展和各项事业的全面进步,更好地实现广大人民群众的根本利益。改革力图破除不合时宜的思想观念和体制机制弊端,推动中国的全面发展,从而为百姓谋福利、为人民谋福祉。

改革是中国共产党领导全国人民持久进行的一项伟大事业,与每一个中国人的生活都息息相关,直至今日改革依然在深入开展。改革题材也由此进入当代很多作家(诗人)的写作视野,他们力图通过作品去回应中国当代社会的发展变化,他们要客观记录改革的艰难与收获,他们要书写每一个中国人对

第二章 革命与建设:中国共产党时代使命的文本回响

现代化的期待和渴望,他们要揭示改革对人的传统价值尺度的冲击和旧有生活方式逐渐瓦解所造成的心灵震动,他们要剖析改革过程中显露出来的国民身上落后的文化因袭,等等。从1979年蒋子龙的《乔厂长上任记》开始,这些作家(诗人)们以数量蔚为壮观的作品为中国改革谱写了一幅波澜壮阔的图景。在河北文坛,也有很多作家(诗人)涉足改革题材并书写了许多关于燕赵大地之上改革生活的优秀作品,其中主要代表者有铁凝、贾大山、谈歌、何申、关仁山、陈冲、宋聚丰、阿宁、张学梦、边国政、旭宇、曹增书、王立新、一合、李春雷等,在涉猎河北改革题材的众多作品中,小说和报告文学的数量最多,成就也更为凸显。

在小说领域,河北作家关于改革题材的书写呈现了人数众多、质量上乘、持久不断的状态,他们所创作的很多作品在河北、全国都产生了极大的影响力,有的甚至成为当代文学史不能绕过去的存在。其中的代表作品包括铁凝的《哦,香雪》《没有纽扣的红衬衫》,谈歌的《大厂》《官道》《天下荒年》《激情岁月》,何申的《穷县》《信访办主任》《乡镇干部》,关仁山的"农民三部曲"(《天高地厚》《麦河》《日头》)、《金谷银山》《大地长歌》,贾大山的《花市》《小果》,陈冲的《厂长今年二十六》《小厂来了个大学生》,阿宁的《乡徒》《天平谣》等。1982年铁凝的《哦,香雪》获得全国优秀短篇小说及首届"青年文学"创作奖,并于1989年被改编为同名电影,1991年获得第41届柏林国际电影节青春片最高奖;《没有纽扣的红衬衫》1984年被改编成电影

红色传承视阈中的河北文学研究

《红衣少女》,1985年获得年度中国电影"金鸡奖""百花奖"最佳故事片奖。谈歌、何申、关仁山并称为河北的"三驾马车",他们以强烈的现实介入感去书写改革过程中国有企业和乡镇所面临的种种困境,他们的创作带动了一批相关主题小说的出现,在20世纪90年代文坛上掀起了颇为引人注目的"现实主义冲击"写作浪潮。陈冲的中篇小说《厂长今年二十六》获得1982年《当代》文学奖,《小厂来了个大学生》获1984年全国优秀短篇小说奖。

全方位讲述改革故事、描绘不同领域和行业的改革图景是河北小说进行改革书写的显著特征之一。中国所推行的改革是一场全面而深刻的社会变革,既包括经济体制改革也包括政治体制改革,其涉及的领域和行业是广泛的,河北小说以艺术的形式再现了燕赵大地之上不同领域和不同行业在改革过程中所发生的各种各样的故事,形象地演绎了在波澜壮阔的改革大潮中的人生百态。

"农,天下之大业也。"农村改革是中国改革的先锋军,自1978年起中国农村就走上了改革的漫漫征程,随着家庭联产承包责任制的形成、农产品市场体系的建立、"三农"问题的破解、科技兴农的实施、绿色生态农村的提倡等,中国的乡村面貌、农民的生存境遇和精神面貌都发生了翻天覆地的变化。当然改革的过程并不是一帆风顺、一蹴而就的,在农村迄今为止40余年的改革过程中总会有矛盾冲突和来自不同层面的力量掣肘,置身其间的人们的精神心理也会出现耐人寻味的变迁。

第二章 革命与建设:中国共产党时代使命的文本回响

关仁山的"农民三部曲"(《天高地厚》《麦河》《日头》)、《金谷银山》《大地长歌》,宋聚丰的《远山》《苦土》,何申的《多彩的乡村》等作品的出现昭示着河北作家对农村改革的追踪和记录已经达到了相对成熟的境界。

作为河北"三驾马车"之一的关仁山对于中国当下农村故事的书写一直是独树一帜的,对改革过程中的复杂农村问题和农民命运的思考也是透彻而深入的,其创作的5部厚重的长篇小说("农民三部曲"、《金谷银山》《大地长歌》)为河北当代的农村写作垒起了一座高峰。《天高地厚》出版于2009年,出版后引起了极大的反响。小说以冀东平原上的蝙蝠乡作为中心舞台,讲述了在近30年的农村大变动中,荣氏、梁氏和鲍氏三个家族、三代农民命运起伏的变迁史,全方位地描绘了当代农村在改革开放和社会主义市场经济建设中的生活实践和精神历程。从逃荒要饭到开办企业、使用电脑、发展绿色生态农业产业,从历尽艰辛努力改变思想观念和生活方式到成为时代的弄潮儿,蝙蝠乡的人民经历了太多的曲折、挫败、困顿、辛酸。小说以饱含深情的笔触描绘了蝙蝠乡在激动人心的历史大变革中所承担的种种,蝙蝠乡充满曲折但是依然自强不息的奋斗史也是中国当代农村壮阔的改革史的一个缩影。《麦河》和《日头》分别出版于2010年、2014年,它们与《天高地厚》合称为关仁山"农民三部曲",在《麦河》和《日头》中关仁山依旧以深情的目光去追踪冀中乡土几十年的巨大变迁。《麦河》颇有史诗的意味,小说切入的是农村的现实变革,但是又巧妙地采用纵向角度回溯了

红色传承视阈中的河北文学研究

近一百年来村庄围绕土地所展开的一系列矛盾斗争,同时又展望了30年之后理想的村庄图景,历史、现实和未来在小说中交叉融汇,演绎了纵横交错、荡气回肠的中国百年乡村变迁史。《日头》是关仁山在艺术探索上的一次尝试,小说依然采用乡村史和家族史融贯的方式来组织叙事框架,但是魔幻成分的加入使得小说在虚实结合的讲述中增添了哲学意味,作为"农民三部曲"的收官之作,《日头》所呈现的独特探索意味着关仁山关于中国农村故事的讲述在艺术上走向了越来越娴熟的境界。

继"农民三部曲"之后,关仁山于2017年出版了长篇小说《金谷银山》,这部小说被誉为新的"创业史"。《金谷银山》直面当下农村发展中的一个难题:家园的重建与坚守问题。燕山脚下有一个名为白羊峪的村庄,只有17户人家,近年来走的走、迁的迁,年轻人都外出打工了,剩下村里的老弱病残无人看顾,村支书费大贵也自顾自地搬下了山,住进城里的别墅,整个村庄人心涣散、伦理崩塌,一派荒芜的景象。全部搬迁下山还是坚守家园留下来,是萦绕在白羊峪村民心头的一个大难题,从城市归来的范少山给他们带来了坚守家园的希望,范少山带领乡亲们艰苦创业,种金谷子、种金苹果、发展绿色农业、凿山修路、开发溶洞旅游等,实现了共同富裕、坚守家园的梦想,也实现了乡土中国千百年所期待的"金谷银山"的梦想。2019年关仁山又出版长篇小说《大地长歌》,这部小说以改革时期的河北滦河河畔响马河村为舞台,将家国大事、家族矛盾、个体冲突、转型时期农民的生活艰辛和精神诉求编织进复杂曲折的故事

第二章 革命与建设：中国共产党时代使命的文本回响

情节,全景式描绘了1980年至2017年间中国乡村波澜壮阔的生活图景。中国农村的改革是一个不断探索、不断试验的过程,如何看待和想象大变动时代的中国乡村,是这个时代作家面临的共同难题,关仁山这5部长篇小说的出现也会为这个题材领域的写作提供一定的启示。

除了关仁山,河北文坛积极介入农村改革题材领域的代表作家还有何申、宋聚丰、贾大山等。出版于1986年的《远山》是宋聚丰的第一部长篇小说,小说以20世纪80年代初期的农村改革为背景,讲述了冀南山村八仙庄改革初期时的众生相和农村的气象风貌。1996年出版的长篇小说《苦土》是宋聚丰的又一部重要作品,小说以几个农村青年的创业、爱情和婚恋为主线生动展示了改革过程中农村转型的艰难性。何申的长篇小说《多彩的乡村》出版于1999年,这是一部讲述改革开放背景下社会主义新农村建设的主旋律作品,通过四个家族和一群个性鲜活的乡村人物展示了转型期农村生活的景观,曾博得广泛好评。贾大山以短篇小说见长,其涉猎改革期间农村生活的作品主要有《小果》《花市》等,这些作品主要描写在改革开放的新时代里农村青年身上所焕发的热情和朝气,折射了改革给农村所带来的崭新社会气象。

工业领域的改革也是河北小说关注和书写的重要对象之一。中华人民共和国成立之后,苏联的工业生产模式被借鉴和引入国内,随着改革开放的到来,众多的国有工业企业面临许多要解决的问题,诸如要确立市场经济发展的思想观念、在社会主义市场经济的运行模式中求生存求发展等,这无疑是一条艰难的转型之路。具有强烈历史责任感的河北小说家们也对工业领域中这场关乎国计民生的重大变革进行追踪和记录,代表作家有陈冲、谈歌、阿宁等。

"陈冲的小说一直把城市工业企业的改革作为自己题材的重点,并自觉跟随着改革进程的深化,以直面现实的精神在正面讴歌、反映改革生活的同时,又不回避现实生活的矛盾,常常从一个侧面来反映时代前进的步伐,又敏锐地写出了改革过程中各种人物的精神世界及其嬗变,并由此形成了他小说艺术的特色。"[1]《厂长今年二十六》《小厂来了个大学生》《铁马冰河入梦来》《风往哪边吹》是陈冲工业改革题材小说的代表作品。《厂长今年二十六》是陈冲在改革初期所写的作品,小说塑造了果敢坚定、勇于拼搏、有勇有谋的青年厂长徐英杰的形象,展示了年轻一代改革者们英勇无畏的开拓精神,同时也昭示了企业改革不可阻挡的历史必然性。《小厂来了个大学生》发表于1984年,与《厂长今年二十六》所呈现的激昂奋进的情感基调不同,《小厂来了个大学生》在整体上更趋向于沉重的思索。杜萌是一个满怀改革热忱、具有现代管理经验的大学生,被分配到了陈旧僵化、实行家长式管理的永红服装厂,在这里杜萌处处碰壁、一筹莫展,最后被厂长抛弃。通过杜萌的遭遇,小说深刻揭示了改革年代中先进的科学管理方法与落后的宗法式的管理

---

[1] 王长华主编:《河北文学通史》第4卷(上),科学出版社,2010年,第158页。

第二章 革命与建设：中国共产党时代使命的文本回响

体制之间不可调和的矛盾。1986年陈冲出版了长篇小说《铁马冰河入梦来》，在这部小说中陈冲讲述了机电局下设的列车机电厂的变迁史，以及在新的经济形势下所遭遇的艰难挑战。机电局下设的60多个列车机电厂的职工在全国各地流动迁徙，机电人以忘我无私的牺牲精神为国家建设做出了巨大贡献，但在新形势下却面临着诸多挑战，甚至是解散的可能。列车机电厂的兴衰史从某种意义上而言也是很多国企在改革时代的命运缩影，如何在改革开放的新时代里激活国有企业的活力、重续辉煌的历史，是《铁马冰河入梦来》所抛出的一个深刻而富有价值的发问。《风往哪边吹》出版于2001年，这是陈冲又一部深度思索企业改革的长篇小说。在《风往哪边吹》中，陈冲围绕正在进行的经济体制改革刻画了社会方方面面正在发生的变化，描绘了厂长、普通工人等在时代变革中所经历的心理波动、人生起伏和精神蜕变，揭示了企业改革的深层次矛盾和部分企业必然倒闭的原因所在。

谈歌也是一位积极关注企业改革、具有强烈的历史责任感的作家，他在中篇小说集《大厂》的后记中写道："市场经济代替计划经济不是像听通俗歌曲那样让人心旷神怡。它所带来的震荡，有时是惊世骇俗的。工人农民不比我们，他们现在干得很累。我们应该把小说的聚焦对着他们。"与陈冲重在对工业改革的全景式描绘不同的是，谈歌力图去反映社会转型过程中工业领域正义性原则的淡薄与缺失。谈歌在中篇小说集《大厂》中描述了一个濒临绝境的大厂的种种乱象：厂里可以花钱请客户娱乐,却不肯出钱为省管劳模老工人治病;工人们努力生产却长期发不出工资;上到书记、下到普通职工,几乎所有的人都不相信工厂还有前途,都想逃离这艘破损的船;等等。大厂之所以会走入内外交困的绝境,一方面是因为不适应变革的经济政策,另一方面更重要的原因在于正义缺失下所滋生的腐败。长期生活于底层的经历和朴素的正义感,使谈歌能够敏锐感知社会变革时期某些领域内道德的失序和正义的缺席,从而使他的工业改革题材小说拥有了鲜明的批判色彩。

阿宁于1999年发表了中篇小说《乡徒》,这篇小说讲述了国有大企业下岗女工黄秀芳来到乡镇企业再就业的坎坷故事。通过黄秀芳的经历,作品再现了企业改革中无数下岗工人在市场经济的熔炉中冶炼重生的历程。

中国的改革是整体的全方位的改革,包括经济体制、机制、制度的改革,社会体制、机制、制度的改革和政治体制、机制、制度的改革。历史证明,改革从来都不是一帆风顺的,在阻碍改革的诸多因素中,腐败可以说是最顽固、最突出的一种,因腐败而产生的问题必须通过反腐败的方式加以解决。因此无论是哪一种改革,都与反腐败密切相关,或者可以说,反腐倡廉本身就是一种政治体制改革,是整个政治体制改革的重要组成部分,甚至是政治体制改革的关键性组成部分。

与社会政治领域中的反腐相呼应,当代文坛上涌现了许多反腐题材的作品。反腐文学以现实主义的担当与勇气对社会问题、腐败阴暗进行猛烈的批判,以文学的形式回应党中央反

第二章 革命与建设:中国共产党时代使命的文本回响

腐败决策,反腐文学呈现了鲜明的时代精神、忧患意识和为社会为民众代言的充沛激情感。河北的一些小说家也加入反腐文学的写作阵营,主要代表者有阿宁、何申、贾兴安、水土等。

阿宁对官场的腐败现象一直保持着敏锐的观察和深度的思索。1999年阿宁发表了描写官场的中篇小说《无根令》,同年出版了长篇小说《太平谣》,2004年出版了长篇小说《爱情病》,这几部作品可以并称为阿宁的"官场反腐"写作系列。阿宁在《无根令》中塑造了一位没有靠山的"无根"县委书记李智的形象,李智年轻有为、有事业心,能够在复杂的关系网络中坚守工作原则,能够面对威逼利诱自觉反腐、拒腐。阿宁在《无根令》中提出了"官场上何为根"的思索并做出了解答:只有深扎于原则、正义和民心之中的根才是为官者的真正靠山。《太平谣》是一部具有鲜明主旋律色彩的作品,小说以太平市检察院的反腐败工作为主要线索,描绘了以检察长刘玉斌为代表的一群普通而富有正义感的检察官群像。在《爱情病》中阿宁描写了平坝县委书记赵亚雄的腐败之路,年近五十作为副市长候选人的赵亚雄突然遭遇了年轻漂亮女下属的爱情袭击,陷入爱河的赵亚雄的人生信念开始动摇,走向了腐败之路。小说并没有将赵亚雄描写成一个纯粹的反面人物,而是描绘了其性格上的多面性,展示了其作为官员和普通人双重身份的情感状态。通过《爱情病》这部小说,阿宁提出一个比较深刻的反腐话题,即如何在复杂人性和权力的制约之间达成一种平衡。

何申的中篇小说《信访办主任》触及的是权力运作过程中

的非正义现象。随着社会改革的深入推进,各种社会矛盾日益显现,群众上访的现象也越来越多,《信访办主任》就是通过群众上访这一特殊视角折射出由于部分执政者的腐败而造成了老百姓有冤无处诉的社会问题,体现了作家忠于现实的艺术良知。

2002年贾兴安出版了长篇小说《黄土青天》,小说讲述了满身正气、果敢能干的基层干部王天生担任白坡乡党委书记兼乡长的一段经历,面对白坡乡的烂摊子,王天生采用了大刀阔斧的治理方式,很快使白坡乡出现了焕然一新的局面,然而错综复杂的现实关系使王天生最终陷入了困顿,不得不辞职退位,王天生的经历显示了"好官"在传统文化惯性羁绊中的力不从心。

2007年水土出版了长篇小说《疼痛难忍》,小说以李大矿、李广太、刘虎牛三个童年好友与煤矿的关系史为线索,展示了小煤矿的生生灭灭和矿工们的生活,描绘了令人触目惊心的官煤勾结的腐败乱象,彰显了作家敢于干预现实生活的勇气。

通过塑造一系列鲜活的人物来呈现改革过程中民族的心理脉动和精神图景是河北小说进行改革书写的显著特征之二。改革的推动、发展和效果实现都是通过人来感受和完成的,置身其间的人的生存境况、精神面貌、心理嬗变等折射出改革对时代的冲击和影响,也形象地展示了在大变革时代中民族的心理脉动和精神图景。河北小说塑造了许多置身改革背景中的个性鲜活的人物形象,他们以各自不同的典型性汇合演绎了芸芸百姓在改革浪潮中的思想变迁史和命运起伏史,按照他们的

第二章 革命与建设:中国共产党时代使命的文本回响

精神动态和人生经历可以分为四种类型:以香雪为代表的改革初期对现代化具有强烈渴求的人们,以范少山为代表的在改革浪潮中历经磨砺不断前行的弄潮儿们,以十三苓为代表的迷失于现代城市物欲诱惑中的人们,以荣汉俊为代表的在社会转型期不择手段发家致富的人们。

1983年铁凝发表了短篇小说《哦,香雪》,香雪是一位善良纯洁的少女,是偏远的小山村台儿沟里唯一的初中生,每天她和山里其他姑娘一样期盼着停靠台儿沟一分钟的火车的到来。小小的台儿沟闭塞、孤独、贫穷,每天停留一分钟的火车为山里人带来了山外陌生新鲜的气息,为山里人提供观察、了解山外天地的可贵时机。山里的姑娘们为了那一分钟而急急吃饭、细细打扮,因贫穷而被公社中学同学歧视的香雪总是第一个出门,她注意乘客的书包,她打听北京的大学要不要小山沟的人,她用40个鸡蛋换来了象征着现代文明的自动铅笔盒。继《哦,香雪》之后,同年铁凝又发表了短篇小说《没有纽扣的红衬衫》。在《没有纽扣的红衬衫》中,铁凝讲述了女中学生安然的故事,安然具有与香雪相同的精神特质,即渴望变革、渴望更美好更多样的现代文明,只不过居于城市之中的安然比居于乡村之中的香雪多了几分藐视成规的勇气与洒脱。铁凝笔下的香雪、安然对变革的渴望、对现代化美好生活的憧憬代表了改革开放初期绝大多数民众的心理状态,她们的出现也意味着文学正在以独特的审美方式对即将来临的社会大变革进行呼应、回馈。

随着改革的深入发展,中国人在改革潮汐的牵引掣动下求生存、求温饱、求发展,在曲折、挫败、困顿和辛酸中坚韧顽强地奋争,演绎了一个个荡气回肠的中国故事。河北小说以艺术的形式对改革浪潮中所涌现出的弄潮儿们进行追踪和描绘,塑造了大量可亲可敬的开拓者形象,例如《金谷银山》(关仁山著)中的范少山,《天高地厚》(关仁山著)中的鲍真、梁双牙、梁炜等,《麦河》(关仁山著)中的曹双羊,《厂长今年二十六》(陈冲著)中的徐英杰,《铁马冰河入梦来》(陈冲著)中的朱凯,《苦土》(宋聚安著)中的段保兴,等等。

《金山银谷》中的"范少山是新时代的农民英雄,是新时代的梁生宝"[1]。范少山善良、仁义,村里贫困户老德安的死刺激他去拯救白羊峪;范少山有远见、有胆识,他带领乡亲们走绿色生态的创业之路,他找到了老祖宗留下的具有传奇的金谷子,并成功种植在白羊峪的土地之上,他在农大教授的指导之下培育出无农药的"金苹果";范少山吃苦耐劳、坚韧不拔,为了打通白羊峪与外界的道路,他带领乡亲们"挖山不止";范少山具有兼济天下的情怀,在带领白羊峪脱贫致富之后还下山推动土地流转,建成了万亩金谷子种植基地,使北方更多的农民受益。

《天高地厚》中的鲍真、梁双牙、梁炜是农村新一波改革浪潮中涌现出的新生代,"这是一群正在奔突、奋争的年轻人。在他们身上,固然也能够感受到历史负累的沉重、现实人生的艰辛、农民处境的无奈,但更真切、更强烈地吸引我们的则是农村

---

[1] 孟繁华:《从梁生宝到范少山——评关仁山的〈金谷银山〉》,《石家庄日报》2017年11月1日。

第二章 革命与建设:中国共产党时代使命的文本回响

青年新生代寻路的执着、探索的大胆、志趣的高远,以及从中透露出来的中国农村社会发展和人的发展的新希望"[1]。

《麦河》中的曹双羊是鹦鹉村走出来的农民企业家,是人们眼中的商业英雄。每次迷失方向后曹双羊都被乡土的力量救赎,他意识到"离开土地的人,永远是瞎子",于是他决定还乡,为了乡民创造大业。他在鹦鹉村建立小麦图腾、建立"寻根铸魂碑",他放慢企业发展速度去养护土地,他是乡村的文化守护者和有良心的经营者,他是土地流转政策实施过程中的农民"先锋"。

《厂长今年二十六》中的徐英杰是工业领域改革中的开拓者,年仅26岁的他毛遂自荐担任有500多名员工的服装厂厂长,他勇于拼搏、敢作敢为,采取了一系列措施整顿了工厂的生产管理;他精明干练、讲究科学,能够根据市场的需求调整储备使得工厂扭亏为盈;他有前瞻的眼光和远大的理想,能够抓住机遇做强做大服装厂。

《铁马冰河入梦来》中的朱凯是一位敢于向命运、世俗因袭的风气、舒适安逸的诱惑和艰难困苦挑战的"列电人",朱凯15岁就投身"列电"事业,为"列电"事业付出了巨大心血,当机电局做出解散"列电"的决定之后,他也没有放弃重新振兴"列电"的梦想。

《苦土》中的段保兴是根植于乡土的现代农民企业家,他富

---

[1] 曾镇南:《沉重的厚土 奋争的精灵》,《文艺报》2008年10月21日。

有经济头脑,能够敏锐地捕捉到商业契机、"曲线救厂";他为人宽厚和善,能够理性处理家庭关系,对兄弟公司给予无私的帮助,在他的身上体现了改革历程中现代管理与传统美德的美好结合。

改革使人民从小农经济、小商品经济狭隘的思维方式中解放出来,帮助人民摆脱平均主义的精神桎梏,在激烈的市场竞争中追求经济效益和社会效益,营造了前所未有的社会气象。但是与此同时,工业文明中的物质主义和享乐主义也伴随着资本的输入而快速蔓延,一些人在眼花缭乱、光怪陆离的物质世界中渐渐迷失,为此他们或者放弃了原初的纯真以交换物质的享受,或者放任内心罪恶的滋长来谋取非法的暴利。河北小说对这两类人的精神世界进行了探究,前者的代表者如十三苓、九月,后者的代表如荣汉俊。

十三苓是铁凝中篇小说《青草垛》中的女性形象,作为一个农村姑娘,十三苓从小就想走出村庄。她在高中毕业后毅然决定只身去城市打拼,然而几年之后却疯疯癫癫地回到村庄。与十三苓青梅竹马的一早死后,以鬼魂的视角回溯了十三苓在城市里所经历的梦魇和荒诞的生活,再现了曾经纯洁的农村女孩子在物质世界中是如何堕落和沦陷的。关仁山《九月还乡》中的农村女孩九月走上了和十三苓一样的道路,九月无法忍受家乡贫困的生活进城做了妓女。与《青草垛》不同的是,《九月还乡》为这种沦陷的女孩铺就了一条精神救赎之路,九月在"扫黄打非"活动中被抓进派出所,在前去保释的村主任面前九月流下

第二章 革命与建设:中国共产党时代使命的文本回响

了悔恨的泪水,后来九月回到家乡,拿出存款帮助村里治理土地,心灵也得到了救赎。荣汉俊是关仁山长篇小说《天高地厚》中的所谓乡村能人,在农村经济全面转型的时候,荣汉俊是最先富起来的那批人之一,然而他的发家史也伴随着很多罪恶,他雇凶毒打不顺从的包工头,利用行贿手段控制乡党委书记,制造种种事端打击种粮大户。荣汉俊这个形象具有一定的典型性,他代表了在改革时期不择手段、投机致富的一批人。总之,河北小说通过对改革背景中不同经历、不同类型人物故事的精彩讲述,生动再现了波澜壮阔改革浪潮中的众生相,栩栩如生地描绘了改革过程中的民族精神图景。

进入新时期中国的报告文学获得了长足发展,尤其是改革开放之后,轰轰烈烈的社会巨变使得报告文学独有的写作优势得到了最大程度的彰显,报告文学始终以其真实的现实观察和书写,成为中国故事最直接和最深入的记录者。

河北的报告文学写作也进入了飞速发展的时期,诞生了许多记录改革气象、人物和故事的优秀作品。对改革过程中的开拓者们进行追踪、记录和赞颂是河北改革题材报告文学的显著特征,围绕相关主题所产生的主要代表作有王乃飞的《当代企业管理家》《站在悬崖上起飞》,刘芳的《闯荒山的姑娘》,吕振侠的《跛子之路》,余炳年的"开拓者"系列(《银河咏叹调》《被捆缚的能人》《三次敬酒》《问渠哪得清如许》《第三个杜十娘》《赤子之心》《你看见了什么》》),花山文艺出版社出版的报告文学集《当代企业家》,张国明、鲁守平的《感恩中华》,

99

红色传承视阈中的河北文学研究

李春雷的《钢铁是这样炼成的》,王立新的《多瑙河的春天——"一带一路"上的钢铁交响曲》,等等。这些报告文学生动再现了改革过程中燕赵大地之上开拓者们"敢为天下先"的勇气和不屈不挠的顽强意志。

例如,吕振侠的《跛子之路》讲述的是农村漫画家陈玉里的故事。陈玉里1934年生于一个农民家庭,孩童时因家贫瞧不起病而落下终身残疾,他自幼酷爱漫画,坚持自学,最终成为卓有成就的农村漫画家。改革开放之后陈玉里的创作进入了黄金阶段,并在河北省邱县创建了全国第一个农民漫画剧组"青蛙"。

张国明、鲁守平合著的30万字的《感恩中华》讲述的是保定第一棉纺织厂厂长马恩华的事迹。马恩华是20世纪80年代企业改革风起云涌时期涌现出的具有开拓和奉献精神的现代企业负责人,是顺应时代潮流而出现的英雄人物。《感恩中华》以史诗性的风格记录了这位值得纪念的国有大企业负责人的功绩。

李春雷的报告文学《钢铁是这样炼成的》以邯钢作为书写对象,全面展示其从诞生至壮大,尤其是改革开放以来所经历的惊心动魄的辉煌历程,生动刻画了邯钢总厂厂长刘汉章敢闯敢干、有胆有识的开拓者形象。

除了对改革过程中的开拓者们进行追踪和记录,河北报告文学对改革过程中的"反腐"也进行了记录和思索,其主要的写作者是一合。一合曾经工作于纪检部门,特殊的工作背景和经

第二章　革命与建设:中国共产党时代使命的文本回响

历使他的报告文学题材都是与反腐有关,主要的代表作品有《黑脸》《飞流》《安全区》。一合的报告文学一方面追踪腐败者们的犯罪之路,深入探究其腐败的深层次原因;另一方面也塑造了许多心系百姓、深入人心的党员干部形象,与腐败者形成了鲜明的对比,在歌颂与批判之间隐含了一合关于如何规避腐败及现代干部应该如何作为等诸多问题的思考。

总之,在中国社会处于重大的转折推进和改变的时候,河北报告文学担负起自己的历史责任,将关注的目光集中到社会生活的焦点和大事上,坚定地同时代和现实生活相呼应、同频共振,在发挥宝贵的启蒙和引领作用的同时,也为改革过程中的中国精神、中国故事留下了真实、生动的历史记录。

面对轰轰烈烈的时代变革,河北诗人们也开始用自己熟悉的艺术形式来抒发对这个时代的感受和体悟,他们或者对现代化的时代命题提出独特的思索,或者描绘了时代的新气象、新风貌,或者用创造性的想象来展望祖国的光明前景,他们以高度的时代敏感性、强烈的历史责任感和激越的情感状态与时代共脉搏、共震荡,其中的代表诗人有张学梦、边国政、旭宇、曹增书等。

改革开放之后,"现代化"成为国家发展建设的核心关键词之一,也成为每一个中国人对未来的期盼目标。然而究竟什么是现代化,现代化和每一个普通人又是什么关系呢?1979年张学梦发表了《现代化和我们自己》,试图解答这些问题。在诗中诗人首先提出了人们心中的困惑,"望着/我们宏伟的目标,/我突然感到/精神的苍白,肺腑的空虚。/仿佛我是腰佩青铜剑的战士,/瞅着春笋似的导弹发呆;/仿佛我是刚脱掉尾巴的森林古猿,/茫然无知地翻看着四化图集",之后诗人的思绪开始纵横驰骋,在理想和现实、科学和无知、时代和个人这样对立又关联的命题之间穿梭往来,随后得出现代化首先是人的现代化这样深刻的判断。

除了对现代化这个命题本身进行理性思索,河北诗人还将目光投向了燕赵大地之上正在进行的轰轰烈烈的现代化建设。他们传达了一代人要求变革的愿望和心声,"不变它向前的本能,/不改它奔向大海的志向,/用一个浩浩荡荡的'人',/高标出中华民族的形象。//啊,我懂了,民族发祥地,/华山为何高,黄河为何黄;/啊,我懂了,炎黄的子孙,/今天,该怎么给中华梳妆……"(边国政《梳妆台放歌》)。他们礼赞迈进新时代、呼啸跃动的祖国,"中国,正站在脚手架上。/柳条帽下浓俊的眉宇间,/半是自信,半是执着。/太阳,镀亮了古铜色的臂膀,/咸涩的汗水一滴滴,一滴滴/打湿了脚下懒散的云朵"(曹增书《中国,正站在脚手架上》)。他们以虚实结合的方式去描绘辽阔土地上日新月异的变化,"正经历着/一个伟大的更年期,/不久,你将完全蜕去/那一层古老的躯壳/丢掉从爷爷那一辈/继承来的独轮车和治家格言/以轻盈健美的步履/和二十世纪挽臂前行","如同结束一篇章回体小说那样/你那多难的身世就要结束了"(姚振函《北方》);"我看到了那连天接地的绿色/我听见了雨中庄稼巨大的响声"(姚振函《青纱帐》)。他们期盼着更加壮丽的建设图景,"在我们现代化建设中/蓦然站起/千百个经济学家",

第二章 革命与建设：中国共产党时代使命的文本回响

他们"跨高栏似的/把过去的权威们/一个个超过"（张学梦《致经济学家·致中学生》）。"'二万万'青年觉醒起来，振作起来，像'二万万马力的电机'一样，来牵引/生活，/用速度/追回/那失落于荒草的流年。"（张学梦《前进，二万万》）他们用富含情感的意象来喻示民族朝气蓬勃的未来，"舞台是广阔的/没有一座山丘来破坏这种广阔/背景是深邃的/白云和雄鹰更强化了这种深邃"，"这本不是产生悲剧角色的土地啊！/今天，平原用正剧回答地很响亮！"（姚振函《平原，在上演正剧》）总之，处于改革背景之中的河北诗人们以自己独特的方式深入生活实践，抒写时代变革中的真实情感，合奏中华民族新时代精神风貌的交响曲。

"党一百年波澜壮阔的历史和取得的巨大成就，是最精彩的中国故事，是中国新文学最重要的写作资源和书写对象"[1]，燕赵这片土地之上中国共产党所领导的革命历史和建设历史，同样也成为河北文学最重要的写作资源和书写对象。因此从某种意义上而言，河北新文学的历史也是一部形象化的中国共产党领导河北人民进行伟大事业的征程史。同时作为社会意识形态体系的一部分，河北新文学也以特殊的形式深度参与了20世纪河北革命史和建设史，成为推动河北革命和建设发展的重要有生力量之一，河北文学史和地方党史之间由此构成了奇妙的谐振共鸣。

---

[1] 吴义勤：《百年中国文学的红色基因》，《光明日报》2021年6月22日。

第三章 信仰与崇高：中国共产党精神的形象演绎

伟大的精神成就伟大的事业。"在一百年的非凡奋斗历程中，一代又一代中国共产党人顽强拼搏、不懈奋斗，涌现了一大批视死如归的革命烈士、一大批顽强奋斗的英雄人物、一大批忘我奉献的先进模范"[1]，他们以坚定的理想信念、高度的责任担当、深厚的为民情怀成就了中华民族伟大的事业，也构筑了中国共产党人伟大的精神谱系。中国共产党的精神谱系是一个开放的、动态发展的精神文化体系，它的培育、生成是一个动态包容性的进程，它通过不断传承、创造和发展，延展出具有鲜明时代特征的精神气象。中国共产党伟大精神的具体内涵与时代课题紧密联系，在"血雨腥风、战火纷飞的革命年代，铸就了以不畏艰险、坚守信念、敢于牺牲、勇往直前为重点的斗争精神；意气风发、激情燃烧的建设年代，形成了以自力更生、奋发图强、艰苦奋斗、无私奉献为重点的创业精神；波澜壮阔、生机勃勃的改革年代，汇聚了以开拓创新、锐意进取、求真务实为重

---

[1] 习近平：《在党史学习教育动员大会上的讲话》，《党建》2021年第4期。

第三章　信仰与崇高：中国共产党精神的形象演绎

点的改革创新精神"①。坚定的理想信念是构筑中国共产党伟大精神的基石,正如2012年11月习近平总书记在十八届中共中央政治局第一次集体学习时的讲话中指出:"坚定理想信念,坚守共产党人精神追求,始终是共产党人安身立命的根本。对马克思主义的信仰,对社会主义和共产主义的信念,是共产党人的政治灵魂,是共产党人经受住任何考验的精神支柱。"②因为拥有了坚定的社会主义和共产主义信念,中国共产党在百年的历史征程中才能够愈挫愈奋、愈战愈勇,中国共产党人才能够以无私忘我的顽强精神投身革命和建设事业,中国共产党的精神史因此也具有了崇高的道德力量。河北文学与中国共产党具有天然的亲缘关系,中国共产党领导河北人民进行革命和建设事业中所呈现的伟大精神,也必然会成为河北文学重要的书写和歌颂对象。

第一节　"为有牺牲多壮志"的斗争精神

"马克思主义产生和发展、社会主义国家诞生和发展的历程充满着斗争的艰辛。建立中国共产党、成立中华人民共和

---

① 李梦云:《中国共产党精神谱系的科学内涵》,《中国高校社会科学》2021年第4期。
② 习近平:《紧紧围绕坚持和发展中国特色社会主义　学习宣传贯彻党的十八大精神——在十八届中共中央政治局第一次集体学习时的讲话》,《前进》2012年第12期。

红色传承视阈中的河北文学研究

国、实行改革开放、推进新时代中国特色社会主义事业,都是在斗争中诞生、在斗争中发展、在斗争中壮大的。"[1]斗争精神是中国共产党在百年实践中不断铸炼并涵养的精神品质,其孕育形成于新民主主义革命时期。鸦片战争之后,中国丧失了独立自主的地位,逐渐沦为半殖民地半封建社会,在民族生死存亡的关键时刻,中国共产党诞生了。中国共产党始终高举斗争的旗帜,不畏强权、不畏强敌,以"为有牺牲多壮志,敢教日月换新天"的英雄主义气魄托起了中华民族救亡图存的希望。尤其是在抗日战争的最艰难时刻,无数的中国共产党人以"不动摇、不妥协"的斗争精神鼓舞了全国人民的抗日斗志。从建党之日起至中华人民共和国成立,中国共产党二十八年的革命历史从某种意义上而言,就是一部中国共产党带领团结中国人民反抗剥削和压迫、寻求独立和解放的斗争史。河北文学对中国共产党领导燕赵人民进行革命斗争所呈现的伟大斗争精神进行了浓墨重彩的书写,其主要是通过两种方式来完成的:一种方式是以介入现实的方式对中国共产党的斗争精神进行倡导和歌颂,另一种方式是以历史追忆的方式对中国共产党的斗争精神进行怀念与再现。第一种方式集中于新民主主义革命时期,它是与中国共产党所领导的斗争实践同步发生,第二种方式集中于"十七年"期间,它汇入了新中国成立后兴起的革命历史题材写作浪潮。

---

[1] 习近平:《在中央党校(国家行政学院)中青年干部培训班开班式上发表重要讲话强调:发扬斗争精神 增强斗争本领为实现"两个一百年"奋斗目标而顽强奋斗》,《思想政治工作研究》2019年第10期。

第三章 信仰与崇高:中国共产党精神的形象演绎

新民主主义革命时期以介入现实的方式对中国共产党的斗争精神进行倡导和歌颂的主要河北作家(诗人),包括20世纪30年代的安娥、张秀中、袁勃、公木、王亚平、张寒晖等,以及40年代晋察冀根据地的作家(诗人)们、老一辈革命家们。诗歌是他们最早采用的艺术形式,这些诗人们几乎都是中国共产党人,他们以直抒胸臆的方式传达了作为中国共产党人或先进知识分子在民族存亡时刻的反抗决心和坚定的信念。

例如,1925年加入中国共产党的安娥在《燕赵儿女》中对入侵者发出这样振聋发聩的抗战宣言:"你把我们从摩天的山上,/推落到万劫的池塘;/我们的骨肉虽然粉碎了,/我们的灵魂依旧激昂;/你把我们的骨肉埋在沙地?/我们在地下培育大遍高粱,/你把我们鲜血泼在大路?/我们在路边浇出万棵白杨,/白杨叶天天在路边呐喊","燕赵的儿女们,/怎么能够要他们不武装?/怎么能够要他们不夺回家乡?/生他们长他们的地方!/那流过血流过汗的村庄!"

1930年加入中国共产党的张秀中于1932年出版了诗集《血在沸》,这部诗集中的诗作大都回荡着热血的呐喊,他号召被压迫的、受苦的民众起来斗争,"我们的满腔热血沸腾了,/当这红色的五月,/同志们!动员起来,冲破白色恐怖,/发起斗争,领导群众到大街上示威去!"(《纪念五月份》)

袁勃于1938年加入中国共产党,他在诗歌中满怀激情地歌颂给人们带来希望的斗争生活,"同伴们当着面说我残疾的可惜,/背地里,讥笑我失掉勇气。/但我何曾失去?/我,豪气高越穹苍,/伸开铁臂膀,/正可打碎山岳捣翻海洋。/……啊！我何曾失去？/我将永远献身于追随希望的争持中"(《我何曾失去》)。

公木于1930年加入北方左翼作家联盟、1938年加入中国共产党,1939年在延安期间公木创作了《八路军军歌》《八路军进行曲》《快乐的八路军》等8首歌词,其中的《八路军进行曲》在解放战争中更名《人民解放军进行曲》,1965年更名《中国人民解放军进行曲》,1988年7月,经中国共产党中央委员会批准,中国共产党中央军事委员会决定将其定为中国人民解放军军歌。《八路军进行曲》的歌词威武雄壮、气势磅礴,旋律高亢激昂,"向前！向前！向前！"的不断渲染和强化展示了中国共产党所领导的人民军队一往无前的战斗风格和摧枯拉朽的战斗力量。

王亚平于1932年积极创建了中国诗歌会河北分会,1946年加入了中国共产党。王亚平的诗歌始终昂扬着战斗的激情,他要为"受难的祖国"而歌唱,他要以诗歌为号角,向全国人民发起战斗的总动员,"我们团结、抗战,/用血、用枪保卫你。/敌人损伤你一茎毛发,/我们要为你,/赎回十倍、百倍的代价"(《听,夜莺在唱》);"中华儿孙的血肉在,/筑起真理的堡垒,/为了捍卫人类的幸福,/高扬抗争的旗帜,/让魔鬼的魂灵,/在我们的面前发抖;/侵略者的泥足,/在广大土地上沉没"(《五月的中国》)。

张寒晖于1925年加入中国共产党,30年代张寒晖创作了《抗日军进行曲》《老百姓抗日歌》等一系列抗日歌曲。在这些歌曲中他热切呼唤民众团结起来勇敢战斗,"打倒日本除汉

第三章　信仰与崇高:中国共产党精神的形象演绎

奸,/组织起来大家干,/你也干,/我也干,/大家商量不费劲,/你也别说你有力,/我也别说我有钱,/有钱有力拿出来,/拿出来抗战也是好汉"(《老百姓抗日歌》);"大家一条心,/快快起来全国的人民!/打倒日本强盗,/铲除汉奸走狗,/踏着殷红的鲜血,/举起抗战的旗帜,/奋斗前进!"(《抗日军进行曲》)。

如果说20世纪30年代诗人们主要是以直抒胸臆的抒情诗形式来传达中国共产党人的斗争精神,那么在晋察冀根据地,诗人作品中的这种斗争精神的呈现形式则显得更为丰富多样。它或者呈现于短小精悍的街头诗之中,或者呈现于直抒胸臆的抒情诗之中,或者呈现于鲜活实感的叙事诗之中。

例如,1938年加入中国共产党的田间在晋察冀根据地期间创作了大量具有社会影响力的街头诗,这些诗作先后收入街头诗诗集《粮食》《战士万岁》《街头诗集》,这些街头诗往往短小精悍、凝练有力,能够极大地激发民族自尊心和自信心,鼓舞民众的反抗激情。《假如我们不去打仗》是其中最著名的作品,它通过假定一个典型情境告诉中国人一个深刻的道理:与其以奴隶的身份饱含屈辱地死去,还不如站起来反抗。这首诗作为中国现代文学史上的名篇,无论在当时还是现在都具有极大的震撼力。除了街头诗,田间在40年代还创作了一系列长篇叙事诗,"开辟了纪念碑式的大叙事诗的方向"[①],其中发表于1940年的《亲爱的土地》和1941年的《铁的子弟兵》是晋察冀根据地最早

---

① 胡风:《给战斗者·后记》,载《胡风评论集》(中),人民文学出版社,1984年,第164页。

出现的两部长篇叙事诗,1945年发表了具有传奇色彩的史诗型长诗《赶车传》。在这三首叙事长诗中,田间通过鲜活的人物和生动的故事展示了晋察冀军民在中国共产党领导下所进行的解放斗争和阶级斗争,揭示了"只有铁的人民子弟兵才能保卫亲爱的土地"、只有中国共产党才能使"天底下出了活路"这样的时代共识。在晋察冀根据地时期田间还创作了一些小叙事诗,例如《曲阳营》《一杆枪和一个张义》《一百多个》《名将录》等,在这些小叙事诗中,田间或者通过激情的呐喊,或者通过如实的抒写来传达对英雄的赞颂。

1937年加入中国共产党的陈辉把"新的血的战争的现实写进诗里"(《十月的歌·引言》),在《战士诗抄》《夜,我们躺在大山岭上》《麦草地上的梦》《红高粱》《反扫荡小记》《宽肩膀》等诗作中,诗人为每一个复仇的战士而讴歌,为射向侵略者的每一颗子弹而欢呼,"兄弟呀,/今夜晚,/你要勇敢地歌唱,/为了我们的美丽的国土,/为了敌人给我们的血海深仇,/你呵,/要好好地,/好好地向敌人发射!/你呵,/要好好地,/好好地把晋察冀地红头子弹,/射进敌人的营房!"(《战士诗抄》之《枪要出击了》);诗人满怀深情地追忆自己"最敬爱的战士",牺牲时只有19岁的晋察冀青救会主任史文柬,这是"一个连枪子都不怕的共产党员",是"一个勇敢的平原的儿子",英雄虽然牺牲了,但是顽强的斗争精神就如同平原八月份旺盛的红高粱一样生生不息,它将激励着更多的中国人站起来为了独立、解放而斗争,"我们的枪又响了/我们的枪也响了/都响了/在东方/在西方/在南方/在北

第三章　信仰与崇高：中国共产党精神的形象演绎

方/我们的枪/高声地放/大笑着放/夜/被我们的枪声撕碎了"
(《红高粱》)。

1938年加入中国共产党的魏巍也以炽热的诗歌创作来传达昂扬的战斗激情,例如在《高粱长起来吧》一诗中,魏巍描述了战士们盼望着高粱能够快快长大的心情,战士们之所以急迫希望大平原能够变成汪洋的绿海,是因为八路军可以借助青纱帐的掩护来消灭入侵的敌人,诗歌在"高粱长起来吧"的回环反复中强化了战士们急迫的战斗心情和无畏无惧的战斗精神。1942年魏巍创作了共36节的叙事长诗《黎明风景》,该诗获得了晋察冀边区文学艺术界联合会颁发的"鲁迅文艺奖金"。《黎明风景》赞颂了在抗战最为艰难时刻,人民子弟兵坚持敌后抗战的顽强斗争精神,"革命给每个战士/准备好的伟大的人格,/都要在痛苦里来完成",残酷的战争给战士们带来痛苦的同时也淬炼了战士们钢铁般的意志。

1937年加入中国共产党的邵子南在《模范支部书记》一诗中讲述了一位勇敢的党支部书记的故事,在著名的大龙华战斗的关键时刻,敌人的一座堡垒出现了顽固的抵抗,党支部书记亲自率领一个排依靠勇气和智慧最终端掉了敌人的堡垒,取得战斗的胜利。

新民主主义革命时期,活跃于晋察冀根据地的老一辈革命家们在戎马倥偬之中也会挥毫成章,用旧体诗的形式抒发中国共产党人的革命情怀。例如,1947年晋察冀野战军胜利解放了石家庄,时任中国人民解放军总司令的朱德在《七律·攻克石门》一诗中对这场攻坚战进行了总结和赞颂："石门封锁太行山，勇士掀开指顾间。尽灭全师收重镇，不教胡马返秦关。攻坚战术开新面，久困人民动笑颜。我党英雄真辈出，从兹不虑鬓毛斑。"

总之，新民主主义革命时期以中国共产党人为构成主体的河北左翼诗人和晋察冀诗人们，用自己熟悉的艺术形式对中国共产党的斗争精神进行歌唱或描绘，既彰显了革命时期中国共产党人崇高情怀和斗争本色，也为积贫积弱的中华民族争取独立、解放和自由注入了强大的精神动力。

除了诗歌，河北的左翼作家和晋察冀根据地的作家们也通过小说来呈现中国共产党的斗争精神，现实中正在发生的中国共产党带领人民斗争的故事往往作为原型进入小说家们的写作视野，他们塑造了许多鲜活的中国共产党人形象，讲述了中国共产党人百折不挠的斗争故事，赞颂了中国共产党人无畏无惧的斗争精神。

王林的长篇小说《腹地》创作于1942年冬至1943年夏，是根据地最早的反映抗战的长篇小说，主人公辛大刚是作家着力塑造的一个典型形象。辛大刚是抗日战争之前加入中国共产党的老党员，曾经领导过盐民斗争，全国性抗日战争爆发后担任八路军的连长，在战场上屡立战功，"有的是赤胆忠心，又勇敢又忠心"，后来因为伤残回到了村中。回到村中的辛大刚尽管受到了混进党内、基层政权及群众团体的投机、蜕化分子的排挤和打压，但是当日本侵略者对冀中展开残酷的"五一大扫

第三章　信仰与崇高：中国共产党精神的形象演绎

荡"之际，他依然坚定地站了出来，带领群众组织民兵游击队，舍生忘死救护处于危境中的八路军伤员，利用现有武装巧妙设计接二连三地端掉了日军的炮楼，给处于"扫荡"中的人民带来了鼓舞和希望。热情正直、勇敢顽强同时又有较高的军事素养是辛大刚身上所呈现的主要性格特征，也是在艰苦卓绝抗战中优秀中国共产党人的真实写照。

苗培时的小说《鞋》发表于1946年，小说讲述了八路军战士石秋明英勇抗敌的故事。石秋明是一个长工的儿子，"长得矮矮的、粗粗的；脸蛋子两道浓黑的眉毛，盖着两只细细的柔泡眼。大腿又粗又结实，像两根粗木棒子"，憨厚结实的外表下石秋明有一颗有主见的心，父亲被日本人杀害后他毅然参加了八路军领导的"保家民团"。"保家民团"是让日军日夜不得安宁的队伍，他们经常炸断敌人的桥梁、包围火车站、破坏敌人的通信设备、将日军的"钉子"炮楼拔掉。在准备对敌人实施又一次袭击之前，石秋明奉命深入敌人内部摸底侦察，在摸清了敌人的武器、兵力部署和物资存放等重要的信息返回途中，却因没有换掉脚上的山鞋，引起了敌人的怀疑而不幸被捕。被捕后的石秋明遭到了敌人的严刑拷打，敌人把他的衣服剥光，用皮鞭抽他，皮鞭都打断了两根，但他毫无畏惧，甚至大声地斥骂敌人，向宪兵队长田中脸上吐痰。石秋明不担心自己的生死，而是担心作为一名党员却没有完成党所交给的任务，经过敌人的残酷折磨恢复知觉后，他脑子里想着的都是如何在三天内把情报送回团部。最后经过周密的计划，他和难友一起打死看守，在第三天刚刚拂晓的时刻赶回了团部,完成了任务。石秋明的忠诚、智慧和钢铁般的意志终于使"保家民团"又一次战胜了日军,实际上抗日战争能够取得最后的胜利也是由无数石秋明式的中国共产党人推动完成的。

中国共产党人无畏无惧的斗争精神不仅鼓舞了人民的意志,也带动更多的群众加入抗日队伍,最终形成了以中国共产党人为中流砥柱的抗战局面,杨朔于1940年创作的小说《霜夜》讲述的就是这样的故事。小说描写了八路军侦察员冯卯子深入敌占区,探知了日军准备"扫荡"八路军防地的消息,返回途中遭遇敌人不幸被捕,后来凭借机智勇敢冯卯子逃离了敌人的据点,但身负重伤。幸运的是,在村民金大娘的帮助之下躲避了敌人的追捕,金大娘的女儿妞子在风霜之夜将冯卯子九死一生得来的情报送到了八路军驻地。小说中最为感人的是人民对八路军战士的信任与爱护,"金大娘住在敌占区,眼睛看的,耳朵听的,甚至于亲身感受的","都是敌人的肮脏气",当遇到身负重伤但仍然不顾安危要把情报送走的冯卯子时,金大娘母女被八路军忘我的牺牲精神打动了,在敬佩的同时金大娘也说出了肺腑之言,"我不能眼睁睁见死不救。像你这样年纪,出生入死,还不是为了咱们?我活了半辈子,还怕,还怕什么死?有我就有你,放心好了"。中国共产党英勇无畏的斗争精神由此也化成了团结民众顽强抗争的感召力量和联结军民亲密关系的精神纽带。

葛洛的《雇工》发表于1946年,它讲述了雇工出身的干部

第三章　信仰与崇高:中国共产党精神的形象演绎

老陈与恶霸地主斗争的故事。在解放战争期间,老陈接受了押解地主恶霸孔庆昭转移的任务,孔庆昭曾经做过伪保长,在村里坏事做绝,老百姓对他深恶痛绝。在押解的过程中,孔庆昭与老陈攀关系、拉交情,"好歹咱们是掌柜伙计一趟,在一起圪蹴了好几年",以自家的全部当家为诱饵收买老陈,用花言巧语为自己的罪责辩解,等等。这些都丝毫不能动摇老陈的立场,因为老陈牢牢记住了孔庆昭对全村百姓所犯下的罪行,诸如逼死史成双的女人、打赵二旦黑枪等。后来老陈与敌人遭遇,孔庆昭伺机逃跑,被老陈当场击毙,但老陈在战斗中也不幸身负重伤。当抗日战争取得胜利之后,为不平等的阶级压迫而斗争就成为中国共产党人的首要任务,阶级斗争相对于民族斗争更为复杂,《雇工》中的老陈形象显示了中国共产党人在阶级斗争中依然具有坚定的斗争意志与不可动摇的信念。

1949年5月孔厥、袁静出版了长篇小说《新儿女英雄传》,这部小说既描绘了冀中的抗战全景图,也讲述以牛大水、杨小梅为代表的平凡儿女是如何成长为英雄的中国共产党人。牛大水原本是一个普通的贫苦农民,心里最大的愿望就是能够种好地、娶上好媳妇,因此当黑老蔡约他去取武器时他犹犹豫豫地回答,"行倒行……就是明天我地里还有点活",当共产党员高屯儿介绍他入党时,他的第一反应竟然是"在了党,我还种地不?"参加抗战后的牛大水最初也是很普通、很平凡,但是在战火的不断磨炼中,他渐渐成长起来,拥有了宁死不屈的顽强意志、超人的勇气和随机应变的作战智慧,最后成为一位优秀的党的基层领导者。杨小梅曾经是一位婚姻不幸的女子,因为母亲的强迫嫁给了兵痞张金龙,遭受了种种折磨,后来参加了抗日工作才解除了不幸的婚姻。经受过人生磨难的杨小梅,投身革命之后表现得异常坚定勇敢,她孤身一人去侦察敌情,自告奋勇到危险的地方开展工作……她在不断的斗争中最终成长为众人景仰的抗日女英雄。牛大水、杨小梅的成长经历一方面昭示了中国共产党这个先进的集体是来自普通的人民大众;另一方面也彰显了斗争是中国共产党人的炼金石,只有经过斗争的锤炼和磨砺才能造就中国共产党人钢铁般的意志和务实变通的政治智慧。

新民主主义革命期间河北也有许多作家和战地记者用报告文学的形式来实录中国共产党的对敌军事斗争,为历史留下了珍贵的文字资料,这些作家和战地记者们主要活跃于晋察冀根据地。1937年底,周立波受党中央委派陪同美国军事观察家埃文斯·卡尔逊到晋察冀根据地访问,1938年其出版了报告文学集《晋察冀边区印象记》,在文集的序言中周立波言及,这本书要献给晋察冀边区的战死者和负伤者,因为"他们的英灵和血,永远是中华民族的光华,和人世的骄傲",因为有了他们,中华民族才有了获得解放和独立的希望。在这部文集中周立波展示了上至中国共产党领导高层、下至普通士兵的英勇顽强的斗争精神。例如《伤兵医院》一文介绍了作家走进伤兵医院所目睹的真实景象,在战争中惨无人道的日本侵略者使用国际禁用的达姆弹、瓦斯毒气残害八路军,给战士们带来了极大的痛

第三章 信仰与崇高:中国共产党精神的形象演绎

苦,加之战地医院的医药极为缺乏,战士们很多时候只能依靠精神的力量去缓解病痛的折磨,尽管如此战士们依然关心着祖国的安危,一位四川籍的重伤员流着泪对作家说:"请你们出去时,告诉外面的同胞,我们不要紧,请他们不要为我们难过","既到这里来了,就是准备牺牲的,不把日军赶出去,我们永远不回家!"读之,不禁动容。《晋察冀边区印象记》是最早反映解放区军民伟大抗日战争的报告文学作品,它首次对外宣传了中国共产党的抗敌方针、政策和英勇无畏的抗敌精神,在国内外产生了深刻的影响。

1942年冀中"五一大扫荡"之后,仓夷根据反"扫荡"英雄连队"纪念连"的真实事迹创作了长达4万字的报告文学《纪念连》,作品在浓烈的战斗气息和悲壮的氛围中讲述了"纪念连"面对着残酷的环境依然顽强战斗的事迹。与其他部队一样,"扫荡"期间"纪念连"遭受了日军的"铁壁合围",只能一边转移一边作战,虽然失掉和上级的联系,在作战的过程中有同志不断牺牲,但是"纪念连"依然有这样不可动摇的信念:"我们是革命的队伍、人民的武装,我们一定有信心,也有力量永远战斗下去!"抱着这样的信念,他们利用地沟战、地道战、民兵地雷战等与敌人机智地周旋,机枪班长赫赞一个人就消灭日伪150余人,给敌人以重创。《纪念连》在《晋察冀日报》连载之后引起了轰动性的反响,"纪念连"英勇顽强的斗争精神极大鼓舞了根据地人民的抗日斗志,该作也因为其突出的思想性和艺术性而获得1942年晋察冀边区文联的鲁迅文艺金奖。

红色传承视阈中的河北文学研究

　　魏巍1939年来到河北敌后抗日根据地,在跟随部队南征北战的过程中,他创作了《雁宿崖战斗小景》《黄土岭战斗日记》《狼牙山的儿女》《燕嘎子》《晋察冀,英雄多》等一系列反映根据地军民顽强抗战的报告文学,在这些作品中魏巍真实记录了冀西雁宿崖、黄土岭战斗中八路军将士与日军殊死搏斗的战斗场面;生动讲述了战斗英雄燕秀峰机智灵活、神出鬼没歼灭敌人的故事;逼真地再现了八路军战士在悬崖之上与敌人所展开殊死搏斗;真切描述了狼牙山儿女坚定的斗争信念和不屈的生活意志,以叙事和抒情有机结合的方式展示了根据地军民一往无前的战斗豪情。值得一提的是,在《晋察冀,英雄多》中,魏巍描写了一个意味深长的场景:抗大分校的伙夫牛进喜不幸被日军抓捕,在敌人的各种严刑之下牛进喜并没有吐露半点机密信息,这使得日军军官做出一个判断——"这是一个共产党员!"由此可见,"中国共产党"这个词汇已经成为钢铁般斗争意志的代名词了。

　　1942年来到晋察冀根据地并多次参加反"扫荡"的周游创作了《冀中宋庄之战》《冀中军民顽强的斗争》《正定铁路边奇妙的战斗》《侯松坡越狱记》《一个工人出身的排长》等一系列讲述冀中军民英勇斗争事迹的报告文学,浓郁的战场氛围和真实准确的叙述风格逼真再现了中国共产党所领导的冀中抗日斗争历史。

　　在晋察冀报告文学中还有一些作品直接将中国共产党的高级将领作为书写对象,通过对他们伟大人格力量的展示,揭

第三章　信仰与崇高：中国共产党精神的形象演绎

示了中国共产党的历史向心力,其中主要的代表作品有周立波的《聂荣臻同志》《田守尧同志》《徐海东同志》,贺义彬的《坚持平原游击战的两位行政长官——杨秀峰和宋任穷》等。

在新民主主义革命时期,河北文学以介入现实的方式对中国共产党的革命斗争精神进行描绘和歌颂,具有明显的"现在进行时"意味。新中国成立后的"十七年"期间,对中国共产党革命斗争精神的书写依然是河北文学的重要主题,不过它是以历史追忆的方式进行怀念与再现,并且作为重要的支流汇入全国革命历史题材的写作浪潮。相对于新民主主义革命时期的"现实追踪"式写作,"十七年"期间河北文学对中国共产党革命斗争精神的书写显得更为成熟和从容,在这个阶段的文学作品中,中国共产党的革命斗争故事更为完整详尽,中国共产党人的革命形象塑造得更为丰富饱满,其中主要的代表作品有梁斌的《红旗谱》,徐光耀的《平原烈火》,雪克的《战斗的青春》,刘流的《烈火金刚》,冯志的《敌后武工队》,李英儒的《野火春风斗古城》,李晓明、韩安庆的《平原枪声》,张孟良的《儿女风尘记》,邢野等的《狼牙山五壮士》,刘真的《长长的流水》等。这些作品中除了《狼牙山五壮士》《长长的流水》是中篇、短篇小说,其余的都是长篇小说。

梁斌的多卷本长篇小说《红旗谱》的第一部《红旗谱》出版于1957年,第二部《播火记》出版于1963年,第三部《烽烟图》出版于1983年。《红旗谱》自出版以来,一向被誉为中国共产党领导下的农民革命运动的壮丽史诗,如果将《红旗谱》三部曲作为一个整体来看,它的确是一部具有史诗气度的小说。"①

在这三部小说中,第一部《红旗谱》的成就最高,影响也最大,1960年被改编为同名电影。《红旗谱》主要以冀中平原锁井镇朱、严两家为代表的三代农民和以冯家为代表的两代地主之间的斗争冲突为主线展开故事的讲述。朱老巩、严老祥和朱老明是老一代农民的代表,他们有勇气有胆量,敢于向压迫剥削农民的地主阶级发起挑战,然而无论是他们大闹柳林镇、拿铡刀拼命,还是对簿公堂、与地主打官司,其结果都是注定失败的。第二代农民朱老忠"扑摸"到了中国共产党,在监狱探监时他亲眼看到共产党是怎样和国民党进行斗争,在秋收运动中他第一次看到穷人联合起来的力量。在中国共产党的启发教育之下朱老忠开始走上革命的道路,将个人的复仇决心上升到阶级的革命觉悟,并且在反割头税斗争胜利后加入了中国共产党。运涛、江涛等是加入中国共产党的第三代农民,在他们身上既流淌着父辈们反抗精神的血液,又注入了无产阶级崭新的生命因子,一旦投身革命他们便成为坚定不移的革命者。在反割头税斗争中,第二代农民和第三代农民汇合成汹涌不可阻挡的人民力量,最终取得了反割头税斗争的胜利。如果说第一代农民的失败是中国农民几千年来反抗斗争及命运的一个缩影,那么第二代、第三代农民所取得的"很大的胜利"则昭示了这样的历史道路:中国农民只有接受党的先进斗争思想、接受党的

---

① 王庆生主编:《中国当代文学史》,高等教育出版社,2003年,第121页。

第三章 信仰与崇高：中国共产党精神的形象演绎

领导，才能更好地团结起来，战胜阶级敌人、解放自己。

徐光耀的《平原烈火》出版于1951年，这是新中国成立初期第一部以亲身经历者的视角来描写冀中抗日游击战争的小说，对此徐光耀曾经这样说过："对先烈的缅怀，久而久之，那些与自己最亲密、最熟悉的死者，便会在心灵中复活，那些黄泉白骨，就又幻化出往日的音容笑貌，勃勃英姿。那爱国主义、革命英雄主义的巨大声音，就会呼吼起来，震撼着你的神经，唤醒你的良知，使你坐立不安，彻夜难眠，倘不把他们的精神风采化在纸上，就对不起自己的良心，于是写作的欲望就难以阻止了。"[①]在《平原烈火》中徐光耀塑造了许多具有原型的英雄形象，诸如周铁汉、千万里、三生、张子勤、丁虎子、张小三、瞪眼虎、干巴等，在他们的身上体现了中国共产党人高昂的战斗激情和革命英雄主义精神。以周铁汉为例，他是宁晋县游击大队的中队长，在"五一大扫荡"中为了掩护战友而不幸被日军俘虏，在狱中周铁汉遭受了敌人的电刑、鞭刑、烙刑等酷刑的折磨，但始终宁死不屈。后来他在狱中偶然找到了二寸长的铁钉，靠着顽强的意志挖通了监狱的墙壁，率领狱友们成功越狱，返回部队后又和战友们一起攻打下了牙口寨据点。周铁汉之所以拥有这种大无畏的英雄品格，源于其拥有坚定的共产主义信仰，他曾经对自己的弟弟这样说过："共产党员没有什么好处，吃苦吃在头里享福享在后头……可是有

---

① 徐光耀：《我与"小兵张嘎"》，《青春岁月》1994年第3期。

一样,他就是光荣!""谁要得着它,穿上绸缎也没有它体面,吃上蜜糖也没有它香甜,人人都稀罕,人人都尊敬,有说不上来的那么尊贵、光荣,还有一股力量,打仗的时候,一想到它,什么刑罚也不怕了,连死都不怕!"光荣的党性认知构成了他一系列英雄行为的思想基础。

雪克的《战斗的青春》出版于1958年,小说讲述了冀中滹沱河沿岸军民英勇抗敌的故事。1942年随着日军发起"五一大扫荡",滹沱河沿岸的地方政权和抗日武装都遭受到残酷的打击,伤亡惨重,同上级党组织和武装失去了联系,另一方面革命队伍内部还出现了叛徒、破坏分子和右倾错误路线的干扰。在这种内外交困的危急形势之下,新任区委书记许凤、游击队队长李铁、妇女干部秀芬等紧密依靠人民群众,克服重重艰难,重新组建、壮大起滹沱河的抗日力量,直至全部歼灭了盘踞在枣园区的敌人。许凤是《战斗的青春》中富有光彩的女共产党人形象,在她身上兼具党性和女性的双重特征。许凤坚强勇敢,面对着经历"扫荡"后惨受重创、人心涣散的游击队,她凭着中国共产党人的高度责任感承担起重建抗日力量的重任,她给人们重新带来了盼头:"区委没有垮,它在领导斗争!"许凤冷静聪慧,面对着错综复杂的斗争形势,她能够渡过一个个难关,快速成长起来;许凤立场坚定,被捕后她遭受日军的严刑拷打,也被曾经的恋人、叛徒胡文玉威逼劝诱,但她始终没有屈服。许凤在具备中国共产党人的优秀斗争素质的同时也拥有正常的女性情感世界,例如她在处理与胡文玉的感情纠葛时所体会到的

第三章 信仰与崇高：中国共产党精神的形象演绎

痛苦和矛盾，党性和女性的双重特征使许凤的英雄形象充满了血肉感。李铁也是《战斗的青春》中重点塑造的英雄形象，身为游击队队长的李铁有勇有谋、为人坦荡真诚，与许凤一样是一位可亲可敬的优秀共产党人。

刘流的《烈火金刚》出版于1958年，其自问世便深受人民的喜爱，被相继改编成评书、电影和电视连续剧。《烈火金刚》中出现了一批在中国共产党领导下具有传奇色彩的抗日英雄形象。例如，孤胆英雄史更新身负重伤被日伪军重重围困，但是他却凭借着大无畏的英雄气魄从血泊之中站了起来，徒手抢过敌人的枪，并消灭了一个特务和四个日军，打伤日军猪头小队长，胆战心惊的敌人调来"一个日军大队，一个伪警备大队，伪治安军一个营、两个骑兵中队、两个摩托小队，配备了重机关枪、轻迫击炮、放毒瓦斯的化学兵，还有两辆小型坦克兵"。尽管如此，史更新还是借着夜色的掩护将敌人搅得乱成一锅粥，然后"单枪打开千军阵，孤身冲破重兵围"。还有常常出没危险之地却能化险为夷的侦察员肖飞、机智果敢颇有将风的女区长金月波、一把大刀显威力的骑兵班长丁尚武，等等。简而言之，在烈火熔炉中的英雄们"亚赛过金刚一般，耸立在这鲜血冲洗过的古老山河之上，坚强无比，永远放光！"。

1958年冯志出版了长篇小说《敌后武工队》，这部小说出版之后也极受欢迎，它以1942年"五一大扫荡"为背景，讲述了八路军武工队深入敌后的险恶环境中与日伪军和汉奸特务展开斗争的故事。《敌后武工队》是冯志在自己亲身经历和真人真事的基础之上创作而成的,具有极强的历史真实感,正如他自己在这本书"写在前面"的话中所言:"书中的人物,都是我熟悉的人物,有的是我的上级,有的是我的战友,有的是我的'堡垒'户;书中的事件,又多是我亲自参加的","《敌后武工队》如果说是我写的,倒不如说是我记录下来的更恰当"。当然在历史真实的基础之上冯志也进行了加工、演化,使得武工队的对敌斗争更具有传奇性。例如,武工队队长魏强勇敢机智,有着超人的指挥能力,他能够审时度势、灵活机动地制定各种战略战术,能够想奇谋出奇计成功奇袭南关火车站、离间敌伪、巧夺黄庄等。再如,武工队员刘太生在水井边大战蜂拥而来的敌人,手枪、步枪、机关枪等密密匝匝地围住他,但"刘太生蹿蹿跳跳,东打西射,全无一点惧怕劲头",使得旁边的何殿福"打心眼里起敬,他觉得这个八路军不是普通人,就像浑身是胆,大战长坂坡的赵子龙"。

李英儒的《野火春风斗古城》出版于1958年,小说描绘了1943年前后中国共产党在日伪占领的冀中城市保定开展的一系列地下斗争。小说成功塑造了以杨晓冬、金环为代表的一批优秀的地下工作者形象,这是以往相关题材小说很少涉足的领域。地下工作者不同于前线冲锋陷阵的将士,他们需要有"手中无寸铁,腹内有雄兵"的胆识与谋略,杨晓冬就是这样的英雄人物。杨晓冬是党优秀的地方抗日武装和基层政权领导者,接受任务后进入保定组织、领导地下斗争,作为保定地下斗争组织中的"主心骨",杨晓冬面对险象环生的斗争形势表现得机

第三章 信仰与崇高：中国共产党精神的形象演绎

智、成熟、果敢，既有英雄气同时也有人情味。金环和银环是小说中颇为引人瞩目的英雄姐妹花，金环是一位成熟的女共产党人，也是一位出色的地下交通联络员，机智勇敢、泼辣坚强，后来因为保护党的争取对象而不幸牺牲。金环在遗书中留下了一段话："敌人不是草包，他们能做到的事太多了。他们能敲碎我的牙齿，能割掉我的舌头，甚至能剖腹摘出我的心肝；但他们只有一条不能，不能从我的嘴里得出他们所需要的话！"深刻地体现了一位视死如归、大义凛然的革命英雄主义者的气魄。银环是一位成长中的女共产党人的形象，在她的身上呈现了革命者的成长轨迹，即如何克服懦弱幼稚，慢慢走向坚强与成熟。

李晓明、韩安庆的《平原枪声》出版于1959年，小说讲述了抗日战争时期冀中平原的八路军干部马英接受党的任务，回到家乡发动群众、组建抗日力量，出生入死、浴血奋战，最后消灭日军入侵者的故事。马英是小说着力塑造的核心人物，年轻的共产党人马英在民族生死存亡的关键时刻挺身而出，在战火中一步步摸索、尝试，直至成长为有勇有谋的指挥员，历经了艰难险阻和重重考验。马英的成长史从某种意义上而言也是中国共产党领导中国革命斗争的历史缩影，从小到大、从弱到强，从不会打仗到善于打仗，从零敲碎打到与敌人正面交锋、打大仗硬仗，历经险阻百折不挠，最终消灭敌人取得斗争的胜利。

张孟良的《儿女风尘记》出版于1957年，讲述的是解放前张天保一家五口的悲惨遭遇。在"先旱后涝、颗粒没收""贫苦的人们出卖气力没有人雇""五岁的娇娃只能换得三斗高粱"的年代里，张天保带着家人从山东逃难到冀东，后来女儿被骗入妓院跳楼自杀，张天保申诉无门反被判了七年徒刑屈死狱中，张天保的妻子在悲愤中病逝而去，只留下了十岁的小马和三岁的顺妹两个孤苦无依的孩子。后来小马投身中国共产党领导的轰轰烈烈的反压迫、反侵略的斗争，也因此找到了新的大家庭。小马一家的经历折射了当时中国劳苦大众的经历，小马的出路也折射了当时中国劳苦大众唯一的出路：只有投身中国共产党领导的斗争，才能获得自身的解放。

邢也等创作的纪实性小说《狼牙山五壮士》发表于1958年，在同年就被改编为同名电影。小说讲述的是"大扫荡"背景之下晋察冀军区一个班的五个战士为了掩护大部队转移而英勇牺牲的故事。1941年秋天，日伪军5000余人围攻河北易县狼牙山地区，晋察冀军区1团7连的战士们坚守狼牙山与敌人周旋，掩护军政首脑机关和老百姓转移。连队的任务完成后，六班的五个战士马宝玉、葛振林、胡德林、宋学义和胡福才掩护连队撤退。他们将敌人引向了狼牙山主峰棋盘陀，几百个敌人团团包围了他们，他们坚守了整整一天，击退了敌人无数次进攻，歼灭了100多名敌人。最后，弹尽粮绝的时候他们砸碎了枪支，高呼"打倒日本帝国主义"的口号跳下了悬崖。小说《狼牙山五壮士》以非虚构的写作方式将五位英勇战士的故事记录下来并代代流传。

刘真的短篇小说《长长的流水》发表于1962年，作品以"我"的视角讲述了一位女革命者的故事。"我"是一个懂事又不

第三章　信仰与崇高：中国共产党精神的形象演绎

懂事的半大女孩，在革命根据地邂逅了一个从大城市投身革命的大姐，大姐有知识有文化，也有远见卓识，她的未婚夫在战争中不幸以身殉职，她将个人的悲痛化成忘我工作的动力。大姐和同志们的关系很融洽，对"我"这样不懂事的小辈也很关心，督促"我"学知识学文化，在"我"有情绪的时候给"我"讲故事、陪"我"入睡。《长长的流水》以清新细腻的叙述为河北文学"画廊"增添了一个温婉可亲的女革命者形象。

总之，"十七年"是河北文学对中国共产党的革命斗争精神进行集体追忆的鼎盛期，在这个时期中河北作家们以极具传奇的笔触全方位讲述了中国共产党所领导的艰难曲折、惊心动魄的革命斗争故事，塑造了各式各样性格鲜明的革命英雄形象，揭示了没有共产党斗争精神的指引就没有中国革命胜利的历史规律。当然，进入新时期河北文学中也出现了一些追忆中国共产党革命斗争精神的优秀作品，但是并没有形成"十七年"时期那样的井喷之势。新时期河北文学对中国共产党的革命斗争精神进行追忆的代表作品有徐光耀的《望日莲》、李丰祝的《解放石家庄》、张孟良的《血溅津门》、程雪莉的《寻找平山团》。

徐光耀的短篇小说《望日莲》发表于1977年，这是他在新时期发表的第一篇小说，小说讲述了1942年"五一大扫荡"期间化名为"望日莲"的年轻女地下交通员护送八路军干部"我"穿过敌人封锁线的故事。在敌占区，敌人的岗楼碉堡、铁丝网、封锁沟遍地都是，护送一位身负重要使命的八路军指挥员是一件极其困难的事情，刚开始"我"对年轻调皮且羞涩的女交通员是否能够完成任务也充满了疑虑,但是经过一夜惊险曲折的战斗,"我"见识了望日莲的聪明、沉着、机敏和丰富的作战经验。望日莲是让人耳目一新的女革命者形象,在她的身上既散发着泥土的质朴清香也饱蕴着战士的刚毅与智慧。《望日莲》发表后广受读者和评论界的好评,并于1986年被八一电影制片厂改编成同名电影,得到了更广泛的传播。

李丰祝的长篇小说《解放石家庄》出版于1977年,小说讲述了我军某旅执行党中央的军事部署,南征北战参与解放石家庄战斗的过程。小说真实再现了我军在解放石家庄战役中的战略思想、战斗风貌和战斗场景。李丰祝曾说:"我当时借鉴了很多老首长和老战友写的有关解放石家庄的回忆录,他们为我写这个长篇小说提供了依据,我手上现在有20多份资料,都是他们写的怎样过市沟、怎样打铁甲列车,怎样活捉罗历戎。"[1]因此《解放石家庄》也可以看作石家庄解放历史的形象再现,1981年根据这本小说改编的同名电影让更多人走进了那段历史。《解放石家庄》再现了我军英勇顽强、不怕牺牲的斗争精神,"小战士孙永在战斗中抢占制高点,打死敌先头团团长,身负重伤后,含笑死在连长怀里;年轻战士张喜子,在进攻坚固的石家庄内市沟时,为巩固突破口身上多处负伤,仍高举红旗为炮兵指示目标,掩护后续部队顺利通过;连长潘有财被燃烧弹击中,可他顾不得扑灭浑身火焰,抱起炸药包冲向敌坦克"。但是李丰

---

[1] 李丰祝:《用文字重现"解放石家庄"》,《燕赵都市报》2007年7月2日。

第三章 信仰与崇高：中国共产党精神的形象演绎

祝并没有将他们塑造成完美无缺的"高大上"人物，而是将他们人性中不足的一面也展现在读者面前，从而使他们成为有血有肉、真实可信的英雄人物。

张孟良的长篇小说《血溅津门》出版于1981年，很快就被拍成了同名电视连续剧。小说讲述的是津郊武工队配合中共天津地下组织，摧毁日军在天津的侵华兵站基地的故事。小说在惊险曲折、扣人心弦的故事情节中塑造了一批英雄形象，其中武工队长郝明的形象最为丰富饱满，在复杂惊险的斗争中，郝明表现出机智勇敢、沉着老练的优秀斗争素质和赤诚无私的崇高境界，与此同时其也有丰富的情感世界。

2015年程雪莉出版了耗费5年心血写作而成的55万字长篇纪实文学《寻找平山团》。"在抗日战争中，仅有25万人口的平山县，就有7万余人参军参战，参加自卫队、农会、妇救会、儿童团等各种组织，平山县几乎人人皆兵，成为晋察冀抗战史上的一个典范。"《寻找平山团》以著名的平山团的诞生及其征战的历史为线索，在满怀敬意的钩沉和带血带泪的书写中，带领读者完成一次追寻英雄的精神之旅。太行山活跃着"铁的子弟兵"，在强敌入侵、日军铁蹄无情践踏国土时，平山儿女们没有屈服，他们在中国共产党的领导下以坚定不移的信念和慷慨赴死的决心，书写了一个个惊天地、泣鬼神的悲壮故事。例如，在山西上下细腰涧战役中，烈士王家川在战场上拼刺刀打死了8个日军，临终时双手紧紧抓着敌人的刺刀，手指被齐刷刷斩断。其弟则辗转几百里赶到平山团驻地要求参军，在报名时执拗地说:"俺就叫王家川!俺爹娘说了,俺要是牺牲了,俺还有个弟弟来,还叫王家川!""平山团的几次大战,一次就减员几百,故乡平山的土地上村村挂孝,户户举哀。然而,很快,一批牺牲者的兄弟子侄就补充到平山团!"再如,共产党人梁贵武被日军用开水浇,推到锅里煮再拎出来,又把他推进火堆里烧,血肉模糊的梁贵武在疼痛中把舌头咬碎了,也没有吐露八路军的秘密。《寻找平山团》中一位84岁老者李庆昌在向作家悲痛地讲述日军残忍"扫荡"行径的同时,依然不忘"连连夸赞他见到的共产党人和游击队战士的勇敢和宁死不屈。虽然当时他还小,但是对烈士们充满了无限的敬意"。太行山孕育了"铁的子弟兵"和令人千秋仰望的英雄气概,但是《寻找平山团》并没有将英雄的故事置放于传奇的维度之中去讲述,而是在追根寻源式的仔细搜寻与爬梳中还原平山团真实的时代图景和革命先烈们鲜活独异的生命历程,由此历史中的英雄们既顶天立地、光彩夺目,同时又有血有肉、平凡可亲,拥有了真面貌和真魂魄。

从总体上而言,新时期之后河北文学依然对中国共产党领导下的革命斗争做了一次又一次深情的回望,让逐渐逝去的岁月在热度中得以显影和还原。当然这一时期关于中国共产党所领导的革命斗争故事的书写淡化了"十七年"时期的传奇性,而是借助鲜活动人的生命故事来呈现和还原历史,从而增加了历史的可亲感和可信度。

在中国共产党的百年历史实践中,斗争精神是一种不断铸炼并涵养的精神品质。随着时代的变迁以及党的中心任务的

第三章 信仰与崇高：中国共产党精神的形象演绎

转变，中国共产党的斗争精神会呈现出不同的具体表征，如果说在新民主主义革命时期中国共产党的斗争精神主要表现为革命斗争精神，那么在社会主义革命和建设时期中国共产党的斗争精神则主要体现为保家卫国的爱国精神。

新中国成立之后，西方帝国主义国家及其他反动势力利用武装干涉试图颠覆我国新生的人民政权，为了保卫新中国、巩固新政权，中国共产党带领全国人民相继进行了一系列的正义之战，其中的抗美援朝战争是影响最为深远的一场战争。抗美援朝战争的胜利，维护了亚洲和世界的和平，巩固了新生的人民政权，打破了美帝国主义不可战胜的神话，顶住了美国侵略扩张的势头，使新中国的国际威望空前提高，极大地增强了中国人民的民族自信心和自豪感，为国内经济建设和社会改革赢得了相对稳定的和平环境。

河北作家们对中国共产党领导的这场维护世界和平、保卫家园的伟大战争也进行了书写和记录，田间是其中的代表者。1951年田间以分团秘书长的身份奔赴朝鲜慰问中国人民志愿军，1953年田间以记者的身份进入板门店的谈判现场，两次进入朝鲜的经历使田间对朝鲜战争有了深刻理解，对志愿军战士和朝鲜人民的战斗生活有了切身的感受，他以诗作或者散文的形式将自己对朝鲜战争的所见、所闻、所感记录下来，其主要的成果有诗作《雷之歌》《给一位女郎》《北京——平壤》等，以及散文集《板门店记事》。在反映抗美援朝的诗作中，田间"努力把悲慨的战争体验与歌唱对象的情感融为一体，又注重把它凝注在具体的情节和画面之中,构思更为精巧、完整,而表现形式则为民歌风味,基本都是六言体的格律诗"[1]。这些诗作的主题主要包括三个方面内容:一是对帝国主义战争暴行的控诉,二是赞颂中国人民志愿军和朝鲜人民顽强的战斗精神,三是讴歌中朝人民在战争中所结下的国际情谊和国际共产主义精神。对帝国主义的战争暴行进行控诉的诗作主要有《雷之歌》《给志愿者——为反对美国帝国主义进行细菌战而作》等。

《雷之歌》描绘了一个令人心痛的悲惨战争场景:一位朝鲜母亲被敌人的飞机炸死,年幼的孩子在轰炸中幸免,但是失去母亲呵护的孩子从此孤苦无依,"雷雨打在路上,/雷声响在路上。/在狂风暴雨中,/幼儿叫着亲娘。//幼儿叫着亲娘,/亲娘也被炸伤。/强盗的炸弹片,穿进她的胸膛//幼儿叫着亲娘,/抚着母亲的胸膛。/暴雨打在路上,/雷声响在路上",雷雨、雨声和幼儿的哭喊声交织在一起,在强烈的声音撞击中催生了令人心碎的阅读效果。

在朝鲜战场上残忍的敌人竟然使用生化武器来攻击中国人民志愿军,田间对这种惨无人道、践踏国际战争道德底线的卑劣行径发出了强烈的控诉,"仇恨好比火山,/愤怒好比火山"(《给志愿者——为反对美国帝国主义进行细菌战而作》)。

对中国人民志愿军和朝鲜人民的顽强战斗精神进行赞颂的主要诗作有《白云山之歌》《寄战士》《给一位女郎》等。在《白

---

[1] 王长华主编:《河北文学通史》第4卷(下),科学出版社,2012年,第17页。

第三章 信仰与崇高：中国共产党精神的形象演绎

云山之歌》中田间以战士的口吻直接抒发了他们对于战争的无畏心理，"高高的白云山/吓不倒英雄汉。//英雄呵志愿军,/比高山还要高。//哪怕山上的风雪,/刮破了我的脸！//哪怕山上的荆棘,/挂破我的衣服"。为什么中国人民志愿军能够拥有这样坚强的意志和无畏的勇气？田间的《寄战士》一诗做出了回答，"枪弹打穿了草舍,/鲜血染红了岩壁//朝鲜有人在问你,/你为何英勇不屈？//岩壁上面烟雾中,/白鸽飞来飞去。//朝鲜有人在问你,/你为何英勇不屈？//战士手扶着岩壁,/是他在回答我们://这古老的岩壁上,/是英雄的血迹！//战士站在岩壁上,/是他在回答我们://这洁白的鸽子,/是母亲的眼泪"。一代又一代传承的英雄主义传统和捍卫祖国母亲的坚定信念是中国人民志愿军能够无畏无惧顽强战斗的精神源泉，他们不怕个人的牺牲，"宁可把鲜血流尽,/把幸福留给子孙"（《寄战士》）。正是凭借着钢铁般的意志和保家卫国的坚定信念，中国人民志愿军以血肉之躯为祖国筑起了一道道坚不可摧的城墙。

与此同时，朝鲜人民也义无反顾地投身捍卫国土的战争，田间在《给一位女郎》中讲述了一位宁死不屈的朝鲜姑娘的故事，"在一棵大树旁,/强盗叫你歌唱。/女郎你宁肯死,不向敌人投降。//美国强盗,强盗,把你挂在树上。/用火烧死你,/你死也不投降"。女郎宁死不屈的事迹激励了更多的朝鲜人民和中国人民志愿军奋勇杀敌，"当我走到树旁,/我听见你歌唱。/歌声冲出坟墓,/好像号角一样。//当我走到树旁,/我听见你在歌唱。/这支歌叫'反抗',/传遍你的故乡"。

在将近三年的抗美援朝战争中,中国人民志愿军和朝鲜人民军并肩战斗,中朝两国人民在共同斗争中结成了伟大的战斗友谊,田间在诗歌中记录了这种共产主义情愫,"在这世界的东方,/怀仁堂灯火辉煌//怀仁堂万盏灯火,/照耀世界的东方。//毛主席和金首相,/相会在一个地方//一双巨手紧紧相握,/它好像是一座桥梁。//这是不朽的桥梁,横跨在巨流之上"(《北京——平壤》);"对强盗,钢刀砍/对亲人,好心攀。//中朝兄弟心连着心,/守着一座高山。//在一个阵地上,/壕沟连着壕沟。//不分艰苦不分你我,同生死共患难"(《兄弟之歌》)。

田间的散文集《板门店记事》出版于1953年,在这本散文集中田间讲述了板门店谈判期间他所见所闻的12个故事。这些故事主要包括两方面内容。一是控诉战争给朝鲜人民所带来的戕害,讲述朝鲜人民对战争贩子们刻骨铭心的仇恨。例如在《帐篷和血迹》中田间讲述了两个朝鲜少年在板门店的中立区钓鱼,却被美国的轰炸机无情炸死的故事,道义、道德在疯狂的战争中被碾压殆尽,中立区也变成可能随时失去生命的危险区。战争给朝鲜人民带来了深重的灾难,他们对入侵国土的战争贩子们发出了同仇敌忾的愤怒呐喊,例如《苹果的故事》讲述了一群美国士兵试图用苹果、糖等食物收买饥寒交迫的朝鲜孩子们,但是孩子们将苹果这些食物扔到了吉普车上,并对着美国士兵们高喊"美国鬼子滚出朝鲜去",他们用最朴素的方式表达了捍卫国土的决心。

二是讲述中国人民志愿军为了追求和平而展开的殊死斗

第三章　信仰与崇高：中国共产党精神的形象演绎

争的故事。板门店的谈判是艰难而复杂的，在板门店中国人民志愿军实际上面临着两场战斗：一场是谈判桌上看不见硝烟的战斗，在谈判桌上中国人民志愿军的代表们据理力争，在针锋相对中维护了谈判的公平、公正性；另一场战斗是在板门店附近重要战略据点的争夺战，为了给谈判代表争取更多的有利条件，中国人民志愿军以生命去捍卫每一个战略要地。例如在《帐篷内外》一文中，田间讲述了886高地上的志愿军战士以"头可断、血可流"但是"阵地不能丢"的信念击退了敌人的一次又一次进攻，因为他们深深知道"我们要在阵地上给我们的代表撑腰"。板门店谈判的胜利是两场战斗的合力结果，"我们的战士是和平的高大柱石，是万能的工人；我们的谈判代表，是战士的光荣的代言人，是和平的高超技师。板门店的帐篷和中朝勇士的阵地，应该同时写成一首万古不朽的和平之歌！"

在《板门店记事》中田间逼真传神地讲述了志愿军将士们英勇无畏的战斗故事，为抗美援朝战争中的志愿军英雄们雕刻了一座座值得后人瞻仰的精神浮雕。例如《十天和九夜》中的志愿军战士张渭良误入了敌人的布雷区，炸伤了双腿，一步也不能走，但是为了崇高的理想，为了能够"和敌人狠狠地算一下账"，他决定用双手爬回营地，伴随着"饥饿、死亡、寒冷、枪声、炮声、雷击"，经历了十天九夜常人难以想象的艰难跋涉，张渭良终于重回军队的怀抱。张渭良的生还是一个奇迹，支撑他克服重重艰难险阻的是捍卫和平、保家卫国的坚定信念，对这种信念的执着使张渭良爆发出惊人的力量和勇气，与此同时张渭良也是千千万万在朝鲜战场上英勇无畏英雄的一个缩影,张渭良的故事也是他们的故事,正是因为千千万万张渭良的存在,中国人民志愿军才取得了抗美援朝战争的伟大胜利。

与腐败分子的斗争也是中国共产党在百年历程中始终坚持的斗争内容之一。早在1926年8月,中共中央就针对反腐败问题向全党发出了通告:"在这革命潮流仍在高涨的时候,许多投机腐败的坏分子,均会跑在革命的队伍中来。应该很坚决的洗清这些不良分子,和这些不良倾向奋斗,才能坚固我们的营垒,才能树立党在群众中的威望。"①党的十八大之后,针对各种腐败现象,中国共产党人"要坚持无禁区、全覆盖、零容忍,坚持重遏制、强高压、长震慑,坚持受贿行贿一起查"②,"以猛药去疴、重典治乱的决心,以刮骨疗毒、壮士断腕的勇气"③,展开了建党以来规模最广、难度最大、力度最强的反腐败斗争。

从20世纪40年代至今,河北文学对中国共产党的反腐斗争一直给予关注并进行记录,俞林的中篇小说《老赵下乡》是河北文学较早反映反腐斗争的优秀作品。《老赵下乡》发表于1947

---

① 《中央扩大会议通告——坚决清洗贪污腐化分子》,载中共中央文献研究室、中央档案馆编:《建党以来重要文献选编》第3册,中央文献出版社,2011年,第348页。

② 习近平:《决胜全面建成小康社会 夺取新时代中国特色社会主义伟大胜利——在中国共产党第十九次全国代表大会上的报告》,人民出版社,2017年,第67页。

③ 中共中央纪律检查委员会、中共中央文献研究室编:《习近平关于党风廉政建设和反腐败斗争论述摘编》,中央文献出版社,中国方正出版社,2015年,第97页。

第三章 信仰与崇高：中国共产党精神的形象演绎

年，小说讲述了1943年阜平秋季反"扫荡"后，县农会干部老赵到胭脂河区刘家台村开展督促救灾、种麦工作中所发生的故事。老赵曾经在刘家台村领导过群众抗战、反霸、减租减息，"他比外来干部更清楚人们的苦处，乡亲们有事也愿意找他给办"。这次回到刘家台村，老赵发现这里的一切都发生了惊人的变化。在日军"扫荡"的间隙突击种麦、开展生产自救是一件十分急迫的事情，可是刘家台村的工作却迟迟没有展开，而且在管理上呈现一片乱象。面对着这样的混乱局面，老赵当机立断先结束清财工作，然后根据实际情况分发救灾粮。可是让老赵困惑的是，救灾粮发放后村民种麦的积极性也不高。老赵通过走访调查，终于发现了问题的症结所在：原来是村里的主要干部腐化堕落，他们和地主勾结在一起，于是出现了地主抽地、收高租的现象，严重挫伤了村民们种麦的积极性。老赵决定从源头抓起，果断召开农会大会，依靠群众清查弥补减租工作中的漏洞，挖出地主隐藏的粮食，撤换腐化堕落的干部。老百姓的积极性被重新调动起来，种麦运动也轰轰烈烈地开展起来。《老赵下乡》触及了抗战时期地主阶级对农村干部拉拢、分化，部分农村干部出现腐化变质的现象，是一篇具有极强批判色彩的小说。

新时期之后河北涌现了一批书写反腐题材的作家，例如贾兴安、一合、阿宁、何申、水土等，在他们的作品中出现了一批果敢坚毅、有担当、有责任的反腐形象，这些反腐斗士们身上承载着党对人民干部的要求，也承载着百姓对政治清明的期盼，其中的代表形象是贾兴安小说《黄土青天》中的王天生、一合报告文学《黑脸》中的姜瑞锋。

贾兴安的长篇小说《黄土青天》出版于2002年,是在1998年发表的长篇小说《陋乡苍黄》的基础之上扩充修改而成的,小说讲述了"传奇式"干部王天生到白坡乡担任乡党委书记兼乡长期间的故事。白坡乡问题很多,是宁安县闻名的"百破乡",告状成风,村霸横行,贫穷落后。小说的开始就交代了白坡乡的官场乱象:乡党委书记和乡长因发生醉酒"偷看女人尿尿"和被"老婆捉奸"事件而双双落马。为彻底扭转该乡的混乱局面,县委派年近五十的王天生赴白坡乡上任。贾兴安详尽刻画了王天生不畏恶霸的刚硬做派,他到任后即在深入调查的基础之上大刀阔斧"治乱治瘫""治贫致富",解决了积压多年的诸如办贷款、计划生育、宅基地划分等棘手问题;孤身深入焦家庄调查处理老支书"村霸"焦中信,顶住巨大压力将大洼寨蔡小芹的冤案翻过来,在短短的时间内他就撤掉了9个村干部,打掉了3个流氓团伙,处理了70多件民事案件。当然,《黄土青天》也没有回避王天生在反腐过程中遇到的种种阻力,例如,腐败的村支书、家族恶势力等对王天生恨之入骨,在王天生的妻子去乡里探望他时有人砸了他家的玻璃窗,有人去市、县领导那里告王天生的黑状,也有人在背后给王天生使绊子、下黑手,等等。面对这重重阻力,小说将王天生坚持下去的力量源泉归到"共产党"三个字上,"共产党"这三个字在王天生的心里有着非常重要的分量,做一个不负于党的干部成为刻在骨子里的信念。

第三章 信仰与崇高:中国共产党精神的形象演绎

例如,当他去焦家庄解决10年都不能解决的宅基地问题时说:"当领导的,要困难时刻挺得住,关键时刻站出来,个人安危是小事,共产党的形象能不能在群众中树起来,是比天还大的事。"当县委黄书记找王天生谈话让他注意工作方法时,王天生说出了这番话:"现在,我们共产党的干部,从上到下,老好人太多,而坚持原则有斗争精神的人太少。"当然贾兴安并没有把王天生塑造成只有党性没有人性的神化人物,王天生也拥有普通人的情感世界,例如他对父母的孝顺、对妻儿的愧疚等,反腐英雄和普通人在王天生身上得到了融合和统一,这个形象便具有了令人信服的震撼力量。

一合的长篇报告文学《黑脸》发表于1995年,1996年获得全国首届鲁迅文学奖,并被著名导演吴天明改编成同名电视连续剧在中央电视台一套节目黄金时间热播,从而引起强烈反响,获得"飞天奖""金鹰奖"和中纪委颁发的"卫士奖"。在《黑脸》中一合追踪讲述了河北省纪检干部姜瑞锋平反冤假错案,还无辜者以清白、予违法犯罪者以惩处的事迹。姜瑞锋在乡亲们的口中被称为"姜青天","也许因为他出身寒微,从小受过苦,与普通老百姓有天然的血肉关系吧,他总认为群众是最底层的人,没有任何特权,最容易受到不公正待遇,有冤无处诉。所以一旦自己当了干部,有了一些权力,他就尽量为群众办些事情","群众上访来了,他绝不敢有一毫的怠慢,全神贯注地听,把自己听进去了,拔不出来了,最后比诉说冤枉的群众还冤枉,眼圈红了,鼻子酸了,决心为你申冤雪恨,天不怕地不怕了"。《黑脸》逼真传神地再现了姜瑞锋大义凛然、不畏强权的精神,例如在"柴清娥冤案"中姜瑞锋曾掷地有声地对柴清娥说:"如果你申不了冤,我跟你一道上西天。"令听者闻之动容。除了《黑脸》中的姜瑞锋,《罪犯与检察官》中的河北省反贪局局长和副检察长陈晓颖,《罪与罚》中的河北省纪委常委焦世谦,《隐匿与搜查》中的邯郸市丛台区人民检察院检察长杨建社、邯山区检察院检察长张秀平、副检察长王东平、复兴区检察院副检察长贾会英等,也都是一合报告文学中出现的忧国忧民的"清官",他们构成了90年代以来河北纪检系统的反腐斗士群像。

总之,从20世纪40年代开始至今,河北作家以强烈的介入意识对政治领域的腐败现象进行揭露与批判,对坚守理想信念的反腐斗士进行赞扬和歌颂,创作了一批能够经得起时间检验的优秀反腐作品和深入人心的反腐斗士形象,为中国共产党的反腐斗争历程留下了珍贵的文字记录。

第二节 "咬定青山不放松"的创业精神

当中国革命即将全面胜利的时候,如何领导中国人民走向建设道路的问题摆在了中国共产党人的面前。在新中国成立前夕的中共七届二中全会上,毛泽东向全党敲响警钟:"因为胜

第三章 信仰与崇高：中国共产党精神的形象演绎

利,党内的骄傲情绪,以功臣自居的情绪,停顿起来不求进步的情绪,贪图享乐不愿再过艰苦生活的情绪,可能生长","我们必须预防这种情况。夺取全国胜利,这只是万里长征走完了第一步……但革命以后的路程更长,工作更伟大,更艰苦"。[①]百废待兴,百业待举。中国共产党在尚未熄尽的战火硝烟之中,铭记着"务必使同志们继续地保持谦虚、谨慎、不骄、不躁的作风,务必使同志们继续地保持艰苦奋斗的作风"[②],踏上了"进京赶考"新征途,带领四万万人民再创业。从新中国成立初期在旧中国一穷二白的烂摊子上建立起独立的、比较完整的工业体系和国民经济体系,到2021年脱贫攻坚战取得全面胜利,中国共产党始终以为人民谋幸福、为中华民族谋复兴的初心使命,带领中国人民走在艰难的创业之路上。

河北文学以敏锐的时代追踪感对燕赵优秀儿女们筚路蓝缕的创业道路、任劳任怨、百折不挠的顽强韧性、气贯长虹的创业精神进行了书写和记录,其中的代表作品有李满天的《力原》,申跃中的《社长的头发》,冯小军、尧山壁的《绿色奇迹塞罕坝》,李春雷的《大山教授》《金银滩》,关仁山的《太行沃土》,郭靖宇、杨勇的《最美的青春》《最美的乡村》,贾兴安的《风中的旗帜》等。这些作品主要围绕三个题材展开:一是讲述新中国成立初期党的基层干部带领老百姓恢复、发展农村经济的故事,二是讲述塞罕坝林场几代建设者艰苦奋斗、甘于奉献的故事,

---

[①][②]《在中国共产党第七届中央委员会第二次全体会议上的报告》,载《毛泽东选集》第四卷,人民出版社,2006年,第1438页。

三是追踪记录燕赵大地上正在发生的脱贫攻坚战中涌现出的英雄人物和感人事迹。

新中国成立时,国民经济面临着非常严峻的局势,农业生产的情况也不容乐观。由于连年的战乱、国民党的腐朽统治和自然灾害的肆虐等因素,农村的生产遭受了严重的破坏和摧残,农民的生活处于极端的困苦状态,带领广大人民群众恢复生产、解决温饱问题成为中国共产党领导农村建设的首要任务。由此,河北"十七年"文学中出现了许多讲述农村积极生产、努力建设的故事,也出现了许多无私忘我、认真务实的党的基层干部形象,其中的代表作品有申跃中的短篇小说集《社长的头发》、李满天的短篇小说集《力原》。

申跃中的短篇小说集《社长的头发》出版于1962年,共包括《社长的头发》《夜话龙王庙》《在第一线上》等11篇作品,这些作品反映了"文化大革命"前冀中农村的生产、生活风貌,在浓郁的生活气息中讲述了上至干部、下至普通民众积极进取的生产故事,塑造了一批可亲可敬的基层干部形象。《社长的头发》以社长的长头发和理发为线索,塑造了一位为集体而忙碌的农村基层干部的形象。社长的头发"时常发生着一些可喜可爱的纠葛",头发长的时候他会约理发师傅来理发,可是很多时候到了约定的时间社长因为工作的原因又不在家,因此"每一次剃头,都充满了无数的定约和失约,推迟和拖延"。自大生产以来,社长更加忙碌了,"社里的工作越发推不开、挤不动了","广大社员都忙着挖渠打井,春耕积肥,因此社长宁

第三章 信仰与崇高：中国共产党精神的形象演绎

愿让头发长一房高，也不忍心去侵犯别人的休息时间了"。社长的头发到了从来没有的长度，爱人焦虑了决心自己亲自动手给丈夫剪头发，剃到中间的时候广播筒里喊社长去检查水渠，社长在"一道道黑""一道道白"的头上裹了一块毛巾就出门了，在同事们善意的取笑声中社长又开始了新的工作。《社长的头发》文风质朴自然，一心为公的社长形象因此也具有了可亲可近的特点。

《夜话龙王庙》讲述了"我"回到家乡的所见所闻。在家乡有一个龙王庙，关于龙王神乎其神的传说使人们对龙王庙充满了敬畏之心。大生产之后为了解决村里水资源不足的问题，社长带领群众将龙王庙改造成了灌溉机器房，既解决了农村生产中的实际问题，又破除了老百姓的封建迷信思想，展示了在中国共产党领导下农村所呈现的不靠天、不信神而靠自己的双手去争取丰收的创业气象。

《在第一线上》讲述了公社张书记到村里检查工作时不走形式、不拿架子的故事，他与老革命贴心交谈，拿着镰刀亲自到庄稼地里劳作，总结、思考和研究农作物种植过程中的要紧问题，如"高秆和低秆庄稼怎样搭配？主粮如何不受到副粮影响？套种的一般管理措施，今年刮过几场大风，下过几场雨，土壤和施肥情况，等等"。张书记务实、亲和的工作作风一方面有助于以科学的管理方法提升粮食的生产数量和质量，另一方面也带动鼓舞了村民们进行劳动生产的积极性。

李满天的短篇小说集《力原》出版于1963年，其中包括《力原》《"穆桂英"当干部》《"不务正业"的人》《杨老恒根深叶茂》等9篇短篇小说,这些小说讲述的都是农村基层干部的故事。"1960年到1961年,正是我国经济困难的时期,李满天先后到新乐、晋县参加了农村整社工作,他在与农村基层干部共同生活和工作中,一方面感受到了当时'左'的社会思潮下,'浮夸风''共产风'、强迫命令给人民群众带来的危害,一方面又眼见目睹了许多勤恳工作、深切理解广大人民群众的愿望要求、脚踏实地的基层干部,是他们保证了社会主义新农村建设的健康进行。"[①]李满天以他们为原型创作了小说集中的一系列作品,塑造了一批在极"左"思潮盛行的年代里脚踏实地、扎实抓生产的优秀中国共产党人形象。例如《力原》中的支部书记吕玉清与前任的作风完全不同,他不会"在办公室里装置个'土麦克风',每逢布置生产什么的,就把嘴凑到麦克风前,一桩桩、一件件地送到社员耳朵里",他也不会在报告会上滔滔不绝地说个没完,他只会在田野里迈着大而轻快的步伐,踏踏实实按照农作物的生长规律和大自然的运行规律开展农业生产活动,不跟风、不盲从、不弄虚作假,是"和群众紧密站在一起"的好干部。再如《"穆桂英"当干部》中的"穆桂英"是一个讲原则、勤恳务实的生产小组长,"生产队长说上边有人要参观他们的饲养业,主张把户里的猪集中起来",但是"穆桂英"认为"这么一倒腾,猪就要掉膘,一只掉一斤,全队百十来只就掉百十来斤,再

[①] 王长华主编:《河北文学通史》第4卷(上),科学出版社,2010年,第117页。

第三章 信仰与崇高:中国共产党精神的形象演绎

要出点别的漏子,就更糟啦"而坚决反对。对队长其他的"瞎派拨,摆架子,不听意见,不讲实际"的做法也加以反对。群众的眼睛是雪亮的,最后在群众的拥护之下,"穆桂英"成为新的生产队长。

总之,河北"十七年"文学对新中国成立初期燕赵大地上一些优秀中国共产党人勤恳务实、无私奉献的创业精神进行书写和描绘,也为那个特殊历史阶段摸索前进的中国建设留下了难得的文字追忆。

对塞罕坝林场几代建设者艰苦奋斗、甘于奉献的故事进行追忆和跟踪,是21世纪以来河北文学的一个写作重点。塞罕坝位于河北省承德市围场满族蒙古族自治县境内。由于此前的过度开垦和连年战争,新中国成立初期的塞罕坝"黄沙遮天日,飞鸟无栖树",沦为人迹罕至的茫茫荒原。1962年,在党的号召之下,127名大中专毕业生与林场原有242名干部职工一起组成了369人的创业队伍,这群平均年龄不到24岁的拓荒先锋拉开了塞罕坝林场建设的大幕。在极其艰苦的环境之中,1964年塞罕坝的第一代造林人终于种植成活了第一批稚嫩的落叶松,在此后50余年的时间里,经过三代造林人的努力,塞罕坝如今已经发展成包含6个林场、112万亩林地、森林覆盖率高达80%的"天然氧吧",成为目前世界上面积最大的人工林。从沙地变成林海、从荒原变成绿洲,塞罕坝所呈现的翻天覆地的变化是几代塞罕坝人通过不懈的努力和艰苦的奋斗创造出来的,其中涌现了很多优秀的中国共产党人。例如

红色传承视阈中的河北文学研究

塞罕坝林场第一任党委书记王尚海曾说,"生是塞罕坝人,死是塞罕坝魂",按照其生前的遗愿,他的骨灰便撒在了塞罕坝林场马蹄坑林区。

冯小军、尧山壁的长篇报告文学《绿色奇迹塞罕坝》和郭靖宇、杨勇的长篇小说《最美的青春》,采用非虚构性的写作方式,还原了塞罕坝几代造林人可歌可泣的创业历史和顽强坚韧的创业精神。冯小军、尧山壁的长篇报告文学《绿色奇迹塞罕坝》出版于2018年,两位作家在深入采访的基础之上,用温润、诗性的语言讲述了塞罕坝三代人将荒漠变成绿洲的奋斗故事。这是一部设计独特、"用情、用心、用功的生态报告文学"(李朝全语),在书中随文附有60余幅图片,这些图片与文字相互辉映,共同记录了塞罕坝从荒原到绿洲的历史进程。

《绿色奇迹塞罕坝》用生动的描绘和真实的数据再现了塞罕坝三代人所面临的恶劣环境和艰难挑战,尤其用大量的篇幅讲述了第一代塞罕坝人筚路蓝缕的艰难创业。例如,1962年的塞罕坝满目荒凉、冰天雪地,年均气温在零下1.3摄氏度,极端最低气温为零下43.3摄氏度,年均积雪7个月,"塞罕坝究竟有多冷?没有经过的人是难以想象的。人们搓着手出去,急着跺脚回来。寒冷的环境不可能总洗衣服,穿着冰凉的裤子回到屋里,屋里的气温高一些,赶紧用手搓搓,冰块变成了雪粉,一抖就掉了"。那个时候塞罕坝缺少粮食,全麸黑莜面、野菜、咸菜是当时主要的食物,偶尔吃上盐水泡黄豆,就是难得的美味了。而且塞罕坝还有狼,"走着走着就能遇见一两只,冷不丁出现,

第三章 信仰与崇高：中国共产党精神的形象演绎

惊诧中，人会汗毛倒竖，胆战心惊"。塞罕坝的老鼠遍布，常常偷吃人们的饭菜、咬坏人们的衣服。塞罕坝偏远闭塞，道路不通，没有电，除了吃饭、睡觉、工作外，几乎没有任何娱乐活动。塞罕坝造林艰难，由于缺乏在高寒、高海拔地区造林的经验，最初两年塞罕坝造林成活率不到8%。面对这些艰难险阻，第一代塞罕坝人坚持了下来，他们以愚公移山、精卫填海的精神锲而不舍地同恶劣的环境做抗争，在冰天雪地里抛洒热血和青春，用一年又一年的努力，一点点地扩大林场面积，一点点地筑起坚固的绿色屏障，完成了"建场时下达的造林任务，上百万亩人工林已经初具规模"。

创业难，守业更难，《绿色奇迹塞罕坝》也对第二代、第三代塞罕坝人守林、护林、扩林的工作进行了详尽梳理，从采种、育苗、造林、营林、采伐、加工等日常工作，到应对病虫害、山火、冰雹、暴雨、盗伐、盗采、盗猎等突发情况，第二代、第三代塞罕坝人接过前辈的接力棒，实现了塞罕坝林场的可持续发展。

《绿色奇迹塞罕坝》既是一部关于塞罕坝绿色辉煌史的书写，也是一部关于三代塞罕坝英雄史的书写，在书中出现了各种各样的英雄人物，他们用自己的奉献、牺牲、创业、担当、作为共同谱写了塞罕坝三代英雄群像的壮丽诗篇。

《绿色奇迹塞罕坝》中出现了许多技术精湛、无私奉献的科技人员。例如，1963年在林业部工作的张启恩接受党的任务到塞罕坝创业，他破釜沉舟，将在中国林科院研究所工作的妻子连同孩子也一起带过来，北京的房子也上交了，"在塞罕坝，干劲十足,被称为'特号钢炉'。他亲手设计了林场20年发展规划,主持了一个又一个技术现场会,总结经验教训,编写了本场的《育苗技术细则》和《造林技术细则》",林场的青年知识分子们"把他当老师,和他做朋友,无话不谈,形成众星捧月般的科学技术网,推动了全场的绿化进程"。再如,2005年河北农业大学林学专业的本科毕业生于士涛来到了塞罕坝,在度过了最初的寂寞和迷茫期后,他深深地爱上了这片浩瀚林海,成长为塞罕坝分场场长,与技术人员一起实施了"森林防火关键技术研究"等六大林业尖端课题。2011年于士涛的妻子、中国林科院的研究生付立华也追随丈夫来到了塞罕坝,成为塞罕坝机械林场科研所中的一员。

《绿色奇迹塞罕坝》也讲述了许多朴素踏实、吃苦能干的基层林业工人的故事。例如,1964年的一个夜晚,曾祥谦师傅和助手在抢修链轨车时出现了意外,"一节链轨销子从轴中飞出,猛地打在了曾祥谦的嘴上,当时就把他打晕了",掉了4颗门牙、嘴唇肿得老高的曾祥谦过了好久才恢复了神志。助手两次劝他去总场医务室疗伤,他摇摇头、挥挥手,忍着疼痛坚持工作,终于卸下链轨轴,换好了新的零件,"人们深深感受到了他的勇敢和坚强,一个'塞罕坝铁人'称谓被叫开了"。

塞罕坝的"夫妻防火瞭望员"是一个独特的现象,《绿色奇迹塞罕坝》以陈锐军夫妻为典型讲述了"夫妻防火瞭望员"的艰辛。陈锐军和他的妻子初景梅在被誉为塞罕坝的"珠穆朗玛峰"的大光顶子望火楼上工作长达12年,大光顶子望火楼常年

第三章　信仰与崇高：中国共产党精神的形象演绎

刮着七级以上大风，没有路、没有电，"夏天接雨水，冬天化雪水，没雨没雪的日子就到十多里外的小河里背水"，"大多数日子靠酸菜和咸菜度日"。但就在这样艰苦的环境中，"十多年来，他们及时、准确地报告了多起省境外的火情，使林场发挥联动机制，在第一时间控制火情，防止了山火的蔓延和火灾的发生，没有发生一次漏报、误报，更没有发生任何责任事故"。

在塞罕坝，林场干部和基层工人一样全身心投入了植树造林的伟大事业，例如《绿色奇迹塞罕坝》介绍了林场森保股股长朱凤恩的先进事迹。2002年，松毛虫大举来袭，塞罕坝局部地区受灾严重。林场森保股股长朱凤恩领命上山，"为抓住清晨三四点这段最有效的防虫时机，他带领技术人员和喷药人员，每天凌晨一点半就开始忙碌，最终控制了松毛虫危害"，但是朱凤恩和同事们都脱掉了一层皮。在《绿色奇迹塞罕坝》的最后一章中，作者用具体的对比数据介绍了塞罕坝人的身体状况，读之，不禁泪目。艰苦的工作环境、不规律的生活和较差的医疗条件等因素使很多塞罕坝人都患上了慢性病，据统计"坝上人的平均寿命比坝下的要少15岁，青壮年死亡率比山下要高28%。最初上坝的144名大学生，如今大部分已经去世，他们的平均寿命只有52岁"，他们将自己的青春和生命都无私奉献给了这片浩瀚的林场，"只有自豪，没有遗憾"。

总之，《绿色奇迹塞罕坝》一书以丰富翔实的材料和饱含深情的情感，雕塑了塞罕坝三代造林人的英雄群像，为中国的林业人书写了一部可歌可泣、荡气回肠的英雄史诗。

郭靖宇、杨勇的长篇小说《最美的青春》出版于2018年,小说根据同名电视剧剧本改编而成。小说主要讲述了20世纪60年代初,以冯程、覃雪梅等为代表的积极响应祖国号召的青年人与承德林业干部职工们一起在塞罕坝创业的故事。他们是塞罕坝的第一代造林人。

在《最美的青春》中出现了一批具有真实原型的人物形象,例如小说中塞罕坝机械林场首任场长于正来的原型就是塞罕坝林场的首任党委书记王尚海,小说中于正来的人生故事和现实中王尚海的生活轨迹基本都是重合的。王尚海在林场建立之前担任承德市农业局局长一职,当接到上坝建立林场的工作调令之后,王尚海毅然将全家在承德市的户口全部注销,举家迁到风沙扑面、荒芜寂寥的塞罕坝,没有给自己留一点退路,全身心投入塞罕坝林场的建设事业,由此成为塞罕坝第一代造林人的主心骨。再如,小说中出现的6名女高中毕业生主动要求到坝上造林,游击队员出身的老刘头给被困坝上的造林人送粮食却不幸牺牲在雪地里,孟月在极度寒冷的天气因为担心冻坏儿子将他紧紧捂在怀里却不料使孩子窒息身亡等情节,都是现实中发生的真实故事。小说中出现的覃雪梅、孟月、隋志超、沈梦茵、季秀荣等在塞罕坝艰苦创业中逐渐走向成熟的形象,也是当时第一批进入塞罕坝进行艰苦创业的绝大多数大中专学生的缩影。非虚构性写作方式的介入使得《最美的青春》拥有坚实的现实基因,作品中荡气回肠的故事演绎也由此产生了更为撼动人心的感染力量。

第三章　信仰与崇高：中国共产党精神的形象演绎

在《最美的青春》中以共产党员的标准严格要求自己是塞罕坝人能够战胜重重险阻的重要原因之一，在小说中多次出现了向党旗宣誓的场景，在重大困难来临之际，通过向党旗的宣誓来获得源源不断的精神助力似乎成为塞罕坝人一种固有的仪式，神圣庄严的党组织也成为优秀塞罕坝儿女的精神摇篮。例如由于受到"左"的思潮干扰而没有被批准加入中国共产党的冯程，会站在屋外与屋内的党员们一起宣誓并告诫自己要以党员的标准作为思想的指引。

消除贫困、改善民生、逐步实现共同富裕，是社会主义的本质要求，也是中国共产党的重要使命。新中国成立伊始，中国共产党就开始带领人民自力更生、艰苦创业，向贫困宣战。特别是改革开放以来，在中国共产党的领导之下，中国开始实施大规模扶贫开发行动，党的十八大以来，扶贫开发工作更是被纳入"四个全面"的战略布局，作为实现第一个百年奋斗目标的重点工作，摆在更加突出的位置。通过大力实施精准扶贫，成功走出了一条中国特色扶贫、脱贫开发道路，脱贫攻坚战取得了全面胜利，为全面建成小康社会打下了坚实基础。改革开放以来，按照现行贫困标准计算，我国7.7亿农村贫困人口摆脱贫困，中国也由此成为世界上减贫人口最多的国家和世界上率先完成联合国千年发展目标中减贫目标的发展中国家。

扶贫、脱贫是在中国共产党带领下的一次伟大的民族再创业，在燕赵大地这片热土之上也出现了许多可亲可敬的扶贫英雄和荡气回肠的扶贫故事。河北文学以艺术的形式对扶贫英雄和脱贫故事进行了刻画与演绎,其中的代表作品有关仁山的长篇报告文学《太行沃土》,李春雷的长篇报告文学《大山教授》《金银滩》,贾兴安的长篇小说《风中的旗帜》,郭靖宇、杨勇的长篇小说《最美的乡村》等。这些作品全方面地描绘了在中国共产党领导下燕赵大地之上所经历的脱贫攻坚历程,塑造了一批不忘初心、牢记使命带领百姓脱贫致富的优秀中国共产党人形象,为河北的脱贫攻坚战留下了可贵的文字记录。

李春雷的《大山教授》出版于2016年,是河北文学中较早触及脱贫攻坚题材的长篇报告文学,这篇报告文学讲述了太行山的"新愚公"、河北农业大学教授李保国,推动河北太行山区农业技术的研究推广、帮助农民脱贫致富的感人事迹。李保国是"一名真正的中国共产党员、知识分子","30多年如一日投身太行山,投身到这块广袤、遍布片麻岩的偏酸性土壤里,才使自己的28项科研成果得以推广,才使140万亩穷山变成'花果山',才探索出一条科技扶贫、精准扶贫的'太行山道路',才走出了一条新时期中国知识分子与现实相结合的金光大道"。李保国教授质朴善良,出身于农民家庭的他与农民的心贴得很近,他见不得农民过苦日子,他自己出钱买来果树苗培育新品种成功后却无偿推广给农民,除了"回校授课和外出开会,他的大部分时间都在山里",他和农民们一样留着拉碴的胡子,"村民们更像亲戚一样善待他"。

李保国教授扎实苦干,他凭着顽强的毅力和不服输的劲头攻克了一个又一个技术难题,他培育种植了闻名全国的浆水苹

第三章 信仰与崇高:中国共产党精神的形象演绎

果、富岗苹果和优质的全新品种核桃,他在前南峪村实施了13年的"小流域"治理,有效地解决了太行山的生态怪圈难题,他以切身的实践真正将"实验室建在田野里,论文写在大地上"。李保国教授严谨慈爱,他先后带出了"67名硕士生、博士生","他的学生都是真真正正做实验,实实在在写论文",同时李保国教授又真心关爱学生,他将学生当作自己的孩子,"他记得每一个学生的电话号码和家庭地址,了解每一个学生的工作和生活近况。有时候看天气预报,哪名学生的所在城市发生恶劣情况,他总要发短信提醒"。《大山教授》就这样讲述了李保国教授方方面面的故事,全面真实地塑造了这位帮助太行山区走上脱贫之路的优秀共产党员、优秀知识分子的光辉形象,营造了质朴无华、感人肺腑的艺术效果。

李春雷的另一部长篇报告文学《金银滩》出版于2020年,它以一个家庭个案为切入点,讲述了河北省张北地区一户典型农家(徐海成)的生活史,通过这个家庭在"脱贫攻坚战"前后生活的变化,折射出中国共产党所发动、实施的"脱贫攻坚战"是一次伟大的时代举措,它为无数处于贫困生活线上的农民带来了希望和盼头,它为农村创造了幸福生活的家园,它是中国大地上出现的民族创业壮举。

《金银滩》详细介绍了徐海成前半生艰难的生活历程,其中屡屡受挫的个人创业经历令人唏嘘不已。徐海成出生于贫困的张北县德胜村,饥饿与寒冷是徐海成对童年生活最基本的感受,长大之后的徐海成下过黑煤窑、跑过长途车、倒腾过农作物、卖过豆腐、做过瓦工,吃过常人没有吃过的苦,尝试过各种各样的工作,和妻子老老实实、本本分分地赚钱养家,可是日子却一直是贫困拮据、入不敷出。究其原因,一方面是因为原有的家底太薄禁不起折腾,一次失败或家庭出现更大的花销之后就可能负债累累,另一方面也是更重要的原因是单打独斗的徐海成在市场经济的大潮中宛似一叶孤舟,在瞬息万变的市场中任何一点微小的波动都可能让他的辛苦付之东流。张北县有许多徐海成这样的农民,他们扑腾了大半辈子,但是依然挣扎在贫困线上。

2015年,随着国家脱贫攻坚战的冲锋号的吹响,"张家口市光伏式精准扶贫项目启动,张北县开始建设第一批32个村的分布光伏式扶贫电站项目","忽如一夜之间,坝上地区的山山岭岭、沟沟坎坎,全都疏疏密密地竖起了风力发电机组","风车桨叶搅动蓝天白云翻滚,扭转了这片土地的乾坤",一个新的时代到来了。光伏电站不仅给德胜村的村民们带来了就业机会,还给他们带来了丰厚的土地流转租金。2017年,徐海成收到了8万余元的土地流转租金,使原本处于生活重压之下的他开始轻松发达起来。"2017年春天,村党支部在驻村扶贫工作队的支持下,争取扶贫项目资金,在村南的土地上建起了280个温室大棚,贫困户优先租种",徐海成的创业激情再次被点燃,租了6个大棚,在技术人员的指导之下开始种植微型薯,2019年徐海成种植微型薯一季的纯利润就达到了22万。在国家政策的引领之下,德胜村形成了集旅游观光、餐饮药膳、康养于一体的完

第三章　信仰与崇高：中国共产党精神的形象演绎

整产业链，一些从德胜村考出去的大学生们也先后回到了村里，人才回流使这个荒僻小村变成了"有见识、有学问、有思想、有智慧的村庄"，解决了治标不治本的输血式脱贫的顽疾，使德胜村走上了真正的可持续发展的道路。走向小康生活的徐海成一家代表了千千万万在党的脱贫攻坚政策中受益的农民家庭，德胜村的美好景象也是在新时代中稳步走向可持续发展道路的中国农村缩影。

关仁山的长篇报告文学《太行沃土》出版于2020年，它全景式地讲述了河北省阜平县在脱贫攻坚战中所走过的伟大历程，塑造了一批不忘初心、牢记使命，带领老百姓走共同富裕之路的基层干部形象，谱写了一曲饱含中国特色的荡气回肠的脱贫之歌。阜平县是革命老区，"1937年9月，罗荣桓将军率八路军挺进阜平，建立了民族革命斗争委员会。阜平因此闻名四方，城南庄率先成立了抗日义勇军。华北第一支人民抗日武装应运而生。打日军、炸炮楼、英勇之气感动太行山"，"1938年1月15日，晋察冀边区政府在阜平县成立"，"解放战争期间，阜平成为可靠的大后方"，然而新中国成立之后，由于各种原因阜平县一直处于贫困落后的状态之中，聂荣臻元帅知道阜平老百姓的生活依然很艰难，掉下了眼泪，动情地说："阜平不富，死不瞑目。"2012年习近平总书记来到阜平县走访贫困群众，他鼓励大家立志改变家乡贫困的面貌："只要有信心，黄土也能变成金"，"虽然寒冬，可是阜平大地已经听到了滚滚春雷的涌动。全国脱贫攻坚的号角已经在阜平大地吹响！"

《太行沃土》详细讲述了阜平县委县政府领导人民脱贫攻坚的历史进程，具有不可泯灭的为历史存照、为时代代言的价值。阜平脱贫攻坚战中每一个重要的时间节点、重要事件在《太行沃土》中都有所呈现和记录：2013年阜平县开始着手治理荒山，发展林果种植业，并且将大枣、核桃、板栗阜平老三样产品进行转型升级，开发种植品质优良的苹果、晚熟桃、葡萄等，2020年林果产业成为阜平县的第二大产业，"通过务工及土地流转9459个贫困户，每年平均增收9000元"，同时通过种植林果，阜平县的生态环境也得到了改善，"荒山秃岭，变成了青山绿水"；从2015年起阜平县开始上马食用菌大棚，制定了"政府＋银行＋企业＋基地＋保险＋农户"的开发模式，经过几年的努力终于形成"一核、四带、百园覆盖"的食用菌产业区域布局；2015年阜平县人民政府出台手工业工资三个月保底扶持政策，同时引进白沟手工艺产业链，让农民就地就业，居家脱贫；2018年白色硒鸽落户阜平，渐渐发展成为阜平脱贫的支柱产业，"一对鸽子，一年能出22只成品鸽，平均一只鸽子卖18到25元，产值450元左右"，在阜平县有近百万对这样的鸽子，帮助几千个贫困家庭脱贫；等等。在打造产业扶贫的同时，阜平县还积极进行教育扶贫、完善医疗保障、兴建文化广场、成立职业教育中心、建立新的农村社区等，实现脱贫攻坚与乡村振兴战略自然衔接，实现了脱贫不返贫、脱贫更富裕。

除了全面翔实地讲述阜平县脱贫攻坚战的故事，《太行沃土》对艰苦奋斗、勇往直前的阜平精神也进行了歌颂和赞扬，

第三章　信仰与崇高：中国共产党精神的形象演绎

作品逼真传神地塑造了一批优秀的党的基层干部，在他们身上体现了革命老区优秀精神的传承与发扬，例如阜平县委书记郝国赤，县长刘靖和继任县长贾瑞生，镇长刘俊亮，县扶贫办主任陈业铭，县长助理、县手工业小组办公室主任高利鹏，扶贫干部王恩东、李国良、刘华格，以及骆驼湾老支书顾润金，等等。他们不忘初心、埋头苦干、无私奉献、公而忘私，他们是有血有肉、真实可亲的日常人物，同时也是脱贫攻坚战中可敬可佩的英雄人物。

当然在《太行沃土》中关仁山也触及了脱贫攻坚战胜利之后的警示和反思："怎样提高人的素质？'输血'只能解一时之困、救眼前之急，必须努力提高贫困人口的素质和自身的'造血'能力。"作品提及了脱贫攻坚战中所发生的真实事情，"有个别地方，农民素质没有提升，自己在打麻将，让年轻的第一书记给他家改造厕所挑大粪，心安理得"，这不能不让人气愤。如何真正实现"扶贫先扶人，扶志气，扶智慧，扶勤劳，扶诚信"是《太行沃土》留给读者的深刻思索。由此可见，《太行沃土》在历史性、文学性和思想性方面达到了有机的结合，是一部能够经得起时间考验的优秀作品。

贾兴安的长篇小说《风中的旗帜》出版于2020年，小说以脱贫攻坚战为背景，讲述了王金亮从担任皇迷乡党委书记直至离任这8个月期间所发生的故事。王金亮是一位具有10多年乡镇工作经验的"憨大胆"，在上任皇迷乡党委书记伊始就遇到了各种各样棘手的问题，"以农民为中心"是王金亮处理这些问题的基本原则。王金亮上任后遇到的第一个挑战是分发蝎子沟村的宅基地。蝎子沟村的宅基地是历史老大难问题,村里有背景有门路的村民找关系要条子争抢好地,村干部手里条子握了一堆,谁也不敢得罪,只好将宅基地搁在那里,一搁就是好几年,民怨极大。王金亮将走关系、走后门的32张条子当着村民的面全部烧掉,然后采用原始、公平的"拿号抓阄"的方式将积压多年的宅基地分发完毕,赢得村民的一片叫好声。之后他帮助"疯女人"裴凤莉申冤,依靠法律手段扳倒了村霸赵志豪,成为农民眼里"比老天爷都厉害"的书记。为了改变皇迷乡贫困落后的面貌,王金亮依托脱贫攻坚的大好政策,大力推进农村建设,积极上马"溶洞开发""狐子沟抱香谷"两大项目。但是在王金亮大刀阔斧一心为民工作时却触及了一些人的利益,其中不乏他的老领导——县人大常委会主任赵洪岐、他的老同学——县公安局副局长黄长河,他们明里暗里地给王金亮施加阻力和障碍。面对重重阻碍,王金亮认为"活着要的是一种气节",坚信"没有过不去的火焰山"。正当全乡的发展逐步走上正轨、"乡村田园综合体"全面建设的时候,一场50年不遇的洪水被小清河上没能拆除的石料加工厂阻拦,冲垮了小清河的堤坝,导致了全县受灾严重,皇迷乡尤甚。王金亮曾经力主拆除那座石料厂,但是县委书记齐向明在利益纠葛面前出现了犹豫,最终导致了悲剧的发生,王金亮由此受到了停职检查的处分。王金亮离任的当天,皇迷乡的老百姓、乡村干部们和在这里投资的集团员工自发组织起来,在绵延10

第三章 信仰与崇高：中国共产党精神的形象演绎

多千米的路旁，用条幅、锣鼓、唢呐、花棍和彩带欢送他，这是当地人送别恩人的最隆重的风俗，以表达他们对王金亮书记最衷心的感激和爱戴之情。

关于王金亮的形象，贾兴安在小说的《后记：我的一个梦想》中曾言及："他只是寄托为理想和情怀而虚构出来的一个人物形象。"王金亮身上被赋予了农村老百姓想要拥有一个好的乡党委书记的梦想，与此同时，王金亮的生存处境也真实地折射了农村基层干部的真实处境，贾兴安想要借这部作品"向不计其数的优秀的基层乡镇干部致敬，并替生活在广大农村基层的父老乡亲们，对大家说几句实话，说说他们的企盼和酸甜苦辣"。由此可见，在脱贫攻坚战题材的作品中，贾兴安的《风中的旗帜》具有极强的特殊性，它精准而深刻地刻画了农村脱贫攻坚战中社会文化结构的深层问题，这种深层次的社会文化问题在很大程度上阻碍了农村现代化治理体系的实施，也阻碍了社会主义新农村建设的历史进程。

杨勇、郭靖宇的长篇小说《最美的乡村》出版于2021年3月，同名电视连续剧于2021年6月播出。该书以新时代"脱贫攻坚，奔向全面小康"重大历史使命为背景，在三篇中分别讲述了北方乡村青山镇新上任的党委副书记唐天石、市广播电视台新闻女主播辛兰、返乡创业大学生石全有三位青年共产党人积极响应党中央号召，深入贫困乡村，勇担重任，打响脱贫攻坚战的故事。唐天石是《最美的乡村》中出现的第一个扶贫干部。唐天石是一位转业军人，在市扶贫办出色工作三年之后主动请命下乡参加脱贫攻坚战。到青山镇之后,唐天石就马不停蹄地开展精准核查的工作,很快就摸清了那家沟、上河峪这两个村在脱贫攻坚工作中的问题症结:上河峪村村支书陆振山统计每家每户收入时将自己馈赠给乡亲们的退伍金也计入其中,导致应该纳入精准贫富对象范围的乡亲脱离了帮扶范围;那家沟村支书那文斌占国家便宜,将与村干部沾亲带故生活较富裕的人家列入贫困户范围,真正贫困的农户却没有列入,引起了很大的民怨。针对两村不同的情况,唐天石采取了果断的调整措施,落实了"贫困户建档立卡精准识别",稳定了民心。之后唐天石因地制宜为村里引来养蜂、绿色旅游、手工满绣等项目,既带动了乡村经济的发展又保护了当地的生态环境。

辛兰是《最美的乡村》中出现的独特的女扶贫干部。辛兰美丽大气,是电视台的知名主持人,在接受党组织的扶贫任务后,不顾董事长丈夫的阻拦、女儿的依恋,坚决下乡投入脱贫攻坚战。在新的工作岗位之上,辛兰卸掉了电视台知名主持人的光环,一心一意扑在农村的建设上,她带领工作组帮助老百姓秋收;对村里的贫困户进行精准调查,纠正贫困户定位不准的现象;解决村里自来水入户问题;借助媒体的力量帮助农民卖掉积压的蘑菇;为村里引来特级教师,提升了乡村的教学质量。在脱贫攻坚的过程中,辛兰不仅关注村民的物质生活,也关注他们的精神世界,对特困户的帮扶真正做到了"扶贫先扶志"。

石全有是《最美的乡村》中最后一位出场的优秀扶贫党员,

第三章　信仰与崇高：中国共产党精神的形象演绎

与唐天石和辛兰不同，石全有是脱贫攻坚战中自愿返乡者，他代表了在这场全民战役中不可忽视的自发力量。石全有是从古川村走出去的名牌大学毕业生，具有10年的党龄，在世界500强企业工作过，自己成立了公司，当了董事长，后来听说村里的老支书在招商引资时上当受骗含恨而死，就响应政府的号召回到家乡，"就想为家乡办点事"。石全有脑子活络、见识广博，为新时代农村建设注入了新的气息和时代元素，例如他并没有跟风建造当前流行的农家乐，而是因地制宜将仓子沟老村改造成"体验式"农庄，并且借助肖哥直播的平台力量，为"体验式"农庄吸引了大量客流。石全有高瞻远瞩，提出了依托村庄青山绿水的环境优势，将其打造成月子中心的设想方案，不仅能够为农村妇女带来高额收入，解决大量村民的就业问题，还能带动全镇相关企业的发展。

总之，《最美的乡村》塑造了三位有担当、有智慧、有情义的青年共产党人形象：他们具有无私奉献、吃苦耐劳的高尚情操和优秀品质；他们懂科技、讲策略，能够因地因时调整发展路线；他们学习能力强、头脑活络；他们不仅具有大爱情怀，也有关爱亲人、怜惜子女的小家情感；他们拥有领头人的胆魄与担当，同时也有凡人的烦恼与困惑。他们是一批可亲、可敬、可爱的年轻领导者，也是党的脱贫攻坚事业中涌现出的新生力量和未来美丽新农村可持续发展的人才保障。

第三节 "敢为天下先"的改革开放精神

改革开放是中国共产党发展历程中的一次伟大觉醒,是中国人民和中华民族发展史上的一次伟大变革,也是中国特色社会主义现代化建设的伟大飞跃。改革开放始自中共十一届三中全会之后,1978年12月安徽省凤阳县小岗村的18位农民冒着风险率先搞起了"包干到户",从而在客观上拉开了中国改革开放的大幕。以邓小平同志为主要代表的中国共产党人,凭借敏锐的政治洞察力和超凡的政治决断力,充分肯定小岗村18位农民敢闯敢试的精神品质,并且及时把他们的创新做法以家庭联产承包责任制的形式向全国推广。作为改革开放和现代化建设的总设计师,邓小平把建设中国特色社会主义事业比做"一场革命""一个试验""都是新事物"[1],这就要求解放思想,大胆地闯、大胆地试,"十全十美的方针、十全十美的办法是没有的,面临的都是新事物、新问题,经验靠我们自己创造"[2]。"要克服一个怕字,要有勇气,什么事情总要有人试第一个,才能开拓

---

[1]《答美国记者迈克·华莱士问》,载《邓小平文选》第三卷,人民出版社,1993年,第174页。

[2]《理顺物价,加速改革》,载《邓小平文选》第三卷,人民出版社,1993年,第263页。

第三章　信仰与崇高：中国共产党精神的形象演绎

新路"①，"没有一点闯的精神，没有一点'冒'的精神，没有一股气呀、劲呀，就走不出一条好路，走不出一条新路，就干不出新的事业"②。正是这种"敢为天下先"的精神和气概，中国共产党才能够带领人民开创全新的事业。当然中国共产党领导的改革开放是为了满足人民群众对美好生活的需要，是造福于民的一项伟大创造，因此其"敢为天下先"的精神气魄天然地被赋予了为民、为国的内涵，其精神特征的呈现也就必然带有了浓烈的崇高意味。

河北文学对中国共产党人"敢为天下先"的改革精神书写主要包括两种题材类型：一类是河北作家走出去，以报告文学的形式来记录中华大地之上所出现的典型改革人物和改革故事，其主要的代表作品是李春雷的报告文学《宝山》《木棉花开》；另一类是聚焦燕赵大地，用丰富的艺术形式讴歌燕赵大地上涌现出的改革先锋，再现他们感人至深的改革事迹，其主要的代表作品包括关仁山的长篇小说《大地长歌》，李春雷的报告文学《钢铁是这样炼成的》，王立新的报告文学《钢结构》《多瑙河的春天——"一带一路"上的钢铁交响曲》，等等。

李春雷的长篇报告文学《宝山》出版于2002年，并获得第三届鲁迅文学奖。《宝山》以共和国历史上投资最大、经历最曲

---

① 《视察上海时的谈话》，载《邓小平文选》第三卷，人民出版社，1993年，第367页。
② 邓小平：《在武昌、深圳、珠海、上海等地的谈话要点》，载《邓小平文选》第三卷，人民出版社，1993年，第372页。

折、成就最辉煌的工业企业——宝钢作为书写对象,大视野、多角度、全景式再现了宝钢在改革开放中由孕育、成长至成熟的艰难历程。正如作者在《宝山·引子》中所言:"作为共和国工业的骄子,宝钢就是在这个特殊背景下成长起来的一株参天大树!从来没有一家企业能像它的经历这样聚讼纷纭、雷霆雨电!从来没有一家企业能像它的诞生这样惊天动地、世界瞩目!宝钢,是从传统思维的窠臼里一次血淋淋的脱胎!"

宝钢的发展史是一部浓缩的当代中国改革开放史,"既为中国先,敢为天下先"的宝钢精神也是当代中国在改革开放中敢闯敢拼、重振民族工业、复兴民族辉煌的精神缩影。

在宝钢艰难蜕变的发展历程中,中国共产党人发挥了至关重要的引领作用,上至改革开放的总设计师邓小平和他的战友陈云等,下至宝钢集团的各级领导,他们组成了一个坚定灵活、富有智慧和创新性的领导群体,推动宝钢逐步成长为世界一流的钢铁企业。《宝山》一书历数了改革初期面对宝钢这样的大项目,改革开放总设计师邓小平和他的战友陈云力排众议所给予的支持。宝钢成立于中共十一届三中全会闭幕之日,"真正是早春的第一声柳笛,一声柳笛吹响了一个明媚的季节"。然而在成立之初宝钢饱受争议,先期投入巨大资金的宝钢是上马还是下马,中央一时也举棋不定。1979年6月16日,在决定宝钢生死命运的国务院财经委员会会议上,陈云指出:"干到底。"9月份,在一次会议上"邓小平面对着满城风雨,又公开断言:历史将证明,建设宝钢是正确的"。历史也证明了当年中央领导

第三章 信仰与崇高：中国共产党精神的形象演绎

人的高瞻远瞩和果敢魄力。1984年2月15日，邓小平在视察宝钢时曾亲笔题词"掌握新技术、要善于学习，更要善于创新"。

《宝山》一书用大量翔实的资料向世人展示了烙印在宝钢人骨子里的精神特质——不因循守旧，敢闯敢干。例如，在宝钢一期工程建设中担任宝钢建设设计总工程师的黄锦发，从宝钢未来发展的角度考虑将宝钢设计总图改成了直线流水布局，这在当时是有违中央精神的，宝钢总指挥许言陷入了矛盾。"从个人利益出发，简单按组织原则办事，问题很好解决。但是许言是个真正的共产党人，抗日战争时期就当了地委书记，他知道上级的决策有时也是有偏差的，而目前就是最明显的一个"，思索一夜的许言最后在图纸上签上了自己的名字，"直线流水形总图为宝钢未来的扩建腾出了空间"。再如，为了解决宝钢的用水问题，宝钢人构想了一个大胆的方法——从长江引水，经过不懈的努力他们终于取得了成功。宝钢人长江引水的成功具有开拓性的意义，它为我国沿江沿海地区直取淡水提供了一个崭新的思路，在世界上也具有指导意义。

宝钢的开拓创新表现在方方面面，在企业管理模式上宝钢也为全国企业树立了一个榜样，《宝山》一书对此也进行了详细介绍。例如，宝钢人摒弃了传统企业"企业办社会"的思路，"不办小社会，不贪小枝叶"，"把所有的养料全集中到主干上，保证主干长粗长高"，宝钢的企业管理思路不仅壮大了自己，而且繁荣了社会，为中国企业蹚出了一条现代企业管理的路子。再如，当宝钢冷、热轧形成能力之后，宝钢人又开始求变求精，他们制造了中国第一块高档汽车面板,攻克冰箱面板堡垒,生产出达到世界一流水平的石油钻杆、显像管荫罩网板、镀锡板……宝钢的产品覆盖了国民经济的方方面面,成为中国工业大厦中最尖端最广泛的原料。

总之,从第一期跟跟跄跄的改革探索和开放尝试,到宝钢三期工程成熟、全方位的生产、引进;从担心进口铁矿砂会被人卡脖子,到投资巴西、澳大利亚矿产业;从被动应对世界市场,到主动打入世界市场;从只能炼、轧粗钢到成为精炼、试炼各种特殊钢材的中国最现代化的钢铁试验室,宝钢人以"敢为天下先"的精神气魄勾勒了令国人振奋、令世界瞩目的充满奇迹的发展轨迹。

除了对宝钢令人瞩目的创新业绩进行整体、系统地扫描,《宝山》还以大量的篇幅去描绘宝钢人坚定的信念和顽强的意志力。例如,宝钢一期建设期间,年近60岁的中国老工程师严宗德"在众目睽睽之下,手攀脚蹬,沿着屋角颤巍巍的钢梯,艰难地爬上屋顶,用卷尺细细地测量了一遍屋顶上的钢板尺寸",更改了日本人谈判中所提供的数据,从而为国家节省了40万美元。宝钢副总工程师王复明赴日本谈判时,日本主谈、新日铁代表札本先生邀请他看樱花,王复明却蹲在樱花树下演算单根钢桩的承载量,"札本先生震惊了。他们在8小时之内是日本利益的绝对维护者,8小时之外则是个人利益的绝对维护者,而面前的这个中国人则是百分之百的国家利益维护者",日本最终接受了"可怕的中国人"的计算方法,宝钢为此

第三章　信仰与崇高：中国共产党精神的形象演绎

节省了3000万美元。再如,宝钢三期建设时,宝钢人以破世界纪录的速度完成了高炉工程的建造,当然破世界纪录的代价是汗水、泪水和血水:工地现场总指挥王大山在母亲和父亲病亡期间都没有告假回家,这个倔强的汉子面对家乡的方向长跪不起,泪流满面,以额磕地;机装公司经理任相斌在工地的车祸中被撞成了粉碎性骨折,提前出院的他冒着落下残疾的危险,挂着双拐,拖着被钢钉螺丝铆固的左腿,又出现在工地;在上海百年不遇的高温和酷暑天气中,工人们在密不透风的地坑里施工,中暑的工人越来越多,但是由于人手太紧张了,中暑的工人们不去医院,稍事休息后咬着冰棍、用凉水兜头浇湿,又跑出去施工;等等。

总之,《宝山》一书全面展示了在中国共产党领导之下,宝钢人如何以"敢为天下先"的精神气魄、坚定的信念和无畏无惧的拼搏精神,为共和国的现代化建设、国防建设和国人的生产、生活和生存提供最优质的原料,并让中华民族的现代工业走在世界前沿的辉煌故事,具有史诗般的性质。

李春雷的报告文学《木棉花开》2008年发表于《广州文艺》,发表后即引起了强烈的社会反响,《光明日报》《南方日报》《深圳晚报》《新民晚报》《城市晚报》《文学报》《文摘周报》等几十家报纸选载或连载,《新华文摘》全文刊载。《木棉花开》以动情的笔触讲述了任仲夷在广东主政期间不惧风险、果敢无畏、坚定无私地推进改革开放的故事,描绘了一位"敢为天下先"的改革先驱者形象。

"1978年广东省的经济总量为185亿,列全国第23位","1979年广东省工农业生产总值人均只有520元,远远低于全国平均数字636元","偌大的广东省,面积是香港的200倍,而每年的创汇总量却不足人家的十分之一。与台湾更是无法相比"。1980年11月,在广东试办经济特区的背景下,中国共产党高级干部中少有的既懂政治又懂经济的通才任仲夷被任命为中共广东省委第一书记兼广东省军区第一政委,上任时的任仲夷已是66岁的老者。

《木棉花开》以细腻的笔触描绘了上任伊始任仲夷沉重而又踌躇满志的心情,也真实记录了在那个严格执行计划经济和思想保守的年代里,任仲夷在各个领域所进行的令人瞠目的探索和尝试。例如,在经济领域任仲夷实行放开物价、市场经济、私营企业、出让土地、政企分离、外资银行等一系列措施。在文化上,他提出著名的"排污不排外"的观点,即"自觉排污是必要的、明智的,但决不能因噎废食,笼统地反对一切外来思想文化,盲目排外是错误的、愚蠢的",因此接收香港电视台的"鱼骨天线"在南粤大地雨后春笋般出现,街头巷尾出现了烫发头、喇叭裤、迷彩服、高跟鞋、超短裙、迪斯科等港台流行元素。在招商引资上,任仲夷不畏惧别人说他和资本家穿连裆裤,"面对着境内外的新闻记者,西装革履的任仲夷与港澳台各界商人谈笑如故友,满堂生春风"。任仲夷开放的主政姿态吸引了一批港商纷纷投资广东,1985年国内公布了第一批5个五星级酒店,其中4个全部在广州。

第三章　信仰与崇高：中国共产党精神的形象演绎

在理论上,他扶持新锐的、能够破解时代难题的学术观点。20世纪80年代初华南师范大学经济学专业研究生郑炎潮在撰写毕业论文的时候发现,马克思主义经典著作和广东现实之间存在着矛盾,大胆的他将广东新兴的超过8个雇工的个体企业定义为"社会主义初期阶段的私营经济"。然而这个概念在当时太过敏感和越轨,受到导师警告的郑炎潮将敏感的章节单独抽出来寄给了任仲夷,没想到任仲夷亲自找到了他并肯定这种提法,"从此,中国改革开放史上正式诞生了一个全新的名词:私营经济"。

当然《木棉花开》并没有回避任仲夷在那个"摸着石头过河"的改革初期所遇到的阻碍和压力,李春雷用饱含深情的语言讲述了任仲夷当年的艰难处境,为后人留下了一段真实的历史剪影。当时任仲夷的某些创举连最高决策层也无法明确表态,而更多的声音是对任仲夷的质疑和严厉指责,认为广州的风气败坏、出卖主权等,走私事件的出现无疑雪上加霜,差点使广州的改革开放夭折于摇篮之中。好在任仲夷最终挺了过来,广东也最终挺了过来,及至1985年任仲夷离任时,广东省的经济总量已赫然跃居全国榜首。

任仲夷在担任广东省委第一书记期间发生的故事很多,《木棉花开》仅2万字的篇幅虽然没有书尽其事,却绘出其魂,使一位"竭尽全力,敢踩逆流,不避斧钺,为天地立心,为生民立命,为岭南开太平,尽到了在当时的历史条件下所能尽到的几乎全部天职的"伟大改革家的形象跃然纸上,为后人留下了一份珍贵的历史追忆。

改革开放以来,中国农村发生了翻天覆地的巨变。从确立集体统一经营与农户分散经营相结合的双层经营体制,到彻底废除了延续2600多年的皇粮国税,从乡镇企业异军突起到农业集约化、产业化经营,从大量农民转入非农行业到农业农村现代化,中国农村走过了一段波澜壮阔、扣人心弦的改革之路,无数的共产党人参与其中,他们在党的农村政策指引下求变求新、无私奉献,带领广大农民走向富裕,推动中国社会主义农村走向振兴。关仁山的长篇小说《大地长歌》就是一部描绘河北农村改革历程荡气回肠的优秀作品。《大地长歌》出版于2018年,小说以河北滦河河畔响马河村为大舞台,以1980年至2017年的中国农村改革为背景,讲述了周家、金家、谷家三个大家族跌宕起伏的命运史和乡村翻天覆地的面貌变迁史。

在《大地长歌》中关仁山塑造了许多优秀的中国共产党人形象,他们自觉汇入农村浩浩荡荡的改革浪潮,并且以创新和担当精神充当改革浪潮中的弄潮儿,他们是改革开放时代农村变迁和农民命运变化的核心影响力量,其中的代表者有周东旺、云秀等。周东旺是《大地长歌》中的核心人物,作品围绕周东旺自青年至晚年的生命历程建构了基本的情节框架,周东旺从一个有干劲、不服输的农村青年成长为有魄力、有担当的农村干部的经历,是无数在几十年农村改革中逐渐走向成熟的党的基层干部的缩影。

改革开放前"周东旺是村里的能人",改革开放之后,周东

第三章 信仰与崇高:中国共产党精神的形象演绎

旺成为响马河村发家致富的领路人。周东旺第一个承包了村里的鱼塘,组建自己的泥瓦队,并且带领乡亲们走上了富裕之路。他成立周东旺村民互助小组,"给那些五保户烈军属送鱼不要一分钱,逢年过节的低价卖给乡亲们","带领村里会泥瓦活的一块儿挣钱,自己分到手的钱最少"。他帮助乡亲们找到卖粮的好门路,带领乡亲们出售馒头、花卷和一系列特色面食,很快占领了周边的城市市场,"家家户户都进钱"。他成立了"工艺品编织厂","老人们坐在院子里,有说有笑地忙着编织工艺品"。

担任村支书之后周东旺的思想依然与时俱进:他"团结带领乡亲们种水稻、编织手工艺品、参股旅游度假村,富了集体,也富了村民,村民年收入在全县数一数二";他在村里率先搞起了无土蔬菜栽培,既养护了土地又实现了现代农业经营;在年轻人的帮助下他在村里建立了电子商务平台,通过互联网将村里的优质产品推销到了全国各地,甚至是海外市场。周东旺在带领乡亲们发家致富的同时,还积极推进村里的文化建设,创建了"戏曲基地"和民俗馆,建立了文化广场和爱国者小镇,丰富了村民们的精神世界,提升了他们的文化品位。

当然关仁山并没有将周东旺塑造成只有创新精神和高尚境界的神化人物,在带领乡亲们进行创业的过程中他也会走弯路,例如因为他的防范意识比较薄弱,导致了生产的箱包中被不法分子混入了假货,另外他与谷香、红霞之间的情感故事也令人读者不胜唏嘘,总之这是一位有血有肉、根植于生活,具有

171

真实感和可信度的人物形象。

如果说在周东旺身上体现的是农村改革过程中优秀基层干部的成长史,那么《大地长歌》中云秀这个形象则代表着成熟党员干部的做派与风格。改革初期,36岁的云秀来到响马河村所在的县担任县委书记,云秀书记务实能干,报到之后先到下面不声张地走访调查,掌握了大量的一手资料,为其后一系列农村改革措施的有力推进和实施提供了保证。云秀书记雷厉风行,她能够敏锐地发现阻碍农村发展建设的问题并快速解决,她能够辨识改革过程中有魄力、有担当的年轻人并大胆地起用。云秀书记心系百姓,为了让老百姓早日富起来,她积极推动招商引资。当化工厂的污染越来越严重的时候,为了百姓们的身体健康和子孙后代的土地安全,她又果断地关闭化工厂,并做好了相关的善后工作。

除了周东旺、云秀,《大地长歌》中还出现了其他个性鲜明的中国共产党人,例如能干坚强的村长谷香、谨慎正直的公社书记马童力等,他们共同构成了浩浩荡荡农村改革大潮中的中流砥柱。

河北省拥有铁矿和煤炭资源等丰富的地质矿产资源,同时位居沿海,交通便利,因此河北省是我国的钢铁大省,其钢铁工业一直是我国钢铁行业重要的组成部分。改革开放以来,在中国共产党的领导下,经过河北省几代钢铁人的锐意革新、拼搏奋斗,河北钢铁工业取得了令人瞩目的成就,例如,形成了完整的钢铁工业体系,推动钢铁产品结构不断升级,积极摸索、创新

第三章 信仰与崇高:中国共产党精神的形象演绎

钢铁企业管理经验,从20世纪90年代被誉为"全国工业战线上的一面红旗"的邯钢到2019年被授予"时代楷模"的河钢集团塞尔维亚公司管理团队,河北的钢铁发展一直走在全国的前列。改革开放四十多年以来,河北钢铁工业的迅猛发展也引起了一些本土优秀作家们的关注,他们主要采用报告文学的形式对河北钢铁改革的历程与成就进行记录和书写,其中的代表作品有李春雷的长篇报告文学《钢铁是这样炼成的》、王立新的长篇报告文学《钢结构》《多瑙河的春天——"一带一路"上的钢铁交响曲》。

李春雷的长篇报告文学《钢铁是这样炼成的》出版于2001年。1996年1月3日,国务院以国发〔1996〕3号文件的形式,要求各省、自治区、直辖市人民政府和国务院各部委、各直属机构,全面学习推广邯钢经验。在共和国的历史上,以国家名义推出的工业典型只有两个:一个是大庆,另一个就是邯钢。《钢铁是这样炼成的》就是以邯钢作为书写对象,全面展示其从诞生至壮大,尤其是改革开放以来所经历的惊心动魄的辉煌历程。

《钢铁是这样炼成的》一书对邯钢(邯郸钢铁集团有限责任公司)的发展历程进行了细致梳理。邯钢成立于1958年,与共和国同时期上马的其他钢铁企业一样,在"大跃进""文化大革命"期间邯钢经历了一段长时间的痛苦磨砺。中共十一届三中全会的召开使邯钢迎来了复兴的转折点,20世纪80年代初完成了一系列大规模的技术改造和设备配套,开始走向了自我积累、自我发展的良性道路。20世纪90年代末邯钢"将全套设备改造成与国际接轨的大烧结、大焦炉、大高炉、大转炉,上马世界最新板材轧制工艺——薄板坯连铸连轧设备"。1997年5月邯钢兼并衡水钢管厂、1997年9月兼并舞阳钢铁公司,打造国有企业的钢铁航母。1998年1月22日代码编号为"600001"的"邯郸钢铁"股票发行,"邯钢股票"一上市就开创了中国证券市场上的三项历史之最:从筹划到上市的速度最快、发行额度最大、一只股票募集的资金最多。"从1993年至今,邯钢的纯利润一直持续在4个亿至7.8个亿,在中国冶金行业名列前茅。在冶金行业最困难的90年代末期,邯钢利润竟占到全行业年实现总利润额的20%左右。"

邯钢之所以会从一个默默无闻的地方中型企业急速成长为具有世界竞争力的特大型钢铁联合企业,《钢铁是这样炼成的》一书用鲜活的事例告诉读者这一切主要是源于邯钢人勇敢无畏的开拓精神和吃苦耐劳的优秀品质,戴明予和刘汉章是优秀邯钢人的代表者。"文化大革命"结束之后,邯钢走到了其发展历程中一个重要节点上,时任邯钢厂长的戴明予"逐步扭转传统的管理模式,为邯钢营造出一派大企业气象,把邯钢导入到企业轨道",并且邯钢成为河北省第一家与冶金局签订意义重大的第一轮承包合同的企业,在承包期间,"邯钢不仅完成了上交1.35亿元的任务,还多交了650万元,创造了令人惊叹的奇迹。最令人可喜的是,邯钢竟然实现了留利1.5亿元",20世纪80年代初邯钢就是利用这1.5亿完成了技术改造

第三章 信仰与崇高：中国共产党精神的形象演绎

和设备配套，从而走向了良性道路。如果说具有前瞻目光的厂长戴明予为邯钢的后续发展打下了坚实的基础，那么在他的后继者邯钢总厂厂长刘汉章领导下邯钢则实现了腾飞。《钢铁是这样炼成的》对刘汉章的事迹与人品进行了详尽的介绍，这是一位热爱钢铁事业的共产党人，刘汉章"几十年风里雨里血里火里，与工人们吃在一起、睡在一起、愁在一起、笑在一起"，和工人们结下了血浓于水的情感，同时他也是一位有胆有识、敢闯敢为的开拓者。刘汉章上任后"短短几年时间里，邯钢自筹资金十多亿元，累计完成大中技改136项，由一家装备落后的地方中型企业跻身于特大型企业之列"。20世纪90年代是中国经济体制变革最为剧烈的时期，国有企业面对着其他所有制形式企业的激烈竞争，面临着生死劫难，邯钢也没有例外，面对着连续5个月亏损的境况，刘汉章和邯钢的高层管理者们大胆拓新，开创了"模拟市场核算，实行成本否决"的管理机制，充分调动了广大职工的积极性，激活了企业的活力。同时邯钢在技改方面也走在全国的前列，"邯钢是第一个抛弃模铸、实现全连铸的大型钢铁企业"，双管齐下的大胆革新使邯钢很快走上了高速发展的道路，也为处于90年代艰难转型期的中国国有企业找到了脱困之路。

无私而勇敢的普通邯钢人也是《钢铁是这样炼成的》一书所赞颂的对象，"为了明天的兴旺，他们在用生命、用健康、用汗水、用热血执行着刘汉章的意志"，他们创造了一个又一个的钢铁奇迹，邯钢锐意革新的辉煌史也是一部邯钢人激越勃发的奋斗史。

《钢铁是这样炼成的》还描述了邯钢对其他钢铁企业的兄弟之谊,作为国有企业的领头羊,"邯钢应国家之邀,先后派出五十多名英雄儿女到全国十余家最困难的钢铁企业执行扭亏任务",他们常年离家、殚精竭虑,将一个个濒于绝境的企业重新拉回了正常的轨道之上,因此从这个意义上而言,邯钢不仅是改革时代中令人敬仰的弄潮儿,也是在国家艰难时期挺身而出的民族英雄。

王立新的长篇报告文学《钢结构》出版于2018年,它以中国去产能决战为背景,讲述了第一钢铁大省——河北省的供给侧结构性改革的历程。从1999年开始中国进入"产能过剩"时代,治理产能过剩成为宏观调控的主基调,对于河北的钢铁行业而言,钢铁去产能化、推进供给侧结构性改革更是当务之急。所谓"供给侧结构性改革","就是从供给、生产端入手,通过解放生产力、提升竞争力促进经济发展。具体而言,就是要求清理僵尸企业,淘汰落后产能,将发展方向锁定新兴领域、创新领域,创造新的经济增长点"[①]。新中国成立以来,尤其是改革开放以来河北的钢铁业突飞猛进,无论是国有还是民营钢铁企业数量在全国都是居于首位的,"一钢独大"是河北长期所形成的产业优势,钢铁是河北经济的支柱。但是河北钢铁行业发展的劣势也比较明显,即粗钢产量多、落后产能多,供给侧结构性改

---

① 王立新:《钢结构》,花山文艺出版社,2018年,第19页。

第三章 信仰与崇高：中国共产党精神的形象演绎

革是实现河北钢铁可持续发展的重要举措。习近平总书记曾对此作过专门的嘱托："去产能，特别是去钢铁产能，是河北推进供给侧结构性改革的重头戏、硬骨头，也是河北调整优化产业机构、培育经济增长新动能的关键之策。"[1]

《钢结构》一书全方位记录了河北钢铁供给侧结构性改革的探索历程。省委书记赵克志上任伊始就马不停蹄地对全省11个市进行广泛深入的调研，特别是对唐山、邯郸两个钢铁大市进行重点考察，他与已经在河北工作4年的省长张庆伟携手并肩开始进行钢铁大省产业结构调整、转型升级的攻坚战。"十二五"和"十三五"规划期间河北将全省"十四个鞍钢"的钢铁总产量压减了"六个鞍钢"，"无论是规模之大，还是体量之重，在全世界中都是绝无仅有的"；在省委、省政府的统筹安排之下，通过4种渠道妥善安置了14万名转岗员工；向首钢抛出橄榄枝，将首钢引至曹妃甸工业园区，"无论是在中国的工业史上，还是在世界钢铁工业史上，都是史无前例的伟大壮举"，首钢搬迁是中国大型国有钢铁企业"退城进园"的范式，也带动了未来河北的"退城进园"浪潮；经过重组，建立了中国第一、世界第二大的钢铁集团——河北钢铁集团，河北钢铁集团在党委书记、董事长带领下实现了"三年三个全面"的发展战略目标，"在国内大型钢铁企业中实现了由跟随型向领跑型的历史性重大转

---

[1]《习近平春节前夕赴河北张家口看望慰问基层干部群众 祝伟大祖国更加繁荣昌盛 祝各族人民更加幸福安康》，共产党员网，2017年1月24日，https://news.12371.cn。

变",河北钢铁集团的成功源于大胆的创新与尝试,例如参与"一带一路",依托南非PMC公司,在南非大地上建立了中国首个海外特大型钢铁基地,收购并拯救了塞尔维亚最大的国有支柱企业——斯梅代雷沃钢厂,收购全球最大的钢铁销售商——瑞士德高。

总之,"河北作为中国第一钢铁大省所承载的去产能之重,是任何省、市、自治区都不可比拟的,规模之宏、范围之广、难度之艰、层次之多、情况之繁、力度之强、撞击之烈、代价之重、变化之多,波澜壮阔且卓尔不凡,超过以往十年、二十年,超过世界任何一个国家和地区",在中国共产党的领导之下,河北钢铁行业正在以拓新进取的姿态对供给侧结构性改革这一新的时代改革命题进行努力作答,《钢结构》是关于这一作答过程的实录追踪,也是为未来所留下的珍贵追忆。

王立新的另一部长篇报告文学《多瑙河的春天——"一带一路"上的钢铁交响曲》出版于2019年,它对河北钢铁集团与塞尔维亚斯梅代雷沃钢厂之间的故事进行了深度讲述,展示了在"一带一路"背景下河北钢铁集团改革探索所呈现出的人类意义。《多瑙河的春天——"一带一路"上的钢铁交响曲》详细介绍了河钢集团收购斯梅代雷沃钢厂的来龙去脉。斯梅代雷沃钢厂曾经是"南斯拉夫联邦生产规模最大、技术设备最先进、产品最高端的大型国有钢铁联合公司","鼎盛时期,钢厂贡献了斯梅代雷沃市40%的财政收入,被称为是'塞尔维亚的骄傲'"。然而在2002年7月,由于长期亏损斯梅代雷沃钢厂宣告破产,

第三章　信仰与崇高：中国共产党精神的形象演绎

"这对全厂5000多名员工来说，几乎是一场灭顶之灾"。2003年9月世界上赫赫有名的美钢联收购了斯梅代雷沃钢厂，但是在全球金融危机暴风雪袭击中，斯梅代雷沃钢厂再次亏损，2012年1月美联钢以1美元价格象征性地将斯梅代雷沃钢厂抛售给了塞尔维亚政府。2016年以"世界河钢"为战略目标的河钢集团收购了斯梅代雷沃钢厂。

如何在收购之后实行平稳过渡并快速扭亏为盈是河钢人所要作答的一个难题，《多瑙河的春天——"一带一路"上的钢铁交响曲》对河钢人所交上的令人满意的答卷进行了详尽报告。收购后河钢采取一系列稳定人心、改进生产的措施，例如保留原有的5000多名员工、用人本地化、文化本地化、利益本地化，派出强有力的技术团队组织了炼钢系统、加热炉、粗轧机大修等。三个"本土化"的创新理念使濒临倒闭的斯梅代雷沃钢厂在短短半年时间内发生了可喜的变化：5000多名员工重新建立了自信，对未来生活充满了希望；企业在供应链和产品结构方面发生了巨大变化，企业恢复了活力；河钢塞钢管理团队和当地员工之间增进了感情。同时河钢塞钢管理团队用全新的技术和理念对斯梅代雷沃钢厂进行更为精细化的管理，例如，"在美钢联经营管理的年代，生产中剪切下来的板材、卷材的板头板尾，统统被直接当作废钢处理"，河钢塞钢管理团队则通过走访调查，做出可行性的销售方案，将月产千吨的"废料"变废为宝投向市场，增加了企业的效益；财务总监唐娟将原有的财务结算方式进行了改变，规避了美元国际汇率的结算风险,并且带动河钢塞钢的全体财务人员关注汇率波动,选择最佳时机出手兑换美元,不仅能减轻企业的损失,甚至还能增加效益;再如,利用河钢集团的绿色制造技术,对斯梅代雷沃钢厂包括废水、废气、废渣在内的"三废"进行系统改造,提升其能源环保水平和环保指标,降低能耗水平;等等。经过大胆的拓新和不懈的努力,仅仅半年斯梅代雷沃钢厂就扭亏为盈,告别了长达7年亏损的历史,2017年是河钢塞钢的第一个完整年,当年其对塞尔维亚国内生产总值(GDP)的贡献率达到1.8%,成为本地区的纳税大户。

当然河钢塞钢之所以能取得如此骄人的成绩,一方面是因为其先进的管理理念和技术支撑,另一方面是因为河钢塞钢人无私忘我的奉献精神。《多瑙河的春天——"一带一路"上的钢铁交响曲》讲述了许多感人至深的河钢塞钢人的奉献故事。例如,在河钢集团和塞尔维亚政府签署收购协议后的第10天,河钢塞钢的执行董事长宋嗣海就接到了母亲去世的噩耗,匆匆踏上回国路途的他回到家中发现母亲的葬礼早已结束,因为企业刚刚起步,宋嗣海只在家中待了短短5天就无奈地告别了多病的老父亲,重返塞尔维亚。除了远离亲人,中国经营管理团队的成员们也面临着诸如语言关、文化关等种种考验,但是管理团队的成员们凭着坚定的信念和顽强的毅力,战胜了重重挑战。

河钢塞钢是由中国政府倡议和推动的"一带一路"的成功样板,它不仅仅从经济上造福了两国人民,而且在文化上促进

第三章 信仰与崇高：中国共产党精神的形象演绎

了两国人民的深入了解和友好交流，在情感的互通交融中携手并肩、共同奋斗，构建起真正的人类命运共同体。《多瑙河的春天——"一带一路"上的钢铁交响曲》中出现了许多关于中国人民和塞尔维亚人民之间深厚友谊的故事，例如河钢塞钢为简陋的村镇修建了人行道路，为一些没有通上自来水的小村供水，为现代教学设备不足的中学捐赠电脑和投影设备，新学期开学时为当地职工家的儿童购买书包和文具，为当地残疾儿童购买大量玩具，等等。在塞尔维亚当地人民中则掀起了学习中国文化、学习汉语的热潮。

总之，《多瑙河的春天——"一带一路"上的钢铁交响曲》通过讲述河北钢铁集团在"一带一路"的背景之下"走出去"的成功经验，向世人展示了"一带一路"上的感人故事与美好前景，这是一部紧密追踪时事的优秀报告文学，既具有文学价值也具有重要的社会历史价值。

恩格斯曾经指出："历史从哪里开始，思想进程也应当从哪里开始。"[1]反过来而言，思想也将会成为推动历史发展的重要力量。具体对于中国共产党来说，正是凭着革命加拼命的精神动能，才能在百年的历程中团结带领人民创造一个又一个的人间奇迹，书写了中华民族恢宏壮丽的史诗。一代又一代的中国

---

[1] [德]恩格斯：《卡尔·马克思〈政治经济学批判 第一分册〉》，载韦建桦主编，中共中央马克思恩格斯列宁斯大林著作编译局编译：《马克思恩格斯文集》第2卷，人民出版社，2009年，第603页。

共产党人不怕牺牲、英勇斗争、前仆后继、不懈奋斗，涌现了一大批视死如归的革命烈士、一大批顽强奋斗的英雄人物、一大批忘我奉献的先进模范，构筑了一座座不朽的精神丰碑。河北新文学以高度的历史责任感对中国共产党的伟大精神进行追踪和记录，用一个个生动的故事形象地演绎了中国共产党的精神品质，从这个意义上而言，一部河北新文学的历史也是一部中国共产党伟大精神的实录史。

第四章 民族与人民:中国共产党艺术主张的践行

"人民"是中国共产党艺术主张的核心关键词。1942年毛泽东的《在延安文艺座谈会上的讲话》提出的第一个问题是"我们的文艺是为什么人的?","为什么人的问题,是一个根本的问题,原则的问题",对此,毛泽东的回答是,"无论高级的或初级的,我们的文学艺术都是为人民大众的"。[①]第四次文代会上,邓小平指出:"人民是文艺工作者的母亲。一切进步文艺工作者的艺术生命,就在于他们同人民之间的血肉联系。忘记、忽略或是割断这种联系,艺术生命就会枯竭。"[②]2001年在中国文联第六次全国代表大会、中国作协第五次全国代表大会上,江泽民总结:"历史上一切优秀的文艺作品,都是反映人民最深刻的心灵呼唤和时代最迫切的前进要求的作品,都是隽永艺术魅力与现实社会进步相结合的结晶,都是文学艺术家们的思想感

---

① 《在延安文艺座谈会上的讲话》,载《毛泽东选集》第三卷,人民出版社,2006年,第854、857、863页。
② 《在中国文学艺术工作者第四次代表大会上的祝词》,载《邓小平文选》第二卷,人民出版社,1994年,第211页。

情与创作灵感为时代和生活深刻感召的产物。"①号召广大艺术工作者在人民的历史和进步中实现艺术的创作、推动艺术的进步。2011年在中国文联第九次全国代表大会、中国作协第八次全国代表大会上,胡锦涛强调:"只有把人民放在心中最高位置,永远同人民在一起,坚持以人民为中心的创作导向,艺术之树才能常青。"②2014年,习近平在文艺座谈会上的讲话中明确倡导"坚持以人民为中心的创作导向","人民的需要是文艺存在的根本价值所在。能不能搞出优秀作品,最根本的决定于是否能为人民抒写、为人民抒情、为人民抒怀"。③与此同时,"中国作风""中国气派"也是中国共产党艺术主张的重要组成部分,书写独特的民族精神、呈现独特的民族形式是"中国作风""中国气派"的基本要求。

河北文学近百年来在中国共产党艺术主张的浸润之下,出现了许多以人民为中心的优秀作家,他们把人民作为文学表现的主体,他们书写人民的故事、表达人民的情感,他们在作品中表现和弘扬中华民族绵延千年的精神追求、精神特质、经络,他们以代际传承的方式使河北文学拥有了立足人民主体、扎根民族土壤的优秀品质,本章以孙犁、贾大山和铁凝的小说写作为

---

① 江泽民:《在中国文联第七次全国代表大会、中国作协第六次全国代表大会上的讲话》,《中国戏剧》2002年第1期。

② 胡锦涛:《在中国文联第九次全国代表大会、中国作协第八次全国代表大会上的讲话》,《人民日报》2011年11月23日。

③ 习近平:《在文艺工作座谈会上的讲话》,《人民日报》2015年10月15日。

第四章 民族与人民:中国共产党艺术主张的践行

研究对象,探讨这种优秀品质在河北新文学的历程中是如何得以传承和延续的。

第一节 孙犁:民族战争的写意者

抗日战争是中国近代史上一场伟大而艰苦的民族解放战争。"1937年冬季冀中平原是大风起兮,人民是揭竿而起。农民的爱国家、爱民族的观念,是非常强烈的。在敌人铁蹄压境的时候,他们迫切要求执干戈以卫社稷。"①作为爱国的文艺青年,孙犁以自己的方式投身这场伟大的民族战争。他和一群志同道合的文艺伙伴们"带着一支笔去抗日",他们在市集写抗日标语,在山村和地洞里编印报刊,在行军路上创作诗歌,在剧社剧团编戏、演戏……孙犁曾经回忆:"没有朱砂,红土为贵。穷乡僻壤,没有知名作家,我们就不自量力地在烽火遍野的平原上驰骋起来。"②战争淬炼、濯洗着青年作家们的文笔和思想,也将他们的命运与民族、人民的命运紧紧联结在一起。孙犁在《孙犁文集自序》中这样说道:"我的创作,从抗日战争开始,是我个人对这一伟大时代,神圣战争,所作的真实记录。其中也反映

---

① 孙犁:《平原的觉醒》,载刘金镛、房福贤编:《孙犁研究专集》,江苏人民出版社,1983年,第137页。
② 孙犁:《文字生涯》,载刘金镛、房福贤编:《孙犁研究专集》,江苏人民出版社,1983年,第141页。

了我的思想,我的感情,我的前进脚步,我的悲欢离合。"[1]他甚至做出这样庄重的告白:"我最喜爱我写的抗日小说,因为它们是时代、个人的完美真实的结合,我的这一组作品是对时代和故乡人民的赞歌。"[2]

孙犁的抗日小说占据了其小说创作的主要部分,主要包括《白洋淀纪事》中20多篇短篇小说及长篇小说《风云初记》。自20世纪30年代以来,表现中国人民抗击日本侵略者的文学作品不计其数,在众多的抗日题材作品中,孙犁的小说因为迥然不同的风格而独树一帜。在内容写作上,孙犁并没有像绝大多数作家那样热衷对战争的"实景"进行逼真的再现与描绘,曾有评论者对此敏锐地指出孙犁抗日小说有"三不主义",即"不正面描写北国人民的'阴暗面',不正面描写'敌人',不触及激烈而残酷的战争场面"[3],残酷的战争实景在孙犁的抗日小说中的确被一定程度地"艺术化"地"隐匿"了,枪林弹雨、隆隆的炮声、弥漫的硝烟和眼泪、悲伤、死亡,在孙犁的小说中往往被处理为虚化的背景。孙犁之所以如此处理,并不是对战争残酷性的否定,而是他看到了普通人在战争和革命风雨洗礼之下所焕发出

---

[1] 孙犁:《孙犁文集自序》,载刘金铺、房福贤编:《孙犁研究专集》,江苏人民出版社,1983年,第183页。

[2] 孙犁:《孙犁文集自序》,载刘金铺、房福贤编:《孙犁研究专集》,江苏人民出版社,1983年,第184页。

[3]《孙犁"抗日小说"的"三不主义"与〈芸斋小说〉的心理依归》,载郜元宝:《遗珠偶拾:中国现代文学史札记》,北京大学出版社,2010年,第235页。

第四章 民族与人民:中国共产党艺术主张的践行

来的优美情操。正如他在《文学和生活的路》中所言:"善良、美好的东西,能达到一定的极致。在一定的时代,一定的环境,可以达到顶点。我经历了美好的极致,那就是抗日战争。我看到农民,他们的爱国热情,参战的英勇,深深地感动了我。我的文学创作,就是从这个时候开始的。我的作品表现了这种善良的东西和美好的东西。"孙犁甚至定下了自己的文学信条:"看到真善美的极致,我写了一些作品。看到了邪恶的极致,我不愿意写。写这些东西,我体验很深,可以说是镂心刻骨的。可是我不愿意去写这些东西,我也不愿意回忆它。"[1]由此可见,在写作抗日题材小说时,孙犁并不想去渲染战争的残酷,掠过战争实景他要展现战火淬炼而成的闪耀着光辉的民族精神之美,相对于其他作家趋向于写作战争的实景,孙犁的抗日小说走向了写意的层面,即在虚化战争实景的基础之上去提纯战争催生的民族精神之美。因此"即使天空笼罩着战争的阴云,孙犁笔下的祖国大地、家乡山水,也都展现着她特有的清新与明丽"[2]。正如茅盾先生所概括的那样,"他是用谈笑从容的态度来描摹风云变幻的"[3]。

孙犁的抗日小说对民族精神之美的展现和描绘主要集中

---

[1] 孙犁:《文学和生活的路——同〈文艺报〉记者谈话》,载刘金镛、房福贤编:《孙犁研究专辑》,江苏人民出版社,1983年,第163页。
[2] 张学正:《"风云"的另一种色彩——谈孙犁抗日小说的艺术个性》,《天津师范大学学报(哲学社会科学版)》2005年第5期。
[3] 茅盾:《孙犁的创作风格》,载刘金镛、房福贤编:《孙犁研究专集》,江苏人民出版社,1983年,第189页。

在两个方面：一是描写历史灾难中人民的乐观主义精神和英雄主义气概，二是在剑拔弩张的战争间隙捕捉日常生活中感人至深的人伦亲情。孙犁的抗日小说中很少出现高大的英雄人物，其主人公大多是普通的农民和战士，如《荷花淀》中的水生夫妻、《山地回忆》中为"我"做袜子御寒的妞儿、《邢兰》中的"拼命三郎"邢兰、《浇园》中精心护理八路军伤员的香菊和二菊姐妹……他们代表了这个民族最普通、最广大的民众，当民族灾难来临之际，他们在战火硝烟中成长、成熟起来，他们以顽强的意志和忘我的奉献为民族解放战争建立了一个个坚固的壁垒，在他们身上诠释了"一个民族已经起来"（穆旦语）。

乐观主义精神和英雄主义气概是他们所凸显的精神特质之一。在民族最危难的时刻，孙犁抗日小说中的人物并没有意志消沉，甘心做亡国奴，而是扛起枪、拿起可用的武器，在中国共产党的领导之下义无反顾地投身伟大的民族解放战争，在他们身上呈现了最为朴素本真的民族反抗意志。例如《邢兰》中的邢兰"从小就放牛、佃地种、干长工，直到现在，家境也不好，孩子冬天都没有裤子穿。小时放牛，吃不饱饭，而每天从早到晚在山坡上奔跑呼唤。直到现在，个子没长高，气喘咳嗽……"但是就是这样"矮小""气弱""营养不良"的人却积极、无条件地参加抗日活动，从来没有"愁眉不展"或"唉声叹气"，被称为抗日的"拼命三郎"。他在村里发动组织了代耕团和互助团，代耕团是帮助抗日家属耕种，解决抗日战士的后顾之忧，互助团是村里人互帮互助的组织，在种子、农具、牲口和人力等方面互帮

第四章 民族与人民：中国共产党艺术主张的践行

互助,解决村里的春耕和秋收问题。作为两个团的团长,邢兰尽心尽力地做好每件事情,甚至砍倒自己家的树木为农具合作社做木犁。敌人发动"扫荡"的时候,邢兰在冬夜里"赤着脚穿着单衫,爬过三条高山"帮助部队打探消息。当汉奸在村子附近搞破坏活动,夜间偷偷割断电线的时候,邢兰主动承担起侦察的任务,白天劳动生产,晚上披着一件破棉袄巡逻。对待革命同志邢兰满腔热情,他用很贵的劈柴为下乡的"我"生火取暖;对待生活邢兰积极乐观,他"像士兵一样系了一条皮带","嘴上有时候也含着一个文明样式的烟斗",甚至会买了一把当时极为珍贵的口琴,吹奏一些紧张而欢快的曲调。邢兰的形象具有一定的典型意义,他代表了历经苦难但是依然对民族的未来充满期待,并激情昂扬地投身民族解放战争的可爱可敬的农民们。

再如《芦花荡》中的"年近六十岁的老头子","干瘦得像老了的鱼鹰",可是深陷的眼睛却很明亮,他像年轻人们一样守护着家乡白洋淀。老人每天夜里在白洋淀出入,他承担淀内外的交通运输和护送干部等任务,几乎没有出过差错。直到有一次,老人护送两个女孩子大菱、二菱进入苇塘时遭遇敌人的机枪扫射,大菱受了伤。自尊心和自信心受挫的老人决心伏击鬼子为大菱报仇,第二天老人用满船清香的莲蓬将敌人引入了包围圈,落入水中的敌人们被锋利的、"毒蛇一样的钩子"钩住了腿,老人"把船一撑来到他们的身边,举起篙来砸鬼子们的脑袋,像敲打顽固的老玉米一样"。一场惊心动魄又大快人心的伏击战在孙犁的笔下被描绘成一幅饱含诗意的隽永画卷,画中的英雄也因此被赋予灵性的光辉,英勇顽强同时又可亲可爱。

"抗日"在孙犁的小说中是一种美德,它成为衡量人的价值的重要标准,它彰显了在民族生死存亡关头人们心理的集体变化。例如,《风云初记》中穿着"破军棉袄"的春儿出现在卖豆腐菜馆子附近时,菜馆里的姐妹俩油然而生了一股敬意,"这个女同志是个老八路,刚打胜仗的,她要到我们这里吃饭多好哇"。当春儿在菜馆落座之后,小妹妹用"两只手捧着一个豆青大花碗",虔诚而热情地为春儿送来了"加了油水""汤上面浮着很厚的荤油""豆腐和丸子冒起了尖儿"的一大碗菜。由于春儿没有钱买干粮,姐妹俩就送给了春儿一碟子热烧饼,并热情地说:"这烧饼不要钱,是我们姐俩请你吃的!"再如《光荣》中的原生和秀梅这一对农村青年男女,他们一个在前线,一个在后方,远隔千山万水8年没有见面,但是共同的抗日事业将他们紧紧联结在一起,因此当他们的婚讯传开后,"那些好事好谈笑的青年男女们议论着秀梅和原生这段姻缘,谁也觉得这两个人要结了婚,是那么美满,就好像雨既然从天上降下,就一定是要落在地上,那么合理应当"。《碑》中的老金全家也是如此。老金目睹了18位战士在渡河时遭遇敌人的袭击而壮烈牺牲的场景,从此以后,他每天都要到战士们牺牲的河岸边去打捞他们的尸体和遗物。冬天要封河了,老金就会随身携带一个木槌把战士们沉没处的冰层敲开。最初几日,老金打捞上一只军鞋和一条空的子弹袋,他"珍重地把它们铺展开晒在河滩上"。后来什么也捞不

第四章 民族与人民：中国共产党艺术主张的践行

到了，但是老金依然日复一日地撒网、打捞，"他是在打捞一种力量，打捞那英雄们的灵魂"。老金的妻子，在那些日子"哭得两眼通红"；老金的女儿小菊强迫自己不停地劳动来化减内心的悲痛，有时"在傍晚的阳光里，她望着水发呆一会儿，她觉得她的心也有一股东西流走了"。

总之，"抗日"在孙犁的小说中是民族的集体事业，是中华儿女之间情感联结的纽带，抗日英雄是民族集体中所诞生的最可亲、可敬、可爱的人，英勇无畏的抗日精神也由此成为民族精神中最重要的内容。

除了对抗日战争中人民的乐观主义精神和英雄主义气概进行歌颂和赞美，孙犁的小说还对战争间隙日常生活中人与人之间的纯美情感进行描绘与讴歌。日常生活在整个社会结构中占据着非常重要的地位，民族性"植根于日常生活中，在社会互动、习惯常规和实际知识的普遍细节之中"[1]，换而言之，在日常生活的重复性和自在性中将会生成民族普遍、恒久的精神特质。从这种意义上而言，孙犁对战争期间日常生活中人们精神情感世界的观照与书写，也是对民族精神的探寻与描绘；孙犁对战争期间人们日常生活纯美情感的赞美，也是对蕴含于民间生生不息的美好民族精神的赞美。战争期间日常生活中的纯美情感也承担着重要的社会功能，它不仅抚慰了残酷战争给人们带来的巨大伤害，也为整个民族的奋起反抗提供了源源不断

---

[1] 转引自丁林棚：《门罗小说中的日常生活和加拿大民族性》，《北京航空航天大学学报（社会科学版）》2019年第5期。

的情感动力与支撑。因此可以说,孙犁小说中所书写的战争间隙日常生活中的纯美情感,构成了抗日战争期间民族精神呈现的重要组成部分。

孙犁抗日小说所书写的日常生活纯美情感主要包括两类:鱼水交融的军民之情和战乱中的美好爱情。在孙犁的小说中军与民是合二为一的整体,他们相互尊重、鼓励、扶持和帮助,在战斗中战士们浴血奋战保卫家园和人民的安全,在战争间隙民众真诚地关心和爱护可敬的英雄们,孙犁的小说讲述了许多军民情深的动人故事。孙犁的短篇小说《蒿儿梁》即是如此。《蒿儿梁》讲述了1943年日军"扫荡"期间八路军伤员转移到蒿儿梁村时所发生的故事。可想而知,在北方冰天雪地的深山中转移伤员是何等艰难的事情,但是《蒿儿梁》通过老百姓"掏心窝"的帮助将原本艰难的事情化为亲情的演绎。八路军医生和伤员到了蒿儿梁村之后,受到了至高无上的亲人礼遇:虽然妇救会主任不在家,但是她的丈夫"把他们安排在一间泥墙草顶的小小南屋里",并马上烧起了一席暖炕。第二天,妇救会主任就赶了回来,进入家门主任就问寒问暖,帮着医生给伤员们换药,"整天卷着两只袖带着两手面,笑出来,笑进去",为战士们亲手搓制她最拿手的"莜面窝窝"。见伤员们总是吃山里人家的窝窝和山药,主任便不顾危险下山去到平川上帮助采办大米、白面和羊肉。当蒿儿梁村收到放哨人的警号之后,主任带着全村老少连夜将伤员安全转移到深山的地窖里,还为伤员们带来了菜蔬和粮食,在飘雪的寒冷冬夜,妇女们围坐在地窖旁

第四章 民族与人民:中国共产党艺术主张的践行

边,照顾着伤员……

《山地回忆》则通过一个普通战士和部队驻地一户普通农家之间的交往经历,呈现了军民之间浓厚的情谊。1941年的"我"是一个打游击的八路军战士,冬日在河边洗脸时与十六七岁的农家女孩子相识,女孩子看见"我"冻得发黑的脚决定为"我"织一双袜子,于是"我"和这户农家慢慢熟络起来,女孩子的家也变成了"我"的新家。在部队纪律的允许之下,"每天打早起,我同大伯背上一百多斤红枣,顺着河滩,爬山越岭,送到曲阳去。女孩子早起晚睡给我们做饭,饭食很好"。后来部队开拔,"我"离开了那个村庄,走遍了山南塞北,但是"我"和女孩子一家的情谊却始终没变,"开国典礼的那天,我同大伯一同到百货公司买布,送他和大娘一人一身蓝士林布,另外,送给女孩子一身红色的",军民之情已经演变成浓挚的亲情。

《浇园》同样讲述了一个感人至深的军民故事。一位受伤的八路军伤员住在了香菊家里,香菊像对待至亲的人那样体贴对待他。村里来了8个伤员,伤重的连长被安排在清净的香菊家中,连长的伤势牵动着香菊的心,"她心里沉重得厉害。这些日子,她吃的饭很少,做活也不上心";担心有声音惊到伤员,她和小妹不敢在家里大声说话,提着脚走路,"鸡下蛋了就把它赶出去;有人来锤布,就叫他到别人家,不要惊动病人"。经过精心的呵护,伤员的病终于慢慢好起来,他和香菊一起去浇园,"对香菊的辛苦劳动,无比地尊敬起来",也对自己战斗流血的意义有了更深刻的体悟,军民之间就这样心心相印、血肉相连。

孙犁对战争中的美好爱情也进行了特别的关注，正义的民族解放战争催生了许多志同道合的男女们的情谊，他们的感情在战火的磨砺中生发出耀眼的光辉，从而为那个时期的民族精神画廊增添了一份亮丽的色彩。孙犁的小说中塑造了不少这样的男女形象，其中的代表者有《嘱咐》中的水生夫妻、《小胜儿》中的小金二和小胜儿、《风云初记》中的芒种和春儿，等等。

《嘱咐》讲述了阔别家乡8年的八路军副教导员水生在一个冬夜回到家，又离开家的故事。水生所在的部队接受保卫冀中平原的任务，水生请假一晚绕道回家探望，家中的妻子已经29岁了，"离别了8年，她好像并没有老多少"，"头发虽然乱些，可还是那么黑。脸孔苍白了一些，可是那两只眼睛里的光，还是那么强烈"，无论是妻子的身上还是心里，都呈现了一种深藏的志气。久别重逢的夫妻并没有感情的隔阂，从水生"亲热地叫了一声：'你！'"到"女人一怔，睁开大眼睛，咧开嘴笑了笑，就转过身子去抽抽搭搭地哭了"，夫妻之间的深情厚谊在简短却富含深意的叙述中表现得淋漓尽致。夫妻夜半叙话的场景也令人唏嘘感叹，两个人互诉了别后的情景和各自的思念之后，水生告诉妻子只能在家中待一个晚上，"女人呆了。她低下头去，又无力地仄在炕上"，"过了好半天"她才缓过神。第二天，"鸡叫三遍，女人先起来给水生做了饭吃"，然后用送过无数次八路军的冰床子将丈夫送到了部队的驻扎地。战争间隙夫妻的短暂相聚和为了民族大义的别离场景令读者为之动容。

第四章　民族与人民：中国共产党艺术主张的践行

《小胜儿》讲述的是青梅竹马的恋人小金子和小胜儿的故事。小金子和小胜儿是邻居,在患难相助中两家结下了深厚的情谊,小金子和小胜儿也逐渐成为两家长辈默认的恋人关系。后来参加骑兵团的小金子负了伤,被转移到小胜儿家的地洞里养伤,"母女两个整天为小金子担心,焦愁得饭也吃不下去。她们不让小金子出来,每天早晨,小胜儿把饭食送进洞里去,又把便尿端出来"。为了给小金子补充营养,小胜儿说服母亲在集市上卖掉她本来准备用来做陪嫁的唯一一件花丝葛袄,为小金子买来了一斤挂面和十个鸡蛋。小胜儿的娘心疼得直掉眼泪,叮嘱小金子:"你可别忘了你的妹子!"面对着小金子的感激,小胜儿则笑着说出了这样的话,"我们这是优待八路军,用不着谢,也用不着报答!"亲情、爱情和军民之情交织融贯在一起,构成了一幅美好隽永的情感图景。

再如《风云初记》中的芒种和春儿,由于贫困生活和家庭的熏陶,芒种和春儿成为冀中平原上最早觉醒的人,但是孙犁并没有将他们神化,而是严格按照生活的逻辑写出了他们从普通人成为抗日战士的过程,尤其是对他们的爱情描写极为精彩动人,例如芒种与春儿在情窦初开时的甜蜜思念、春儿脸对脸为芒种缝补衣服、芒种参军时两人的惜别、春儿给芒种写"汇报"信(情书)、春儿与芒种在杜梨树下的"幽会"……真诚浓烈的情感加之共同的革命追求使得春儿和芒种的爱情高尚又迷人。

总之,对战争间隙人们日常生活美好情感的捕捉和描绘是孙犁小说的重要内容之一,从日常的情感之美去抵达对民族精神之美的赞颂与讴歌,由此成为孙犁抗日小说迥异于他者的显著特征。

在孙犁的抗日小说中出现了许多美好的女性形象,如水生嫂、春儿、浅花、秀梅、妞儿等。抗战时期书写女性主题的作品有很多,但没有哪一位作家像孙犁这样如此集中且饱含深情地表现、赞颂女性的美。孙犁笔下的水乡女儿在战争的烽火中逐渐成长、成熟起来,在她们身上既有清如水、明如霞的女性特征,也有刚硬、坚强的巾帼侠气,孙犁将饱含真情的赞美与歌颂倾注于她们身上,甚至带有某种偏爱,正如他自己所言:"我认为女人比男人更乐观,而人生的悲欢离合,总是与她们相关,所以常常以崇拜的心情写到她们。"[①]孙犁笔下的美好女子被赋予了一种神性的光芒,民族的精神之美在她们的身上得以充分地演绎,因此在孙犁的抗日小说中这些美好的女子可以说是民族精神之美的象征者。

这些女子从外在到内在都是美的。这些女子在外形上都是健康而美丽的,例如,《蒿儿梁》中妇救会主任"和这一带那些好看的女人一样,白胖胖的脸,鲜红的嘴唇和白牙齿";《藏》中的浅花"模样好",好说好笑,说话直爽干脆,做起事情来更是快手快脚,"她纺线,纺车像疯了似的转;她织布,挺柏乱响,梭飞得像流星;她做饭,切菜刀案板一起响","地里活赛过一个好长工";《荷花淀》中的水生嫂心灵手巧,当她编席的时候,苇眉子

———
[①] 孙犁:《孙犁文集自序》,载刘金镛、房福贤编:《孙犁研究专集》,江苏人民出版社,1983年,第184页。

第四章　民族与人民：中国共产党艺术主张的践行

"在她怀里跳跃着"，"不久在她的身子下面，就编成了一大片"，洁白的苇席像雪、像云彩，置身于其上的水生嫂更像是纯美的画中人；《吴召儿》中的美丽少女吴召儿在乱石尖上跳跃前进，就像"一只聪明的、热情的、勇敢的小白羊"，"那翻在里面的红棉袄，还不断被风吹卷，像从她的身上撒出来的一朵朵的火花，落在她的身后"，娇俏灵动的少女在山林中阻击敌人的场景被定格为永恒的美的画面。

与美丽、健康的外形相对应，这些女子的内心世界也呈现了一片美好境界，她们单纯、爽朗，同时又坚忍、博大和乐观，既有传统女性的贤惠善良，同时又有新时代女性的独立人格和社会责任担当意识。例如，《荷花淀》中水生嫂勤劳、善良、温和、善解人意，当丈夫告诉她自己将要到区里参加游击队时，"女人的鼻子有些酸，但她没有哭"，她深明大义、顾全大局，知道丈夫所做的选择是光荣的，所以她没有说服丈夫改变主意，只是说："你明白家里的难处就好了。"水生嫂爱小家、爱丈夫，送走丈夫后又抑制不住思念之情，于是她和村里其他游击队员的妻子们相约去看望丈夫，在日本船队的追击中她们误打误撞地将小船驶进了游击队员的包围圈，丈夫们打了一个漂亮的伏击战。荷花淀里的伏击战开阔了"水生嫂"们的眼界，她们也不甘落后，回去也成立了游击队伍，学会了射击，"冬天，打冰夹鱼的时候，她们一个个登在流星一样的冰船上，来回警戒。敌人'围剿'那百顷大苇塘的时候，她们配合子弟兵作战，出入在那芦苇的海里"。至此，水生嫂们身上交织着多重的身份，既是温善的妻子又是飒爽的战士,既是水乡柔美的女儿又是国土勇敢的守护者,温润的女性之美和刚硬的战士之美汇合成一道独特的精神图景。

《吴召儿》中的吴召儿是村里自卫队女队员,她热情开朗,喜欢学习,在学习班上她的书"念得非常熟练动听",同时她又积极参与抗日活动,在学习的时候身上还要绑着假手榴弹。后来吴召儿接受组织的任务为部队带路,身着红棉袄的她带领"我们"攀爬险峻的神仙山。面对着这座乱石丛生、不知究竟有多高的山,"我们"的腿都发软了,"攀着石头的棱角,身上出着汗,一个跟不上一个,拉了很远",而吴召儿"爬得很快,走一截就坐在石头上望着我们笑,像是在这乱世山中,突然开出一朵红花,浮出一片彩玉来"。到了山顶的姑姑家,细心的吴召儿又用坚硬的山核桃木帮"我们"做好了登山的拐杖。可是第二天日本军队开始搜山了,吴召儿带着手榴弹在乱石堆里跳来跳去,独自去阻击数量众多的敌人,"当我们集合起来,从后山跑下,来不及脱鞋袜,就跳入山下那条激荡的大河的时候,听到了吴召儿在山前连续投击的手榴弹爆炸的声音"。能干细心、爽快热情的吴召儿就像大山中的战斗女神,散发出令人难忘的耀眼光芒。

《光荣》中的秀梅少年时候聪慧健美,"两只大眼睛里放射着光芒",她和原生一起合力从逃兵那里缴来一杆崭新的大枪。长大之后的秀梅在村里当了妇救会的干部,儿时的伙伴原生则扛着那杆大枪参加了八路军。参军后的原生渐渐没了音讯,家

第四章 民族与人民:中国共产党艺术主张的践行

中的媳妇开始不安生,最后跑回了娘家。秀梅坚信抗日战争一定会胜利,立下了"战争不胜利不寻婆家"的誓言。作为妇救会的干部,原生的媳妇走了之后,"秀梅就常常到原生家里,帮着做活。看着水瓮里没水,就去挑了来,看看院子该扫,就打扫干净。伏天,帮老婆婆拆洗衣服,秋天帮着老头收割打场"。经过执着的守望,秀梅最终等来了抗战胜利的消息,也等回了儿时的伙伴。在战火纷飞年代中执着守望的秀梅俨然化成一种象征,是民族解放战争必将胜利的信念象征。

长篇小说《风云初记》中的核心人物春儿是孙犁笔下出现的第一个血肉丰满的女共产党人,也是被评论界认为孙犁创作最成功的人物之一。春儿是一个农村姑娘,在她的童年时期冀中平原发生了一场反抗国民党反动统治的高蠡暴动,高蠡暴动的失败使春儿的父亲远走关东,留下春儿、姐姐和芒种相依为命。长大之后的春儿秀丽端庄,在党的领导之下参加了村里的抗日活动,逐渐从一个普通的农家孩子成长为一名优秀的无产阶级女战士。春儿的性格与孙犁笔下其他美好的女子一样,呈现了传统与现代的奇妙结合。春儿的身上呈现了中国女性的传统美德——俭朴勤劳、坚贞多情、善良勇敢等,例如她和芒种真心相爱,当芒种参军时她是一位多情的妻子,她多么希望吃饭时桌对面坐着芒种,她做饭时,他去抱柴,他锄地时,她去送饭。但是春儿同时又是在战争中觉醒的先进女子,她深深懂得:"世界上的事情不能两全,都顾起家来,都躲在炕头上,我们还有什么依靠,还有什么指望?"因此在鼓励芒种的同时,春儿自己也积极投身抗日的洪流,她豪迈地闯进地主田大瞎子的大院征收军鞋、痛斥汉奸,在拆城破路、侦察敌情、揭露反动派不抗日等斗争中,春儿都站在了最前沿。温柔的女性之美和刚硬勇敢的战士之美就这样和谐统一地并存于春儿的形象之中,令人难以忘怀。

总之,在孙犁的抗日小说中出现了诸多闪耀着神性光芒的美好女子形象,虽然她们的故事各异,但是强烈的爱国主义、乐观积极的心态、执着顽强的韧性以及温润明朗的个性,构成了她们精神世界的相同底色,她们是战火硝烟中所诞生的一朵朵艳丽的民族之花。

与对民族解放战争重在其精神刻画的写意书写相呼应的是,在艺术形式上孙犁追求在"形似"的基础上求"神似",即不强调外形上的精雕细刻,而重在揭示事物内在的神韵,这种写作技法即是传统的"白描"。鲁迅曾对"白描"做了如是概括:"'白描'却并没有秘诀。如果要说有,也不过是和障眼法反一调:有真意,去粉饰,少做作,勿卖弄而已。"[1]孙犁抗日小说中的白描技法在承袭传统"有真意,去粉饰"的同时也进行了创新,他的"'白描'艺术手法常常和诗意的抒写结合,这是作家的一种创造,使他的'白描'艺术带有不同于他人的特有风采,并与

---

[1]《作文秘诀》,载张秀枫编选:《鲁迅杂文选集》,二十一世纪出版社,2010年,第273页。

第四章 民族与人民：中国共产党艺术主张的践行

自己的艺术风格相和谐一致"[①]。

具体而言,诗意性白描技法的介入使得孙犁抗日小说关于战争年代中的人物刻画呈现了简约而传神的特点,对战争场景的描绘呈现了虚化而隽永的特点。孙犁的抗日小说中出现了许多身份不同、个性殊异的人物形象,这些人物多出现于短篇小说之中,孙犁对他们的着墨并不多,但是往往通过一句话、一个神态或者一个动作,人物的个性特征就如同浮雕般立体呈现出来,形成简约而传神的艺术效果。例如,《荷花淀》中那个堪称经典的细节描绘,"女人的手指震了一下,像是叫苇眉子划破了手,她把一个手指放在嘴里吮了一下",水生嫂听到丈夫即将前往大部队的消息后,心潮起伏,一个"震"字写尽了她内心的惊慌,这其中既有对丈夫的不舍,也有对丈夫在未来战斗中可能出现危险的担忧。然后"她把一个手指放在嘴里吮了一下",在平常动作的掩饰下水生嫂平复了慌乱的心绪,也营造了一个宁静的氛围,从而减轻了丈夫的精神负担。通过短短的35个字,孙犁将一位深情、镇定又隐忍的美好女子呈现在读者面前。

再如《采蒲台》中孙犁用寥寥数笔将日军"扫荡"期间采蒲台渔民们的艰难生活勾勒出来。17岁的小红是普通渔民家的孩子,她穿着一件破花布棉袄,"整天在苇皮上践踏,鞋尖上飞破,小手冻得裂口。轧完苇,交娘破着,她提上篮子去挖地梨。直等到天晚了才同一群孩子沿着冰回来,嘴唇连饿带冻,发青

[①] 周申明、邢怀鹏：《孙犁的艺术风格》，载刘金镛、房福贤编：《孙犁研究专集》，江苏人民出版社，1983年，第254页。

发白,手指头叫冰凌扎得滴着血"。采蒲台人收入的主要来源是编卖苇席,然而采蒲台的男女老幼们,不分昼夜、忍饥挨饿编织的上好苇席却被汉奸们用了极低的价钱收购,无异于强取豪夺。孙犁通过下述描绘将卑微的渔民与无耻汉奸的形象鲜活地刻画出来:

> 小红的娘抬头看见了我,或许是想起家里等着她弄粮食回去,就用力站起来,一步一步挪到收席的汉奸那里说:
> "你收了我那一份席吧!"
> "你是哪一份?"汉奸白着眼说。
> "就是那头一份。"
> "你不是说不卖吗?怎么样,过了晌午,肚子里说话了吧,生成的贱骨头!"

决定低价卖掉苇席时,小红娘的内心必然经历了痛苦的煎熬,因此她"一步一步"挪到了汉奸那里,求告乞讨,心有不甘却又无可奈何。与之形成鲜明对比的是"白着眼"的汉奸,他们一定要等到卖席的人肚里饿得不能支持的时候才成交,并用恶语嘲讽这些勤劳无助的人们,这是何等的无耻与卑鄙!

同样在《浇园》中孙犁也运用精妙的白描手法将香菊、二菊两姐妹的形象栩栩如生地刻画出来。重伤员李丹被安置到了香菊家中,香菊转过身来对站在身后的二菊说:

第四章 民族与人民:中国共产党艺术主张的践行

"去烧火!"

二菊害怕姐姐又骂她不中用,抱了一把柴火进来,就拉风箱。香菊小声吓唬她:

"你该死了,轻着点!"

温热了水,香菊找出了过年用的干净毛巾,给伤员擦去了脸上的灰尘。……

二菊到窗台上的鸡窠去摸鸡蛋,鸡飞着,叫起来。二菊心里害怕姐姐骂她,托着鸡蛋进来,叫姐姐看。

香菊善良、细心、干练,担心伤员受凉,又担心伤员受到惊吓,将家中最好的毛巾拿来给伤员擦脸,像对待亲人一样体贴入微地照顾伤员。二菊勤快,有些莽撞,又很可爱,摸鸡蛋时惊飞了鸡,便小心翼翼地"托"着鸡蛋叫姐姐看,一方面是向姐姐邀功,一方面是担心不小心打碎了伤员珍贵的营养品。一个"托"字写出了二菊的灵动和懂事。

如前所述,孙犁的抗日小说中往往不会直接出现残酷血腥的战斗场景,他会用艺术的形式将其"隐匿",诗性的白描手法是其最常用的艺术手段。诗性白描手法的介入,虽然使得孙犁小说中的战斗场景相较于其他抗日小说中的战斗场景具有虚化实感的特点,但是战争本身的氛围并没有因此而淡化,反而增添了一种别样的洗练隽永的艺术效果。例如,《荷花淀》中孙犁将水生嫂们遭遇日本兵船追赶的场景描写得惊心动魄:

大船追得很紧。

　　幸亏是这些青年妇女,白洋淀长大的,她们摇得小船飞快。小船活像离开了水皮的一条打跳的梭鱼。她们从小就跟这小船打交道。驶起来,就像织布穿梭,缝衣透针一般快。

　　后面大船来得飞快。那明明白白是鬼子!这几个青年妇女咬紧牙关止住心跳,摇橹的手并没有慌,水在两旁大声地哗哗,哗哗,哗哗哗!

如箭穿梭的小船被日本兵船紧紧相逼,孙犁连续用几个"快"字和越来越急促的水流声写出情势的紧张和急迫,水生嫂们于慌乱中的强行镇定更是从侧面烘托了日本侵略者给中国人民所带来的惨无人道的戕害。

再如《碑》中讲述了一场惨烈的战斗,八路军十几名战士在河岸边遭遇数量众多敌人的三面夹击,最后只有两名战士生还。在小说中孙犁并没有直接去描绘这场惨烈战斗中的硝烟与鲜血,而是采用移情的视角,饱含深情地想象战士们牺牲前的内心感受,用侧面烘托的方式描绘了战士们艰难的处境,读之令人心中久久不能平静:

　　老金看见就在那烟火里面,这一小队人钻了出来,先后跳到河里去了。

　　他们在炮火里出来,身子像火一样热,心和肺全要爆

第四章　民族与人民：中国共产党艺术主张的践行

炸了。他们跳进结冰的河里，用枪托敲打着前面的冰，想快些扑到河中间去。但是腿上一阵麻木，心脏一收缩，他们失去了知觉，沉下去了。

老金他们冒着那么大的危险跑到河边，也只能救回来两个战士。他们的那被水湿透了衣裳，叫冷风一吹，立刻就结成了冰。

战士们打完了最后的子弹了，奋不顾身地跳到了冬天刺骨的冰河之中，他们心中熊熊燃烧着对日军侵略者的仇恨，他们有坚强的意志力和战斗精神，奈何寒冬里的冰水还是无情地淹没了他们，一个"沉"字所引发的无助坠落感宣告了战争的残酷无情，活生生的可敬生命就这样消失在无声无息之中。被救回来的两个战士"叫冷风一吹，立刻就结成了冰"的衣服，也刺痛了读者的心。如果不是处于最后的战斗绝境之中，如果不是抱着赴死的坚定决心，战士们又怎么可能跳入这彻骨的冰河之中呢？

总之，以"写意"的形式，即淡化实景。凸显战争氛围中的民族精神来记录这场伟大的民族解放战争，是孙犁抗日小说区别于其他抗日小说最显著的特点，这种"写意"的形式为抗日题材写作增添了一份别样的风格——即学术界早已达成共识的认知——"荷花淀"风格，为中国的抗战历史抒写了一首清新优美的浪漫主义抒情诗。当然，孙犁对民族解放战争进行"写意"的选择，并不只是出于单纯的文学技巧与创作方法的考量，而是根源于他的革命战争观与审美观。在伟大的抗日战争中他看到了人民的机智、勇敢、坚强与乐观,他看到了民族所蕴含的无穷无尽的力量,他为之欣喜和感动,正如他在抗日胜利后若干年所回忆的那样:"我非常怀念经历的那一个时代,生活过的那些村庄,作为伙伴的那些战士和人民。我非常怀念那时走过的路,踏过的石块,越过的小溪。记得那些风雪、泥泞、饥寒、惊扰和胜利的欢乐,同志们兄弟一般的感情。"[1]因此,孙犁的抗日小说必然充满了昂扬的乐观主义精神,也必然在彼时、现在或者未来给予人们恒久的跨越时空的心灵熨帖之感。

第二节 贾大山:百姓冷暖的守望者

在当代文坛上,河北著名作家贾大山无疑是特殊而游离的存在。1978年短篇小说《取经》获得首届全国优秀短篇小说奖后,贾大山开始引起文坛的注目,其后贾大山又创作了《花市》《劳姐》《梦庄记事》等一系列优秀作品。然而综观贾大山多年的创作历程,对于文坛时髦的创作潮流和热点,他却很少进行刻意地附和与追随。当"伤痕文学"成为文坛主流时,在相同的政治命题中,贾大山传达的是对现世民间生存的理性思索;当

---

[1] 孙犁:《忆晋察冀的火热斗争生活——〈白洋淀纪事〉重印散记》,载刘金镛、房福贤编:《孙犁研究专集》,江苏人民出版社,1983年,第129页。

第四章　民族与人民：中国共产党艺术主张的践行

"反思文学"轰轰烈烈之时，贾大山在反思的根基之上描绘了向善向美的民间生活图景；当"寻根文学"渐成气候，《梦庄记事》的发表并没有使贾大山汇入彼时盛行的文化寻根潮流，在文化外衣之下贾大山叩问的是动荡世界里左右百姓生存的诸多复杂因素，例如政策、人性等。

由此可见，当代文坛中的贾大山更似一位隐居者，面对汹涌而至的文学浪潮他始终有自己的聚焦点和写作重心，这个聚焦点和写作重心就是中国最普通的老百姓。从生活经历上看，贾大山一生的生活和工作始终与普通百姓们紧密相连。出生于1942年的贾大山插过队、当过知青，亲历过"文化大革命"，"在插队的7年时间里，他与社员们共同生活、共同劳动，并在文化艺术活动中表现出色，说快板、编节目、出板报、写文章样样拿手，受到当地社员和干部的赞扬"[1]。他在新时期后担任县文化局局长，"当文化局局长不是为做官，而是为家乡干点儿事，有大量的工作要做"[2]。贾大山很少远游，在作家铁凝看来，"半生只去过三个城市：北京、保定、石家庄"，"有时我也觉贾大山生活得是不是太闭塞，秀才不出门果真能知天下事吗？"然而"假如你把这话告诉贾大山没准儿他会反问你：'天地之间还能有什么事？'"[3]天地之间的事即身边事，天地之间的人即普通百

---

[1] 王长华主编：《河北文学通史》第4卷（上），科学出版社，2010年，第192页。
[2] 尧璧山：《忆大山》，《长城》1997第3期。
[3] 铁凝：《山不在高——贾大山印象》，《长城》1997年第1期。

姓。由此可见,在贾大山的认知之中,对普通百姓日常生活的关注就是摸准时代脉搏的要义,辐射到文学创作的观念上,则是普通百姓应该成为文学创作的源泉和主体。实际上贾大山的确以踏踏实实的创作实践将普通百姓日常生活中的喜怒哀乐融注于笔端,真实而有深度地反映了当代中国相当长一段时期内普通百姓的生存状况和时代风貌。

贾大山小说中对普通百姓日常生活的凝视和关注跨越了中国当代社会的重要历史时期,从新中国成立初期、"文化大革命"期间乃至新时期初始阶段,饱含着深切的关怀,贾大山在小说中展示了他目光所及的民生百态。

贾大山是在"文化大革命"结束之后登上文坛的,作为中国特殊历史时期的亲历者,贾大山首先在《梦庄记事》的一系列作品中讲述了一群普通中国人在刚刚逝去时代的生活故事。"梦庄"是贾大山小说中所营造的一个特定地理生活空间,"梦庄"同时也是中国乡土农村的一个缩影,生活于梦庄中的人一如中国其他乡村中的芸芸众生,他们普通平凡一生的起伏既维系于偶然的命运,更维系于社会环境的发展变化,在特定时代波谲云诡的政治风云中,梦庄人的日常生活笼罩着沉重的苦难阴影,梦庄的历史由此也具有了浓厚的悲剧性。知青点的队长是一个宠爱女儿的慈父,然而谁能想到小女孩最后却死在了队长手里,原因是队长收工回家时看见小闺女在偷吃媳妇从地里偷偷拿回来的一把花生,一巴掌打过去,不曾想花生卡住了小女孩的气管(《花生》);不可预知的死亡遭遇荒诞的时代,民间百

第四章 民族与人民：中国共产党艺术主张的践行

姓的生活愈加艰难困苦。20世纪60年代初，由于饥饿，杏花的母亲将杏花嫁给了没有任何感情基础的二淘，来换取几袋胡萝卜，母亲对杏花所说的话语是"好闺女，别哭了，就这么定了吧！这年头，肚子要紧呀，一晃就是一辈子"(《杏花》)：爱情在沧桑的时代背景中变成了奢侈而无望的存在。

"文化大革命"结束后，中国进入了轰轰烈烈的改革时代，随着经济的快速增长和新旧观念的不断交锋，普通百姓的生活状态和精神世界也发生了重大变化，对时代发展变化具有强烈敏锐感的贾大山同样将这一时期的百姓生活熔铸于小说的讲述。在新的时代中，百姓们观察、思考生活的视角较之以往呈现了明显的不同，《午休》就是其中的一个缩影。《午休》中养貂户秦老八家遭遇一场意外，刚刚生产完的母貂被黄大令打雀的枪声惊吓吃掉了自己的幼崽，原生产队队长秦琼借机怂恿秦老八去找他的政治对头黄大令打架，然而"文化大革命"中所形成的"互斗""盲从"的思维方式已经在新的时代氛围中慢慢消解，秦老八经过冷静思考之后将秦琼推出了门外，并客气地告诫有这个闲工夫还不如养几窝兔子改善改善生活。《午休》的出现昭示着80年代中国普通百姓的整体生活走向了务实和自主。与此同时新时代也改变了百姓们谋生的方式，从封闭的乡村走向开放的市场环境，普通人在时代的洗礼中受到了考验。栓虎是"我"在乡下教书时认识的一个伶俐少年，极为腼腆，然而若干年后"我"再见栓虎时，他的性格中增添了许多成熟和豁达，已经能够带领乡亲们在闹市里轻车熟路地卖瓜果、卖鞭炮(《栓虎》)。

红色传承视阈中的河北文学研究

　　对20世纪80年代普通百姓日常生活进行描绘的作品从数量上而言占据了贾大山小说中的很大一部分,在每一篇中贾大山几乎都是以散点方式对百姓生活的局部状态进行透视,或家长里短的碎叨琐事(《电表》),或社会身份改变而产生的人情感悟(《友情》),或难以言说的家庭无奈(《书橱》)……在每一个散点故事的讲述中,贾大山无疑倾注了充沛的理解和透彻的体悟,由此这些散点生活故事构成了一幅深刻而丰富的80年代中国百姓生活图景。

　　在贾大山的生命历程中,中国的政治跌宕起伏,百姓们的生活状态也随之起起落落,因此贾大山对百姓生活的关注必然导向对政治的思考。贾大山对政治的思考是以忧患为底色的,他忧黎民之艰辛,更时常呼吁"治国有常,而利民为本"。发表于1977年《河北文学》后被《人民文学》转载的《取经》是贾大山对政治思考的第一篇作品。《取经》描写的是20世纪70年代"文化大革命"结束之后基层农村干部的故事,在农田基本建设大会上,李黑牛介绍经验时引起另一位基层干部王清智的脸红,王清智脸红的原因在于"我这人善于务虚,人家黑牛善于务实"。"虚"与"实"是王清智的自我反思,也是贾大山关于基层干部工作作风的深刻思索:"虚"是明哲保身的唯上为尊,"实"是脚踏实地地以民为本,"虚"与"实"并非一味对立,但是一旦发生冲突,如何在"虚"与"实"之间进行选择将关乎民之生、国之盛。

　　继《取经》之后,贾大山又创作了一系列思索政治的优秀作品,例如《三识宋默林》,宋默林是一位普通的农村干部,在新中

第四章 民族与人民：中国共产党艺术主张的践行

国成立后的一段特殊时期中，由于上级好大喜功谎报灾情导致老百姓整天吃榆树叶团子，宋默林仗义执言而被戴上了种种帽子，尽管如此，宋默林依然要说出普通老百姓生存的真实状态，即使被造反派们在舌头上扎两根纳鞋底的大针也不改口。宋默林"虽然反动，但确是事实"的话惊了一部分人，却赢得百姓们的心，平反之后百姓们一致拥戴宋默林继续担任支部书记的职务。在《三识宋默林》中贾大山不仅讲述了一个"受冤—平反"党的干部的故事，更多的是借宋默林之口提出了对"社会主义""资本主义"这样宏大命题的思索，"在垄沟上点豆子，你看见了，是资本主义；生产队在沙滩上种二亩扫帚苗，是资本主义；社员们喂鸡、喂羊、喂兔子，更是资本主义。一句话，凡是对老百姓有好处的事情都是资本主义；凡是让老百姓挨饿受冻的事情才是社会主义。如今的社会主义好比宋庄的西瓜，转了种儿了……"这些话语不仅在当时振聋发聩，今天读来依然具有深刻的警醒意义，对社会主义建设而言，如果脱离"为老百姓谋福"的基本原则，那么一切都将是无源之水、无本之木。

再如在《瞬息之间》中，贾大山刻画了一个"变色龙"式的基层干部——老孙的形象，历经了荒谬的极"左"路线之后，老孙本来写了一篇名为《极左批不倒，人民吃不饱》的发言，但他偶然从在县委当秘书的女儿那里看到县委书记的讲话——《大批促大干，大干促大变》之后，为了迎合领导意图，马上转换了自己的思路，改写发言稿，后来女儿告知那是县委书记过时的讲稿，老孙只好把改过的讲话稿又改回去。在这"二改"的闹剧中,浓厚的官僚主义气息跃然纸上,显示了贾大山对某些沉疴旧病的深刻剖析和敏锐警觉。

对于政治范畴内的干群关系,贾大山也进行了深刻思索,《鼾声》《劳姐》就是这类小说的代表作品。在《鼾声》中贾大山讲述了田大伯奇怪的鼾声故事:田大伯勤劳、淳朴、忠厚、善良,但是有一个睡觉打鼾的毛病,当农村政策发生偏差时,他的鼾声"赶"走过不少在他家住宿的干部;当党对既往失误政策进行反省和纠偏时,田大伯就会善待到村里工作的干部,鼾声也会消失得无影无踪。田大伯的鼾声是否存在,取决于他的睡觉姿势,更取决于他对政策的好恶感受。《鼾声》通过讲述普通老农与干部之间戏剧性交往的故事,说明了影响干群关系好坏的关键因素在于政策是否顺乎民意。《劳姐》则将干群关系置放于复杂的人性维度中考量。劳姐是一位普通的农村大娘,新中国成立初期面对下乡干部劳姐热情相待,后来在大跃进时代劳姐去找公社主任老杜反映村里的困难,老杜避而不见伤了劳姐的心,劳姐与下乡干部的关系开始变得疏离。然而"文化大革命"期间造反派们欲将老杜置于死地,劳姐却用善意的谎言保护了他,劳姐的想法很单纯,"共产党起事,扎根立苗就有老杜。他不好,兴老百姓骂他,不兴他们害苦他"。出乎意料的是,新时期老杜官复原职下乡调查时,劳姐却没有留宿老杜。复杂纠结的人性汇合风云变幻的时局碰撞生成了《劳姐》中特殊、耐人寻味的干群故事。

贾大山关于政治的思索并没有随着特殊时代的结束而停

第四章 民族与人民：中国共产党艺术主张的践行

止，进入新时期贾大山对关乎国计民生的政策、现象也给予了热忱的关注，例如《飞机场》中通过大娘们和王掌柜的牢骚，贾大山将农村承包责任制和城市个体经营实施过程中的一些典型问题呈现在读者的面前，例如农村的劳动力过剩、脱贫致富中的急功近利、干部对个体经营者的揩油等。在轰轰烈烈的改革浪潮中，贾大山以直面现实的勇气尖锐地直指改革过程中的问题与不足无疑是令人尊敬的。

诚然，政治对于百姓生活的影响是直接而有力的，然而"文艺创作如果只是单纯记述现状、原始展示丑恶，而没有对光明的歌颂、对理想的抒发、对道德的引导，就不能鼓舞人民前进。应该用现实主义精神和浪漫主义情怀观照现实生活，用光明驱散黑暗，用美善战胜丑恶，让人们看到美好、看到希望、看到梦想就在前方"[①]。在文学创作中，"文学—政治"对话模式最理想的状态也应该如此。文学"最基本的推动力就是改善人生，把人类生活提高到至善至美的境界的那种热切的向往和崇高的理想"[②]。政治"所关注的是人人会问的那些事情的真理"，"这些问题都是从人在社会中的实际生存处境之中提出来的"。[③]文学和政治结合的终点和理想的归属应该是在以人为本的基础上共谋人类的美好生活，在殊途同归之后共建一种趋善的生

[①] 习近平：《在文艺工作座谈会上的讲话》，《人民日报》2015年10月15日。
[②] 钱谷融：《当代文艺问题十讲》，复旦大学出版社，2004年，第87页。
[③] [美]沃格林：《没有约束的现代性》，张新樟、刘景联译，华东师范大学出版社，2007年，第22页。

活秩序,具体落实到文学作品上则应该在是作品中呈现批判与建设共生、忧思与豁达兼具的特征,贾大山小说中"文学—政治"的对话模式从整体上而言就走向了这一方向。例如在《三识宋默林》中,宋默林几经沉浮的政治生涯使他体味到了生活的至苦,然而当新时代到来的时候他依然会奋不顾身地投入社会建设。宋默林是贾大山所塑造的理想的基层干部形象,彻悟中透着乐观,坚强而又不失变通。小说最后定格于雪花漫天飞舞的时候,宋默林的眼中却饱含着希望,他憧憬和展望着村庄中越冬小麦的丰收,这一瞬间也温暖了读者的心扉。再如《劳姐》那个饶有意味的结尾:老杜在沉默之后理解了劳姐的感受,也更为透彻地体悟到鱼水情深的和谐干群关系应该如何营建,往者已逝、来者犹可追,老杜坚定地迈向前方的脚步给了"我"一份信心,也预示着未来干群关系将会出现的理想状态。

除了政治政策因素之外,贾大山还试图探究造成普通百姓生活苦难的深层次悲剧原因。如果说社会历史环境是造成人物生活悲剧的外在因素,那么贾大山小说更多时候则试图挖掘特定历史环境中人物的精神世界,从而在人物的内在精神世界与外在社会环境的碰撞交汇中理性诠释历史悲剧的发生。"人本质上是一种意识形态的动物"[①],不论是显在的或是隐在的社

[①] [法]阿尔都塞:《意识形态和意识形态的国家机器》,载[斯洛文尼亚]斯拉沃热·齐泽克等:《图绘意识形态》,方杰译,南京大学出版社,2002年,第169页。

第四章　民族与人民：中国共产党艺术主张的践行

会意识形态都会广泛深刻地影响人们的生活、思维和言行，贾大山敏锐地捕捉到政治意识形态在特殊的历史时代对普通人的深刻影响，它规范、制约着人们的行为方式和思维走向，由于特殊时代政治意识形态的非理性，置身其中的普通人日常生活的行为方式和思维方式也就产生了非常规性。例如队长因为女儿偷吃了队里的几粒花生，失手打死了她，然而失女之痛却难抵失职的恐慌，一连几天他像疯了一样猛吼，"我瞒产呀！""我私分呀！"(《花生》)

除了政治意识形态，贾大山还敏锐地意识到传统文化无意识对普通百姓日常生活的深刻影响。文化无意识是特定文化群体的无意识心理，是一种心理常规和实践定规，是在某种特定场合不假思索地做出价值判断和行为取舍。[1]文化无意识会塑造一个民族的文化性格，也会影响人们的日常生活、思维方式和行为习惯，而文化无意识又是具有局限性的，即文化某些层面的劣根性会导致民族性格和民众行为方式的滞后偏激，贾大山小说对此进行了深刻的揭示。例如《丑大嫂》讲述的是在传统偏见裹挟下的集体荒诞故事。左眼有个"萝卜花"的祁大嫂面容清秀，祁大嫂邋遢、不喜打扮的时候，村里人亲切地称呼她"丑大嫂"，认为朴素的她是妇女们的楷模，家里外出务工的丈夫也放心。突然有一天祁大嫂得到了一副茶色眼镜，生性爱美的她精心装扮自己，戴着茶色眼镜出现在梦庄人面前，却引

---

[1] 参见李述一：《文化无意识——一种新的精神领域的研究报告》，《哲学研究》1998年第2期。

起了轩然大波,梦庄人纷纷说丑大嫂变坏了。丑大嫂为了做好大家眼中的好媳妇,只好对外宣称已经摔碎了眼镜,但是夜深无人的时候仍然会偷偷拿出来戴。荒谬的世俗评判不仅扭曲了普通人对美的真正感受力,也扭曲了自然的人性发展。再如《俊姑娘》讲述了传统偏见所导致的集体隐性恶的现象。玲玲因为长得俊所以初到梦庄的时候深受男女老少的喜爱,然而不久之后玲玲姑娘爱清洁的生活习惯、喜欢音乐的爱好、婀娜的走路姿势等都造成梦庄人的不安,并渐渐为他们所不容。他们给玲玲起了四个绰号——"小白鞋""水蛇腰""多米索""六分半",他们拒绝玲玲的入团申请,于是玲玲性格开始出现变化并自暴自弃。直到玲玲参加集体劳动严重砸伤了腿并有可能变拐之后,人们重新评价玲玲认为这是一个难得的人尖子,推选"五好社员"时候大家一致同意推选玲玲。然而颇有戏剧意味的是,当一个老者提出问题:"如果玲玲出院后没有变拐怎么办?"梦庄人又陷入了集体的沉默。

总之,通过诸多故事的讲述,贾大山小说将读者导向了一个深刻话题的思索,即在现代化进程中如何才能彻底消除传统文化的消极影响,进而为百姓生活提供健康美好的文化环境。

在对百姓现实生活进行记录和叩问的同时,贾大山还试图通过文学的形式去描绘一个理想的民间生活世界,在这样的世界里寄托了作家向真、向善、向美的愿望。在20世纪中国文学中,很多作家的作品中都出现了关于民间理想生活的想象,例如20世纪20年代的周作人、林语堂,三四十年代的废名、沈从

第四章 民族与人民:中国共产党艺术主张的践行

文,再至80年代的汪曾祺、贾平凹等。他们关于民间理想生活的想象更多时候是与追忆相连的,在对现代物质文明社会中的生活状态进行思考和质疑之后,作家转而追忆曾经历过的、简单朴素的生活状态(大部分特指乡村),并且有意或无意地对这种简单朴素的生活状态进行过滤、提纯,创造一个美丽纯净、淳朴自然的民间理想世界,一如沈从文笔下的边城,这样理想的民间生活更像是远避现代物质文明社会种种纷扰的世外桃源。相对于上述作家而言,贾大山小说中理想的民间世界则具有了别样的内涵,贾大山笔下理想的民间生活世界并不是一个封闭存在,而是一个与现代物质文明社会相连的开放场域。在封闭的环境中,外在的氛围必将会成为理想民间生活世界形成的基础条件,因为只有淳朴的环境才会滋生美好的人性,而在开放流动的活动场域中,人的自我能动性则占据了重要位置,因此在贾大山关于民间生活的想象中,理想人格是理想民间生活世界的形成基础,"普通人在寻求自由、争取自由过程中所表现开朗、健康、热烈,并富于强烈的生命力冲动"[1],推动了一种理想的、敞开式民间生活世界的出现。

贾大山小说中所塑造的理想人格的主体都是普通人,他们的职业不同、身份各异,却在普通的日常生活中共同彰显了人性之美、人性之善。在《花市》中,20岁出头的卖花姑娘蒋小玉细眉细眼,爱笑,会谈生意。花市上农村老大爷和年

---

[1] 陈思和、何清:《理想主义与民间立场》,《中山大学学报(社会科学版)》1999年第5期。

轻干部同时看上了蒋小玉的一盘令箭荷花,咄咄逼人的年轻干部想买花送给上级祝贺生日,憨厚的老大爷则真心爱花,蒋小玉最后将花低价卖给了老大爷。面对气急败坏的年轻干部,蒋小玉丝毫没有畏惧,反而自报家门地调侃起来:"我叫蒋小玉,南关的,我们支书叫蒋大河,还问我们治保主任是谁吗?"卖花姑娘的满身正气似一阵清风涤荡着读者的心灵。傅老师是民间的一位书法家(《傅老师》),他的书法在当地很有名气,作品甚至被邻国收藏。他的字好求又难求,对真心欣赏的人,傅老师有求必应不计报酬;对别有所图拿字换利益的人,傅老师是一个字也不送。傅老师高洁的人品如同他的字一样怡心养神。《小果》中的小果是一个有主见的农村姑娘,大槐和清明同时喜欢上了小果,小果最终选择了与她有共同话语的清明,大槐因此沮丧失落。为了不刺激大槐,小果决定等大槐谈了恋爱之后再结婚,爱情在这里没有缠绵的情欲纠结,只有纯善与美好。

除了上述的蒋小玉、傅老师和小果,贾大山还塑造了一系列美好的形象,例如善良憨厚的树满和小芬(《定婚》)、正直泼辣的香菊嫂(《香菊嫂》)、心地高洁的文霄夫妇(《"容膝"》)、爽朗热情的干姐(《干姐》)……这些人物形象似清新自然的风,为贾大山的民间生活想象奠定了至纯至美的底色,正如作家自己所言:"人们都追求美好的事物,我们的文艺就是要以美感来影响人,我的文艺观不是首先从书本里学到的,而是生活实践和农民教给我的。我听农民说'说书唱戏是教人学好的',我理解

第四章 民族与人民：中国共产党艺术主张的践行

这个'好'就是要人追求心灵美、道德美。"[①]

美好的理想人格构筑了贾大山小说中民间理想生活的基础，并且拥有这种理想人格的人物往往生活在开放的、流动的场域中，因此他们的形象便具有了鲜明的时代性和浓郁的烟火气，他们善良而不迂腐，他们传统而不固化，他们能够随着不同时代的要求而不断发展完善自我。例如，《傅老师》中的大和尚称赞傅老师是心如止水、六根清净的民间艺术家，街坊邻居也评价傅老师是有求必应、言必信行必果的厚道人。然而傅老师的心中也时时揣着一笔是非账，对别有用心的求字人他会用自己的方式来周旋，既不太扫人颜面又能坚守自己的立场。再如，《栓虎》中的栓虎是"我"在乡下教书时认识的一个伶俐少年，家境贫困，要强好胜，若干年后"我"再见栓虎时，栓虎已经成长为有想法、有担当的农村干部，性格中也增添了许多成熟和豁达，他带领乡亲们建果园、搞副业，甚至一扫少年时不愿意卖东西的腼腆，在闹市里轻车熟路地与乡亲一起卖瓜果、卖鞭炮。除了独善其身，贾大山笔下的理想人物还能够以自身美好的人格魅力影响着周围的人，改变其生活态度和精神走向。例如，年轻的农村妇女于淑兰是"我"下乡时结识的干姐，干姐虽然喜欢说粗话，但是冰清玉洁、品行端正，她希望"我"能够心无旁骛地学文化，干姐的品行影响着"我"，最终"我"凭着出色的二胡弹奏走出了农村，而干姐的叮嘱也成为"我"生命中的重要

[①] 周哲民：《从贾大山小说谈农村题材创作问题——在贾大山创作研讨会上的发言》，《河北文艺》1981年第2期。

动力(《干姐》)。再如,憨厚善良的树满为了能够让哥哥早日娶上媳妇,主动放弃了家庭的财产继承权,树满的善良感动了恋人小芬,小芬在放弃财产的字据上签了自己的名字,后来嫂子却将字据剪成鞋样送给了小芬(《定婚》)。美好的理想人格在贾大山的小说中往往会形成一个强大的气场,它不断向周遭辐射人性之美的光辉,进而影响和提升他人的精神境界,最后创建一个美好、和谐、安宁的理想民间生活世界。

从美好的个体理想人格至周遭,至国家,乃至天下,贾大山小说勾勒了理想民间生活世界的形成轨迹。贾大山小说中理想的民间生活世界是以善和美为底色的清平世界,在这样的世界里"到处飘着槐花儿的清香,天上的月亮也圆圆的"[1],"河水镜子一般明净,天上的星星撒满一河"[2],在这样的世界里充满了仁义、祥和、安宁和关爱。例如《中秋节》中淑贞和丈夫之间发生的暖心故事,中秋节淑贞将仅有的一斤月饼送给了婆婆,只能用红枣和几个石榴哄小儿子冬冬过节,后来在丈夫春生的坚持下又买了几块月饼,为了能够让对方安心吃上难得的月饼,夫妻之间相互说着善意的谎言,夫妻恩爱、家庭和睦的氛围暖了中秋的月,也暖了读者的心。再如《水仙》中我和小丁之间美好的交往故事,"我"和知名企业家小丁成为文友,"我"们之

---

[1] 贾大山著,康志刚编:《贾大山文学作品全集》,花山文艺出版社,2014年,第281页。

[2] 贾大山著,康志刚编:《贾大山文学作品全集》,花山文艺出版社,2014年,第935页。

第四章 民族与人民：中国共产党艺术主张的践行

间的交往愉悦纯粹，不掺杂利益和欲望的交换，纯净的友情如同窗台上那盆清丽动人的水仙花。还有《游戏》中两个退休老袁之间发生的耐人寻味的故事，两个退休的老袁是邻居，北院局长退休的老袁家里有一台彩色电视，南院工人退休的老袁家里有一台黑白电视，南院老袁喜欢到北院去看彩色电视，于是北院老袁和南院老袁玩起了"请示—批示"看电视的游戏，游戏玩倦了南院老袁自己买了一台彩色电视，北院老袁因此很沮丧，为了让老朋友再高兴起来，南院老袁又陪他玩了一次"请示—批示"游戏，北院老袁潸然泪下从此不再玩那个游戏，和南院老袁也言归于好，情同莫逆，包容和善良化解了两个朋友之间的隔阂，也消融了退休局长的虚荣心，留下的是坦荡相对的人间真情世界。当然贾大山小说中所构建的理想民间生活世界，并不是无源之水、无本之木，它是在一定现实基础之上对于未来的想象，它是作家在虚与实之间对百姓生活向善向美的可能性期盼。

在20世纪80年代的中国文坛上，现代主义是一个流行的时髦话题，而在关于古典或者现代的艺术选择上，贾大山更倾向于古典。王安忆曾如此评价贾大山："他以农民式的狡黠，表达了他对半生不熟的现代小说观念的怀疑"，"坚守着他一直最遵守的经典叙述原则"，[1]对民族文学传统的自觉传承使得贾大山小说续接了中国传统文学的艺术血脉和艺术思维方式，而

---

[1] 转引自高昌：《怀赤子之心，响天籁之音——贾大山散论》，《当代作家评论》2014年第2期。

这种续接也使得贾大山小说在20世纪八九十年代小说整体写作追求西化的浪潮中显得如此独特。贾大山小说古典化的特征主要体现在三方面：①运用大量的白描技法；②呈现出简洁的语言风格；③传统精神神韵的融贯其间。

首先，在人物形象塑造方面贾大山采用了大量的白描技法。茅盾在论及中国小说人物形象塑造的民族特点时，认为"可用下面一句话来概括，粗线条的勾勒和工笔的细描相结合"[①]。粗线条的勾勒是通过简洁有力的笔调叙述故事、表现人物形象，这种粗线条的勾勒即白描。白描是贾大山小说塑造人物形象的基本形式，他笔下的人物很少出现大量心理渲染，更多的是具体形象的直接描写，即在简短有力的叙述中形象呼之而出。例如《午休》中的秦老八面对着秦琼的挑唆，贾大山用简短的语言描写传神地勾勒了秦老八的神态变化："秦老八吸了几口凉气，依然没有行动。他点着一支烟，慢慢吸着，两道灰白长眉一松一紧地四下张望"，"天上地上看了一回，他的目光落在秦琼的脚上"，看似平静的外表之下隐藏着人物惊涛骇浪的内心起伏；在故事的结尾处，"秦老八站住了，轻轻一推，把他推出去。他一回身，秦老八的身子已经挡住那半开半掩的栅栏街门。他瞅着他的脚，细细研究了一会儿，摇头一笑，客客气气地说：'滚蛋吧，有这闲工夫，你喂两窝小兔，弄个钱，把这两只鞋换换不好？'"秦老八沉稳、狡黠、务实的性格通过寥寥数笔的白

[①]《漫谈文学的民族形式》，载《茅盾评论文集》（上），人民出版社，1978年，第291页。

第四章 民族与人民:中国共产党艺术主张的践行

描勾勒传神地呈现出来。

贾大山小说古典化叙述的第二个表现是简洁的语言创作风格。"简洁"是中国古典传统短篇小说创作备受推崇的品格,贾大山的小说大多只有几千字,很少有超过万字的,在有限的篇幅中贾大山去粉饰、存真意、不卖弄,远离繁缛秾丽,以简洁的语言风格营造了"天然去雕饰"的艺术审美效果。例如,林掌柜是贾大山小说中所塑造的个性鲜明的人物,"林掌柜五十来岁,长得方脸方口,硕大的鼻头也是方的。夏天,一条黑布裤子,一件白布褂子,总是刮洗得光头净脸;冬天,灰灰棉袍,豆包靴头,一顶帽壳。他给人的印象:方方正正,干干净净,和和气气"(《林掌柜》)。虽然贾大山对林掌柜的外貌介绍只有不足百字,但是读者在凝练简洁的语言概括中依然会对林掌柜的形象特征有鲜明的认知。

在情节叙述和人物对白中,贾大山仍然遵循着惜墨如金的创作原则,例如林掌柜与无赖杨跛子之间的交锋场面:

>他拿起一双鞋,朝柜台上一扔:
>"铡一双看看!"
>林掌柜望着他,笑而不语。
>"不敢铡?"
>"敢铡。"
>"不敢铡就不是好货!"
>"这么着吧,爷儿们!"林掌柜拿起那双鞋,一面用纸包

着,一面笑着说,"这双鞋,拿去穿,钱不忙给;鞋底磨通了,鞋帮穿烂了,好货赖货一看便知。"话也柔和,手也利落,话说完了,鞋也包好了,朝他怀里轻轻一扔,"别客气爷儿们,拿着,穿坏了再来拿!"

两次不同的"扔",两次不同的"笑",杨跛子的无理取闹、林掌柜不卑不亢的应对情节,人物的性情和神韵等在寥寥数语中都得到了生动传神的展示。

如果说白描的人物塑造、简洁的叙述语言是贾大山小说对中国古典传统小说创作方法的传承,那么贾大山在这种形似之外更追求一种神通,即在作品中贾大山会将中国文化思想中一以贯之的精神神韵灌注其间,这种精神神韵不是贾大山强贴于作品之中的,它是内化于贾大山的生命情感之后诉诸作品的,它使得贾大山的小说从内在精神脉动上构成了对中国古典传统小说精魂的对应与传承。徐复观先生言及:"中国文化中的艺术精神,穷究到底,只有孔子和庄子所显出的两个典型。"[①]而这两种精神传统对贾大山小说的创作都具有深刻的影响。儒家精神传统对贾大山创作的影响是使其作品中蕴涵着强烈的现实忧患意识,前文所分析的贾大山大部分小说中皆有这种意识;道家精神传统对贾大山创作的影响是使其部分作品中出现了清静虚涵、旷达超脱的道家风韵,这类作品主要包括《"容

---

① 徐复观:《中国艺术精神》,春风文艺出版社,1987年,第1页。

第四章 民族与人民：中国共产党艺术主张的践行

膝"》《莲池老人》《钟声》等。《"容膝"》中的文霄夫妇经营一家"四宝斋"，出售文房四宝、名人字画、泥塑陶器和玉雕古玩等，他们做买卖与众不同，他们卖"容膝"拓片不卖给贪心之人、有怨气之人，只卖给安心之人，即"大觉人"。老甘就是文霄夫妇眼中的"大觉人"，安居于茅屋之中，屋前垂柳屋后菜畦，安闲快活地过日子，然而老甘又并非与世隔绝、不食烟火，他也会操心卖掉自家又脆又甜的绿萝卜。《"容膝"》中的文霄夫妇和老甘都是贾大山所欣赏和赞颂的对象，他们都是极为洒脱之人，以平常心度日，爱其所当爱，求其所当求。《莲池老人》中的莲池老人亦是如此，莲池老人每月拿着菲薄的工资看守唐代钟楼，但是依然自得其乐，种一畦萝卜、白菜、大葱，一日素朴的三餐，在简单充实的日子里莲池老人参悟了世事百态，在莲池老人身上体现了透彻达观的生命状态。儒道精神传统在贾大山小说中的并生并存，使得贾大山小说从整体上而言呈现出非常独特的风格品貌，其既具有强烈的现实参与性，又蕴含着旷达虚静之神采；既具有浓烈的民本气息，又流露了清高孤傲的文人志趣。看似相异相反的特点实际上都是贾大山对中国古典文学精神的继承和发展。

总之，无论是从外在的创作方法还是内在的精神神韵上看，贾大山的小说都呈现了与中国古典小说紧密的血脉相连之感。当然在倾向古典的同时贾大山并没有排斥现代文学传统，他也会将现代文学传统中的某些因子吸纳于小说的创作。曾有评论者敏锐地指出贾大山小说与现代乡土小说，尤其是"荷花淀派"和"山药蛋派"之间的传承关系,"在他身上,也确实较多地保留了他的前辈们看取生活的角度和眼光,美学趣味和艺术形式"①。孙犁式的清淡、赵树理式的质朴在贾大山的小说中都得到了承续,甚至他们作品中的某些特质在贾大山那里又得到了新的发展,例如幽默,幽默是赵树理小说创作的重要特点,幽默在赵树理小说中的具体表现并不是含泪的微笑,也不是圆滑的无聊,而是一种积极粗犷的乡土精神的外化呈现。同样从田间地头走出来的贾大山一如前辈那样捕捉到了乡土气息中浓厚的幽默情趣,但是与前辈不同的是,贾大山的幽默中又增添了几分狡黠的机智,从而形成了独特的贾大山式幽默。现实生活中的贾大山是一个极为机智之人,汪曾祺曾对贾大山的情操风采极为赏识,并赠其对联一副:"神似东方朔,家傍西柏坡。"机智风趣的个人魅力辐射于文学创作同样会带来赏心怡情的审美效果。例如《莲池老人》中莲池老人不买电视的理由不禁令人会心一笑,"钱凑手的时候,买一台看看,那是我玩它;要是为了买它,借债还债,那就是它玩我了"。另外在贾大山小说中还出现了大量的正定乡土语言和乡土风俗描绘,例如,"嗓子野"(《"容膝"》)、"吃'苦累'"(《会上树的姑娘》)、"小灯棍"(《电表》)、"寡得慌"(《阴影》)、"吃得穿得不噶古(《离婚》)"等,浓郁的冀中风情的出现是贾大山对中国现代乡土小说写作传统进行承续后的补充,它使得中国乡土小说写作的地理版图渐

---

① 雷达:《乡土写实小说的新境界——从〈取经〉到〈梦庄记事〉》,《长城》1990第1期。

第四章 民族与人民：中国共产党艺术主张的践行

趋丰富多彩。

1997年，贾大山不幸病逝。1998年，时任福建省委副书记习近平为怀念老友撰写了叙事散文《忆大山》，在深情回忆中习近平对昔日老友做出了这样的评价："用小说这种文学形式……让人们在潜移默化中去感悟人生，增强明辨是非、善恶、美丑的能力，更让人们看到光明和希望，对生活充满信心，对党和国家的前途充满信心。"[①]2014年10月15日，习近平总书记在文艺工作座谈会上发表了重要讲话（以下称为《讲话》），《讲话》为新时代中国文艺的发展指明了前进方向，"社会主义文艺，从本质上讲，就是人民的文艺……文艺要反映好人民心声，就要坚持为人民服务、为社会主义服务这个根本方向"，并且在《讲话》中再次提及贾大山这位老友，"我在河北正定工作时结识的作家贾大山，也是一位热爱人民的作家"，"他给我印象最深的就是忧国忧民情怀"。[②]从1973年的雏鹰初啼至1997年的遗作问世，在断断续续的24年创作生涯里，贾大山用缓慢的脚步去丈量生活，用真诚的心灵去体悟生活，在人生和社会历史的断想中饱蕴着忧国忧民情怀，或爱或憎、或嬉笑或怒骂、或见闻或思索、或温暖或深刻，因此当"一切有抱负、有追求的文艺工作者都应该追随人民脚步，走出方寸天地，阅尽大千世界，让自己

[①] 习近平：《忆大山》，《当代人》1998年第7期（《光明日报》2014年1月13日全文转载）。

[②] 习近平：《在文艺工作座谈会上的讲话》，《人民日报》2015年10月15日。

的心永远随着人民的心而跳动"①的认知逐渐成为新时代的创作共识时,重温贾大山的小说既是一种缅怀,也是一种启迪。

第三节 铁凝:日常生活的掘金者

1974年铁凝发表了短篇小说《会飞的镰刀》,从此开始登上文坛。其后,随着1982年的短篇小说《哦,香雪》、1983年的中篇小说《没有纽扣的红衬衫》、1986年的中篇小说《麦秸垛》、1988年的中篇小说《棉花垛》、1988年的长篇小说《玫瑰门》、2000年的长篇小说《大浴女》、2006年的长篇小说《笨花》等重要作品的相继问世,铁凝逐渐成长为当代文坛上不容忽视的重要作家。然而如果放在当代文学史更广阔的视野之中去考察,就会发现很难将铁凝与哪个鲜明的流派或者潮流归拢在一起,她"自始至终拒绝各种意义上的'集体写作',她是坚持'个人写作'的典范之一"②。她具有自己的写作追求和审美旨归,对日常生活进行关注与叙述是铁凝小说一以贯之的写作要旨和兴趣所在,几乎所有作品对日常叙事都有涉及,正如她自己所言那般,"毕竟生活是不朽的,当我们把对生活不知疲倦的热情,

---

① 习近平:《在中国文联十大、中国作协九大开幕式上的讲话》,《人民日报》2016年12月1日。
② 陈超:《铁凝人生小品代序·写作者的魅力》,载铁凝:《铁凝人生小品》,花山文艺出版社,1999年,第1页。

第四章 民族与人民：中国共产党艺术主张的践行

注入笔下对世相的追问时，作者笔下的活力和感染力就会燃烧起来"[①]。"所谓的日常生活，就是通常说的'过日子'，指社会最基础的层面，包括衣食住行、饮食男女等以个体的肉体生命延续为宗旨的生活资料的获取与消费活动；包括杂谈闲聊、礼尚往来等以日常语言为媒介，以血缘关系和天然情感为基础的交往活动；还包括伴随着以上两种活动和其他日常物质活动的日常观念活动；等等"[②]，日常生活的范畴很广阔，选择怎样的视角来描绘和表现日常生活关乎作家的写作立场。

自20世纪90年代以来，日常生活叙事成为很多作家的创作选择，其中有相当一部分作家关注日常生活的整齐划一、沉闷无聊和流水般的重复，典型当如"新写实小说"中的那些灰色小人物的平庸乏味的灰色人生状态。在铁凝的小说中，日常生活也呈现出时间上的循环往复性，但是日复一日的时空中所填充的并不是平庸、沉闷、琐碎和悲哀，而是人间的烟火、生活的暖意，平凡中的诗意与情趣。在由点滴细节所构成的绵延的生活溪流中，铁凝着意书写的是日常生活中所呈现的美好与善良，日常生活在铁凝小说中不是单纯的描摹对象，而是一种浸润着情感的审美对象。正如雷达曾评价的那样："铁凝是把生活的'块垒'抱在怀里，用自己的'心'溶解成'情'这种流水般、月光般的东西，再凝结成自己的小说；……她喜欢把诗歌、散文

[①] 铁凝：《优秀的作品是一个民族的灵魂乳汁》，《文汇报》2017年第5期。

[②] 衣俊卿：《文化哲学十五讲》，北京大学出版社，2004年，第256页。

的因素融化在小说形成一幅幅意境深邃的画面；……她不长于冷静的客观描写而偏重于主观感受的诗意抒发；我们还看到她不善于写政治、经济内容浓厚的现实关系，而善于写道德和情感范畴的微小波澜。"[1]具体而言，铁凝对于日常生活的书写主要呈现了以下三个特点：①日常诗意生活氛围的营建；②温善敦厚的日常人物塑造；③向真向善向美的日常故事演绎。

与前辈孙犁相似，铁凝总是以纯美、清丽、诗情昂扬的笔触去描绘北方城乡所特有的生活图景，衣食住行、劳作生产等生活内容在铁凝的小说中往往被描绘成一幅幅诗意盎然的风情画。例如，《孕妇和牛》中铁凝将孕妇和牛一起晚归的场景描绘成一幅饱含诗意的动人画卷：

> 孕妇和黑在平原上结伴而行，像两个相依为命的女人。黑身上释放出的气息使孕妇觉得温暖而可靠，她不住地抚摸它，它就拿脸蹭着她的手作为回报。孕妇和黑在平原上结伴而行，互相间检阅着，又好比两位检阅着平原的将军。天黑下去，牌楼固执地泛着模糊的白光，孕妇和黑已将它丢在了身后。她检阅着平原、星空，她检阅着远处的山近处的树，树上黑帽子般的鸟窝，还有嘈杂的集市，怀孕的母牛，陌生而俊秀的大字，她未来的婴儿，那婴儿的未来……

---

[1] 雷达：《蜕变与新潮》，中国文联出版社，1987年，第279页。

第四章　民族与人民：中国共产党艺术主张的践行

人和牛、天和地、自然和人文、现在和未来等都浑然和谐地浸润在寻常而温暖的景象之中，为日常生活附着上了迷人的神性光彩。

再如《麦秸垛》中铁凝将农村的集体劳作书写成饱含节日趣味的集体狂欢：

> 太阳很白，白得发黑。天空很艳，麦子黄了，原野骚动了。
>
> 一片片脊背亮在光天化日之下。男人女人们的腰们朝麦田深处弯下去，太阳味儿麦子味儿从麦垄里融融地升上来。镰刀嚓嚓地响着，麦子在身后倒下。

收割的季节充满了忙碌和辛劳，但是在铁凝笔下这场收割却洋溢着无比欢快的气息。灼人灿烂的太阳，成熟的麦子，使整个原野都"骚动"起来，"骚动"一词勾勒了大地之上收获者们内心所涌动的激情和亢奋，他们用镰刀嚓嚓地收割着大地对人类的馈赠，"太阳味儿麦子味儿从麦垄里融融地升上来"，这是一幅多么和谐而美好的画面！如同田野中的集体劳动一样，家居的个人劳作在铁凝笔下也是以愉悦为底色徐徐展开描绘的，例如《笨花》中向喜望着眼前的四蓬缯被褥，就会想起同艾以前织布时前仰后合、令他着迷的模样，"她身子弯下去，胳膊飘起来；身子直起来，胳膊又摆下去。她微晃着头，一副银耳环在昏暗的机房里闪闪烁烁"，利落勤劳的身影和灵动闪烁的银耳环成了一道美丽的画面,也成了悠长岁月中向喜的温馨回忆。

  日常生活的内容是琐碎而繁复的,而厨房无疑是中国人日常生活中非常重要的空间所在,厨房里透着浓重的烟火气,也承担着一日三餐的饮食重任。在铁凝的小说中厨房没有被赋予油腻的原特征,而是成为艺术的审美对象,厨房里辐射出的是生活情趣和人间温情。例如在《大浴女》中,铁凝描述了物质匮乏时代里几个女孩子围在蜂窝煤炉子旁边制作牛奶"小雪球"时的惊喜和享受:

  当她们脑袋挨着脑袋,守在蜂窝煤炉子旁边,眼看着那一勺儿一勺儿放进牛奶锅里的蛋白浆真的吸足牛奶变成一颗一颗"小雪球"时,她们激动得差不多快要哭了。她们觉得她们已经站在了一个新的起点,在这个起点上她们展示的已不再是小手艺,而是大艺术,大艺术。她们手持小勺儿,将那雪白的小雪球和着嫩黄的浓汁轻而又轻地放入口中,摊上舌面,让舌头承接它品味它;她们屏气凝神地咀嚼它琢磨它。她们对它有情有意,它也对她们有意有情。它染香了她们的嘴和肠胃,它的浓郁的滋味告诉她们,生活是可以这样美。

  "小雪球"在此处已经不仅仅是一种食物,而是幻化为美的象征物,平凡生活也由此被笼罩上了迷人的美的光彩。同样《三丑爷》中身为厨师的三丑爷也是欢乐的:

第四章 民族与人民:中国共产党艺术主张的践行

当穿着新布衣的乡人在礼拜堂内听山牧人布道时,三丑爷正系起淡蓝色围裙,站在和洋房相连的厨房内,将生猪肉挂在吊炉里烘烤。厨房门朝花墙大开着,人们可以闻到那烤肉的香味儿,还可以看见那挂在吊炉里的猪肉是怎样在松枝燃起的火苗上滋滋滴油。三丑爷不时将肉叉出,往上涂抹些什么再送进炉中。猪肉由生变熟,由浅色变成深色。

三丑爷将烘制食物的过程当成了艺术品的制作过程,他是快乐而投入的,因此他的食物也是好吃的。食物在这里不仅起到了果腹的功能,而且也成为一种仪式符号,承载着关于生活的期盼和热爱。总之,铁凝小说触及日常生活内容的方方面面,她用诗意的书写将平淡的日常生活氛围转化为纯美的情义温床,当然铁凝的这种转换并不是对现实日常生活的虚化或变形,而是在现实基础之上的提炼和升华,甚至从某种意义而言,也是民族心理在日常生活中的折射投影。中华民族文化心理中所存在的"勤劳"因子使劳作天然具有了欢快的成分,以食物作为情感表达媒介的文化传统使食物很多时候附着上了浓烈的温情,正如《大浴女》中从美国归来的尹小帆所见到的那般厨房景象:

她的二老她的姐姐在明亮温暖的家里簇拥着她,一股熟悉的香腻的排骨汤味儿直冲鼻腔,那是尹亦寻特意为她准备的煮馄饨的汤底儿。家人都知道尹小帆最爱吃馄饨。热腾腾的白汤馄饨端上来了,淡黄的虾皮,碧绿的葱花,带着蒜香的冬菜末儿,还有紫菜、香油,把一碗细嫩的馄饨衬托得光彩照人。

与诗意的日常生活氛围相匹配,铁凝还塑造了很多具有美好品德的人物形象,他们内心纯净、温暖、善良、向上,他们与日常的温暖生活构成了相得益彰的呼应,他们是铁凝小说中异常耀眼的存在,《哦,香雪》中的香雪、《笨花》中的向喜和同艾、《灶火的故事》中的灶火等是他们其中的代表者。香雪生活在台儿沟这个小山村里,小山村处于大山"深深的皱褶里,从春到夏,从秋到冬","大山任意给予的温存和粗暴"养育了一群率真而善良的姑娘们,她们渴望外面的世界,火车停靠台儿沟的一分钟给姑娘们带来了美好的憧憬和期盼,她们用山货与旅客们和和气气换来台儿沟少见的物件。香雪是姑娘们中做买卖最顺利的一个,"旅客们爱买她的货,因为她是那么信任地瞧着你,那洁如水晶的眼睛告诉你,站在车窗下的这个女孩子还不知道什么叫受骗"。香雪温柔和善,作为台儿沟唯一考上初中的姑娘,在公社中学她受到了同学们的奚落,同学们通过眼神、轻轻地笑及一遍又一遍的重复盘问来故意显示香雪的贫困,但是善良纯真的香雪每次都会友好、认真地回答。香雪对城市的文明充满了向往,她渴望能够学习知识、考上大学,她渴望拥有嗒嗒

第四章 民族与人民：中国共产党艺术主张的践行

作响的自动铅笔盒，然而当火车上的女学生执意将铅笔盒送给香雪时，她拒绝了，因为"台儿沟再穷，她也从没拿过别人的东西"，她打定主意将一篮子鸡蛋"猛然"塞到女学生的座位底下，"迅速离开了"。纯真、善良、自尊的香雪是台儿沟姑娘们的骄傲，也是她们知心的姐妹和亲密的伙伴。当火车拉走香雪，姑娘们黑夜里沿着火车轨道找寻香雪，香雪与她们会合后，"山谷里突然爆发了姑娘们欢乐的呐喊。她们叫着香雪的名字，声音是那样奔放、热烈；她们笑着，笑得是那样不加掩饰，无所顾忌。古老的群山终于被感动得战栗了，它发出宽亮低沉的回音，和她们共同欢呼着"。这群善良美好的姑娘们是群山在日复一日中所孕育的孩子，她们也是山的精灵，纯真灵动的她们与苍莽辽阔的群山一起构成了一幅生动隽永的美丽图景。

《笨花》中的笨花村也是一个充满诗情画意的安居所在：一望无际的棉花地，湛绿的饱蕴着希望的大片庄稼地，路边随处可见的散发着清香气息的野草和野花。生活在这片土地之上的人们勤俭朴素、互帮互助，在温润而平凡日子的浸润下，他们拥有仁爱、宽厚、顾全大局、做事讲原则等美好的品德，例如从笨花村走出去的向喜，其为人处事就是笨花村的象征。向喜忠勇孝悌、有勇有谋，被提拔为少将旅长之后，面对着各种利益和诱惑他坚守做人的基本原则，尤其是日本人占领保定之后，他拒绝为侵略者"装点门面"，主动退隐到粪厂做挑粪工，从声名显赫的将军到挑粪工的身份转换彰显了向喜不做亡国奴的民族气节。隐居粪厂之后的向喜依然葆有英武之气，当爱国的戏子逃到粪厂之中,向喜拾起久违的枪支射杀了三名日本士兵,最后为了保住自己的尊严饮弹自杀。向喜是笨花村人的骄傲,他用自己的传奇一生了诠释了笨花村人的精神特质,以及中华民族的传统正义和美德。

不同于走出去的向喜,同艾一生的大部分时光都是在笨花村中度过,作为向喜的原配夫人,她的身上集中呈现了传统女子的美好品行。同艾心灵手巧,会织四蓬缯被褥,会做馄饨等各式可口饭菜,而且贤良淑德,对丈夫体贴入微,从一而终;一心一意地为向喜、为整个家庭默默地付出心血和生命,她是一个公认的好媳妇、好母亲的形象。同艾沉静、隐忍和包容,当她进城探望向喜,得知常年离家"闹革命"的向喜已经娶了二太太顺容并且有了两个会喊爹的儿子之后,她惊骇地昏死过去。苏醒之后的同艾没有打闹纠缠,而是坐上了开往笨花的火车,在火车上同艾流下了伤心委屈的泪水,但是下了火车她"执意洗完脸,精神着回笨花",她要维护向喜和向家的尊严。回到笨花村的同艾选择独守空房、侍奉公婆、对从城里来的取灯同艾精心照顾。取灯刚进门,同艾"站在门口一眼就看出取灯浑身上下都蒙着浮土,她要给她掸打一下衣服,她一手捏起取灯的袖子和大襟,拿布掸子为她掸土,掸完了上衣又掸她的黑裙子",同艾真心欢喜这位向家的姑娘,而取灯也对这位"娘"充满了真心的爱戴和尊敬。同艾之所以能够选择这样的生活方式,成为小叔子向桂眼中"活得最明白的人",一方面是因为传统文化道德伦理的熏陶和规训,另一方面也是源于笨花村包容和谐的生

第四章 民族与人民：中国共产党艺术主张的践行

活氛围造就了同艾乐观宽厚的性格。

当然《笨花》也写出了同艾的无奈和酸楚：丈夫向喜在外当兵多年，纳二房续三房，同艾一直盖着那条结婚盖的"四蓬缯"老棉被不更换，她自信地认为，"她盖着它就自觉离向喜近，就像坚守住了从前她和丈夫的那些恩爱；她坚守住了这条老棉被，就像坚守住了丈夫"；在向喜有限的荣归故里的日子里，同艾局促不安，又惊又喜，久别后的夫妻共处一床，同艾却患上了一种神经性的"跑肚病"，这是她内心不安惶恐的外在折射，也是铁凝从男权文化角度对女性命运所做的冷静审视和深度思索，当然关于此内容的探讨将是另外一个话题。

《灶火的故事》中的灶火年轻时曾是一名八路军炊事员，在粮食短缺的日子里，灶火从来没有抱怨过，而是千方百计让战士吃饱，"每次架锅做饭，都在米粒很少的小米粥里掺上大量的野菜。这样，挖野菜就成了灶火一项重要任务。他手只要一闲下来，背起筐，不是上山就是下河滩。他每天只是不声不响地在半壁山根、沛河两岸挖着、挖着"。朴实温厚的灶火将对"大家庭"的爱辐射于一餐一饮、一粥一饭之中，人性之善也在这看似单调的重复生活中闪耀出灼人的光芒。

铁凝小说中类似的美好形象还有许多，例如《夜路》中的荣巧，《意外》中的山杏，《两个秋天》里的凡秀，《蕊子的队伍》中的蕊子，《寂寞嫦娥》中的嫦娥，《秀色》中的李技术员，《砸骨头》中的村长和会计，《没有纽扣的红衬衫》中的安然，等等。他们都是日常生活中的普通人，他们拥有自由、自在、自然的本真人格,在他们身上呈现了灵魂的高洁和人性的纯美,他们是铁凝小说中所塑造的理想人格。

继人的神话在文学、哲学、生物学、精神分析学、经济学、物理学等领域遭遇根本性瓦解之后,关于"人"生存意义的追问是20世纪的一个难题,以卡夫卡、加缪为代表的西方作家对此在文学作品中做出一个影响深远的回答,即置身于荒诞虚无的世界之中人是孤独的、绝望的,每一个个体都是异化而无助的存在。与铁凝同时期的作家,诸如余华、残雪也都对人的存在状态做出类似卡夫卡式的阐释,人类存在价值和希望被消解、人所能散发出只是冰冷绝望的气息,成为他们作品中的基本写作主题。与他们不同,铁凝的小说依然试图寻找日常世界中的美好人性,在冀中的乡土世界中她看到了天真纯情、善良单纯的少女们和诚实、善良、重义的农民们,在都市的钢筋水泥中她看到了不同活动领域中的率真、质朴、多情的美好灵魂,纯净、善良是他们品德的底色。他们为这个喧嚣的世界带来了清新的气息和美好的希望,通过对美好人性的书写,铁凝对"人"之存在的命题也做出了有别于他者的独特回答。

当然在复杂的现代化大潮中,铁凝关于美好人性的书写也会出现犹豫和困惑,例如《永远有多远》中的白大省是一位非常善良的人,从儿时到成年,"为他人着想"成为白大省的人生信条,正如小说中九号院赵奶奶所言,"这孩子仁义着呢"。然而白大省的善良并没有为她的人生带来该有的美好,反而遭遇了生活的负累和情感受挫,亲人们从她这里谋取利益,恋人们"对

第四章 民族与人民：中国共产党艺术主张的践行

她爱意永远也赶不上她对他们的痴情"，最后她接受了曾经背叛她的、带着孩子的离婚男人郭宏，似乎也不是她应该有的人生归宿。对于白大省这个形象，铁凝本身也充满了纠结感，一方面铁凝在这篇小说的"创作谈"中说道："唯有她不变，才能使人类更像人类，生活更像生活，城市的肌理更加清明，城市的情态更加平安。"①但是另一方面，在作品中白大省的善良却屡屡挫败，这也许就是铁凝的深刻之处：善良的美好人性是人类不断前行的重要保障，但是如何在时代巨变之中为善良增添合宜的力量将是一个难题。

关于世界状态的描述，也是20世纪文学的一个重要话题。恶是世界存在的基本事实这一理论曾被许多评论家、作家们接受，正如刘小枫在《拯救和逍遥》中所概括的那样："无所不在的恶勾销了人反抗恶的能力，迫使人要么对恶袖手旁观，要么成为恶的造作的参与者和受害者。随之，人被迫漂流于无意义的生与死之间，没有任何力量可以接济人进入纯净的世界……在日常的恶中生存就是崩溃。"②由此，80年代的中国文学也出现了许多讲述绝望故事的作品，日常生活在这些作品中呈现了阴冷、黑暗、绝望、无力的罪恶状态，人类没有希望，世界走向虚无。

铁凝的小说则完全不同，日常故事在铁凝小说中往往被设计为向真、向善、向美的情节走向，最后抵达一种澄澈之境。例

---

① 铁凝：《永远的恐惧和期待》，《小说月报》1999年第2期。
② 刘小枫：《拯救与逍遥》，上海三联书店，2001年，第277页。

如短篇小说《意外》讲述了台儿沟山杏一家去几百里之外的县城照"全家福"的故事。山杏和父母接到了当兵的山杏哥哥来信，希望他们能够照一张"全家福"寄过去，于是山杏和父母"他们搭了50里汽车，走了200里山路，喝凉水、住小店，吃了多半篮子干饼，第三天才来到县城"。半个月之后他们收到了照相馆寄来的照片，但是照片上却是一个冲着他们微笑，陌生的美丽姑娘，"山杏爹妈你看看我，我看看你，谁也说不出话来"。这本是一件令人遗憾的事情，但是山杏却将照片挂在了墙上，并对旁人说是她未来的嫂子，阴差阳错地成就了另外一种美好的期盼。

再如短篇小说《秀色》，秀色是一个严重缺水的村庄，"在秀色，值得上锁的东西只有水"，最珍贵的礼也是水，秀色村的人不舍得用水洗脸，更毋论洗澡。为了留住打井队，第一代女人会利用自己的身体和色相作为报答，男人们没有怨言，女人们也没有怨言，然而多年过去了，秀色村依然没有打出水。熬到第二代人，共产党人李技术员所带领的打井队也面临着相同的问题，"20天了，井是越打越深，人是愈来愈瘦，还是不见有水"。为了能够再次挽留打井队，秀色村最美丽的姑娘张品决定用身体和李技术员交换，面对着用珍贵的水所清洗过的秀色女子，李技术员选择了离开。之后"李技术员率着打井队疯了似的打井"，"九九八十一天，打井队没人下山回家；九九八十一天，他们终天把井打出了水"，可是在成功的当天，李技术员却牺牲了。秀色打出来的水连绵不断、甘甜清洌、养身养颜，秀色人做

第四章 民族与人民：中国共产党艺术主张的践行

起了水的生意，将秀色水的名字注册为"秀色·李"，"秀色·李是个不伦不类的水名，可秀色人听起来并不一惊一乍，心里都明镜似的"。《秀色》是一个耐人寻味的故事，在这里既有苦难也有信仰，既有诱惑也有深情，既有伤痛也有担当。在极端的条件之下，铁凝让生命中的卑微和无奈自然地展现，同时并没有泯灭人性中善良、担当等品质的引领力量，它们将人生从泥淖与不堪之中拖曳出来，并将其导向美好的澄澈之境。

《砸骨头》也讲述了一个令人感动的故事。全乡十二村的税款只有居士村的没有筹齐，村长和会计急得砸骨头（打架），"直砸得天昏地暗，直砸得眼花缭乱"，"两具遍体鳞伤的身子扭结了起来，扑通倒在河滩上，朝着绿幽幽的河水滚去"，然后又彼此搀扶着胳膊跟跟跄跄地往河岸上爬。早已等待在河岸上的两个媳妇为他们包扎好伤口之后，鼻青脸肿的他们拿出了自己娶亲盖房的积蓄作为税款垫上，这一举动感动了那些拒交税款的村民们，他们聚集在村口将"六百块钱和一张清单"交给了村长和会计。居士村的生活是穷苦的，但是税款风波并没有使他们的关系走向对峙和恶化，而在相互理解和相互怜惜中生成了一种温暖的氛围。《砸骨头》是生动的同时也是真实的，它既是平民百姓互相搀扶的生活故事，也是摩擦碰撞之中所激发出来的人性善美的演绎。

其他的类似小说还有《灶火》《没有纽扣的红衬衫》《喜糖》《寂寞嫦娥》等，这些小说讲述了凡俗生活中的百态人生故事，例如炊事员灶火压抑不住内心冲动而偷偷窥视女战士洗澡的不光彩经历，中学生安然因为穿着被视为奇装异服的蝙蝠衫而被别人指责，在婚宴上被新婚夫妇冷落的人的尴尬，年轻的农村保姆嫦娥嫁给曾经的雇主、50多岁的作家佟先生后所遭遇到冷落和嘲讽。面对这种种的尘世烦扰，铁凝会挖掘这些平凡人物身上所潜隐的爱和勇气，书写他们对抗自身或外界种种难题的动人故事，例如小蜂撞破了灶火的偷窥事情之后并没有张扬，并且在讨论灶火入党的支部大会上肯定了灶火为革命事业所做的无私贡献，羞愧难当的灶火在以后的人生道路中一直以"党的原则"要求自己；在学校被老师视为"另类"孩子的安然并没有被所谓的"传统"束缚，而是按照自己的意志真实地活出生命本该有的模样，并且带动了一批追随者；在婚礼被新婚夫妇冷落的人为了新婚者的形象，自己买喜糖送给自己，用宽厚和大度化解了误解和委屈；嫦娥和佟先生离婚后，和锅炉工老孔过起了新生活——种花和卖花，但是每逢周一她都会为曾经的邻居们的办公室送去一枝鲜花，甚至在佟先生的门把手上也会插上一枝玫瑰，鲜花的清香冲淡了人与人之间曾经的冷漠与隔阂。

当然铁凝并不讳言人性可能出现的阴损畸变及生存中荒诞丑恶的现象，因此在她的小说中也会出现所谓的"审丑"成分。例如《大浴女》中唐津津被逼吞食大便，有"特务"嫌疑的独身老护士长被轮奸，同年时期的尹小跳和尹小帆"合谋"对陷入危险境地的妹妹不加阻拦；《玫瑰门》中的司漪纹为了报复无情的丈夫，利用自己的身躯对公公进行乱伦式的引诱，对其他女

第四章　民族与人民：中国共产党艺术主张的践行

性施以变态般的精神虐待；《对面》中的"我"在很长的一段时间内默默窥视着对面那位神秘美丽的女性的生活，当"我"发现她与两个男人同时保持亲昵关系的时候，在一天深夜女人幽会的时候制造了惊人的声响和光亮，导致了女人心脏病猝发而亡；《午后悬崖》中5岁的韩桂心将小朋友陈非推下滑梯使他落在一堆废铁上死亡；等等。然而"审丑"成分的出现并不意味铁凝认可"在巨大的恶面前人将无能为力"这一存在主义式的论断，她会按照正义法则为恶寻找到被惩罚或者被救赎的方向，正如尼采在《查拉斯图拉如是说》中所言："万物是按照正义与惩罚而道德地安排着的。"[①]例如《玫瑰门》中的司漪纹带着忏悔的心情去探望被自己出卖的同父异母的妹妹；《大浴女》中的尹小跳在大彻大悟中审视自己心灵上的污垢，以宽容慈悲之心成就了他人的幸福，找到了自己精神上的后花园；《对面》中的"我"以意外的方式"谋杀"了女人之后，时时受到良心的谴责，"我时常感受到我的低下，我的卑鄙，我的丑陋，我的见不得人"。由此可见，铁凝是基于"否定中建构"原则来展示丑恶、罪行、阴暗等诸多存在的，辩证的铁凝一方面写出了现实生活中的残酷真相，另一方面净化人类自身的灵魂，使其向善美的方向发展。正如铁凝自己所言："许多人都对《玫瑰门》不寒而栗，忍受不了那样不美好、扭曲的女性，其实这里面仍然是对生活不倦的体贴和爱，也才有了作品中里的愤懑、失望、忧伤和拷问。如果连

[①] [德]尼采：《查拉斯图拉如是说》，尹溟译，文化艺术出版社，1987年，第169页。

爱和希望都没有了,也就谈不上希望,更谈不上把它们表现出来","我最终将这些人和事融合在一起,通过他们想要达到的是文字温暖世界的功能"。①

日常生活是一个民族的底盘,在日复一日的日常生活里浸润的是一个民族沿袭传承的文化和日常伦理规范,呈现的是人们超强稳固的文化心理结构。关于日常故事的书写是铁凝小说最为显在的特征之一,铁凝自己曾这样说道:"生活里的意趣,人情里的大美,世俗烟火背后的精神空间,这虽然不如风云史有伟大感,但这种写法也更过瘾",并将其概括为"精神空间用世俗的烟火来表述"。②通过日常生活故事的书写,铁凝的小说架起一座桥梁,历史、过去、未来,民族、个人,在日常生活中交叉融贯、混为一体,日常生活在铁凝的小说中成为探究中华民族精神特质的重要窗口。在铁凝的小说中日常生活是中华民族美德的民间生成场所,温情和善良是铁凝小说日常生活故事所演绎的最基本主题,在温暖的日常生活中,根植于人心的中华民族千年美好品质得以坚韧生存和绵延传承。当然铁凝是深刻的,在她的小说中日常生活也会呈现悲哀和绝望的成分,但是温情和善良终究是更为坚韧的力量存在,这是她对日

---

① 赵艳、铁凝:《对人类的体贴和爱——铁凝访谈录》,载吴义勤主编,房伟、胡健玲编选:《铁凝研究资料》,山东文艺出版社,2009年,第71—72页。

② 铁凝、王干:《花非花 人是人 小说是小说——关于〈笨花〉的对话》,载吴义勤主编,房伟、胡健玲编选:《铁凝研究资料》,山东文艺出版社,2009年,第87页。

第四章　民族与人民：中国共产党艺术主张的践行

常生活独特的处理态度，也是她在当代文学的历史脉络中所彰显的独特品格。

由于篇幅所限，本章仅选取孙犁、贾大山和铁凝三位代表作家作为研究对象，来探讨他们的小说是如何具象化呈现中国共产党的艺术主张。实际上，针对这个话题河北文坛还有许多作家值得个案探讨，例如徐光耀、关仁山、何申、谈歌、李春雷、胡学文等。总之，在河北新文学的发展历程中，河北作家们始终坚持中国共产党的艺术创作主张，坚守以人民为中心的创作导向，与人民同呼吸、共命运、齐奋进，紧紧把握时代脉搏，反映历史的变革，创作了多彰显时代精神和民族气象的优秀作品，而在新时代里，具有优秀写作传统的河北作家们也必然会在中国共产党的领导下，"从当代中国的伟大创造中发现新的创作主题、捕捉新的创作灵感，以手中之笔为时代画像、为时代立传、为时代明德"[1]。

---

[1] 赵振杰：《传承红色革命基因 坚守现实主义底蕴——回眸百年河北文学发展历程》，《文艺报》2021年6月23日。

参考文献

(以出版时间为序)

一、马克思主义著作

1.《邓小平文选》第二卷,人民出版社,1994年。

2.《马克思恩格斯选集》第三卷,人民出版社,1995年。

3.《毛泽东选集》第三、第四卷,人民出版社,2006年。

二、党和国家领导人讲话

1. 习近平:《在庆祝中国共产党成立100周年大会上的讲话》,《求是》,2001年第14期 。

2. 习近平:《在文艺工作座谈会上的讲话》,《人民日报》2015年10月15日。

3. 习近平:《在中国文联十大、中国作协九大开幕式上的讲话》,《人民日报》2016年12月1日。

三、学术著作

1. 钱杏邨:《力的文艺》,泰东图书局,1929年。

2. 刘金镛、房福贤编:《孙犁研究专集》,江苏人民出版社,1983年。

3. 雷达:《蜕变与新潮》,中国文联出版社,1987年。

4. 徐复观:《中国艺术精神》,春风文艺出版社,1987年。

5. 李述一:《文化无意识》,北京教育出版社,1998年。

6. 朱志敏编撰:《李大钊》,人民日报出版社,1999年。

7. [德]卡尔·曼海姆:《意识形态与乌托邦》,黎鸣、李书崇译,商务印书馆,2000年。

8. 崔志远:《燕赵风骨的交响变奏——河北当代文学的地缘文化特征》,作家出版社,2001年。

9. 刘小枫:《拯救与逍遥(修订版)》,上海三联书店,2001年。

10. [英]厄内斯特·盖尔纳:《民族与民族主义》,韩红译,中央编译出版社,2002年。

11. [斯洛文尼亚]斯拉沃热·齐泽克等:《图绘意识形态》,方杰译,南京大学出版社,2002年。

12. 苗雨时:《河北当代诗歌史》,中国戏剧出版社,2003年。

13. 钱谷融:《当代文艺问题十讲》,复旦大学出版社,2004年。

14. 衣俊卿:《文化哲学十五讲》,北京大学出版社,2004年。

15. [美]沃格林:《没有约束的现代性》,张新樟、刘景联译,华东师范大学出版社,2007年。

16. 吴义勤主编,房伟、胡健玲编选:《铁凝研究资料》,山东文艺出版社,2009年。

17. 王长华主编:《河北文学通史》第3卷、第4卷,科学出版社,2010年。

18. 常勤毅:《中国新文学与中国共产党》,浙江人民出版社,2011年。

19. 王长华、崔志远主编:《河北新文学大系·文学理论评论卷》,河北教育出版社,2013年。

20. 贾大山著、康志刚编:《贾大山文学作品全集》,花山文艺出版社,2014年。

21.贺桂梅:《书写"中国气派"——当代文学与民族形式建构》,北京大学出版社,2020年。

四、学术文章

1.陈思和、何清:《理想主义与民间立场》,《中山大学学报(社会科学版)》1999年第5期。

2.张学正:《"风云"的另一种色彩——谈孙犁抗日小说的艺术个性》,《天津师范大学学报(社会科学版)》2005年第5期。

3.朱立元:《马克思主义文艺理论中国化研究》,《中山大学学报(社会科学版)》2006年第3期。

4.杨杰、段超:《新时期以来马克思主义文艺理论中国化的进程与建构》,《山东社会科学》2020年第7期。

5.陈思和:《建党百年与当代文学研究》,《文学评论》2021年第3期。

6.蒋述卓:《国家话语与新中国文学的特征》,《文艺研究》2021年第7期。

7.李梦云:《中国共产党精神谱系的科学内涵》,《中国高校社会科学》2021年第4期。

8.吴义勤:《百年中国文学的红色基因》,《光明日报》2021年6月22日。

9.张福贵:《百年党史与中国新文艺的逻辑演进及艺术呈现》,《文艺研究》2021年第7期。

10.赵振杰:《传承红色革命基因 坚守现实主义底蕴——回眸百年河北文学发展历程》,《文艺报》2021年6月23日。

后 记

经过几年的艰难跋涉,《红色传承视阈中的河北文学研究》终于即将面世。这本书是河北省2016年度社科基金项目"河北文学与中国共产党文学传统"(HB16WX042)的结项成果。当初有幸申报成功这个项目时,笔者没想到研究过程竟会如此拖沓,因为笔者的能力所限及其他客观因素,导致了该项目进展中屡屡出现迂回迟缓的状态,实感惭愧。在项目的研究过程中,笔者所遇到的"拦路虎"主要有两个:一是对"中国共产党文学传统"这个概念进行界定与梳理,二是对河北文学中与中国共产党具有亲缘性关系的作品进行爬梳整理。"中国共产党文学传统"这一说法最初见于2016年国家社科基金课题指南的具体条目之中,但是近几年学术界尚未出现对"中国共产党文学传统"这一概念的明确界定,笔者在相关研究基础之上试图从"显在特征""发展历程""历史承担"这三个层面走进这一文学传统的内部,尽管做了一些努力,似乎也没有将这个话题说透,姑且先以这样面貌呈现出来吧,还望方家不吝指正。在笔者看来,中国共产党文学传统是一种能够对现世诸多问题进行应答,并彰显历史规律的文学传统,因此它必然会对领导中国人民走上民族独立、国家富强道路的中国共产党的历史与精神进行追踪、记录与赞颂。由于政治历史和地缘文化的原因,河北文学天然地与中国共产党、中国共产党文学传统具有亲缘关系,但是从不同历史时段的具体文本中梳理这种亲缘性，的确是一项非常烦琐的工作，河北师范大学王长华教授主编的《河北文学通史》（第3卷、第4卷）（2010年出版）为这项爬梳工作提供了很大帮助，在此致以诚挚的谢意。

完成这个项目的过程也是笔者的精神世界不断接受洗礼的过程。每每重新翻阅那些曾经熟悉的经典作品，或者品读刚刚诞生不久的激昂人心之作，笔者的某种记忆或者情愫就会被不自觉地勾起。记得小时候，在农村每到重要节日或哪户人家有了喜庆事情，就会放一场露天电影全村庆祝，我们这群孩子当时最喜欢的电影是《地道战》《小兵张嘎》。时隔多年笔者依然清晰地记得《地道战》中从井里、土炕里突然出现一名游击队员，在日军没有防备的时候给予其痛击的酣畅画面，那时候我们就会站起来大声齐喊"打死鬼子！打死鬼子！"。朴素的爱国情怀和对英雄的崇拜之情，也许在那时就已经深深植根于这群孩子的内心之中吧。长大后，随着知识的积累和阅历的丰富，渐渐知道了英雄是怎样磨砺出来的，历史又是怎样走过来的。没有一种光辉思想的指引，没有一个坚强有力的政党领导，中华民族很难从泥泞之中走出来，直至今日迈上民族复兴的康庄大道。机缘巧合，得以承担这项与中国共产党相关的课题，作为一名具有19年党龄的老党员，在鲜活的作品中去触摸中国共产党的历史和精神，是一种对话，更是一种精神上的"朝圣"。唯愿，民族昌盛，党的精神永存。

是为后记。

2022年2月于秦皇岛